MEN멘토TOR

- 일어서라, 청춘아 -

MEN멘토TOR

- 일어서라, 청춘아 -

초판 인쇄 : 2024년 9월 10일

발행인 : 박종순
발행처 : 도서출판 피플워치
제　작 : 향지북스
편집인 : 김원우
총　괄 : 박종미
디자인 : 김수빈

　ISBN : 979-11-984047-2-5

서울시 종로구 관훈동 177번지 대형빌딩 2층
TEL. 02) 352-3861

MEN멘토TOR

- 일어서라, 청춘아 -

백금남 지음

피플워치

차례

절망할 것인가?
선택할 것인가?
전환할 것인가?

제1장

풍랑은
모순이 변한 말

풍광

|

1

이(李尙俊) 교수의 책상 위에는 조각상 하나가 놓여 있다. 사방 10cm 정도 되는 크기인데 흰 모자를 쓰고 붉은 양복을 말쑥하게 차려입은 고양이가 왼손을 바지 주머니에 찔러넣고, 다리를 꼬고 선 조각이다. 담배를 물고 왼쪽 눈을 윙크하듯 감고, 오른손을 턱밑으로 하고 집게손가락을 창날처럼 뻗쳐 반대편을 가리키고 있다. 굉장히 불량한 자세인데 손가락이 어디를 가리키는 것인지 알 수가 없다. 왼쪽으로 돌려놓으면 오른쪽을 가리키고 있고, 오른쪽으로 돌려놓으면 왼쪽을 가리키고 있다. 다리밑에 조각의 이름이 있는데 그 이름이 〈풍광〉이다. 한글로 쓰여있는 글이 아니라 한자로 써 있다. 風光.

때로 학생들이 와서 묻곤 한다.

-왜 풍광이에요?

불량한 고양이와는 전혀 어울리지 않는 글이어서 그렇게 물으면 이 교수는 '글쎄?' 하고 만다.

어느 날 철학과에 다니는 학생 하나가 와서는 고양이 조각을 들어보고는 밑바닥에서 다음과 같은 글귀를 발견했다.

'모순이 변하면 풍광이 된다.'

고개를 갸웃거리며 돌아간 학생은 다음 날 다시 와 이 교수에게 심각하게 물었다.

-이 고양이 조각 선생님 거 아니죠?

-내 거 맞아.

-조사해 보니 선생님의 조부께서 일본 와세다 대학 철학부를 나오신 분이더군요.

-그래서?

-글귀로 봐 그분이 쓴 것이 아닌가 하고요.

그날 이 교수는 실토했다.

-제법일세. 그럼, 모순이 변하면 풍광이 되는 이유를 알겠나?

이 교수는 그날 학생과 술집으로 가 술을 밤새도록 마셨다. 술에 취해 이 교수가 학생에게 물었다.

-이제 대답을 해봐. 모순이 풍광이 되는 이유를?

-교수님, 아무리 생각해도 그걸 모르겠어요.

-모를 수밖에.

그렇게 말하고 헤어질 때 이 교수는 학생에게 이렇게 말했다.

-이제 오지 말아. 그 해답을 찾기 전에는.

학생은 돌아가면서 그러면 선생님은 그 대답을 알고 있느냐고 물었다.

이 교수는 이렇게 대답했다.

-네놈이 찾아야 할 대답을 내가 한다면 사구(死句)가 되지.

학생은 그 후 이 교수를 찾지 않았다. 졸업하고 삼 년 후 그 학생은「풍광」이란 소설을 써 신춘문예로 화려하게 등장했다.

2

철학과 학생이 쓴「풍광」이란 소설을 읽은 후 이 교수는 소설이 실린 신문을 책상 위로 던져 버렸다.

-잘 썼죠?

먼저 읽어본 부교수가 곁에 있다가 물었다.

이 교수가 일어나 창가로 다가가 창밖을 바라보았다.

-세상 풍경을 잘도 그리긴 했는데 역시 질문만 있고 해답은 없네요. 시시한 놈!

-그 해답이 뭘까요?

부교수가 다시 물었다.

이 교수가 시선을 돌려 고양이 조각을 바라보았다. 고양이는 불량하게 담배를 꼬나물고 그를 바라보았다. 고양이는 손으로 세상을 가리키며 말하고 있었다.

-답이 저기 있잖아.

새 학기

|

잔설로 뒤덮였던 산정이 신록으로 물들었다. 꽃망울이 맺힌 나뭇가지 사이로 결 좋은 바람이 치맛자락을 날리며 지나간다. 그 바람에 머리를 흔들던 꽃망울이 수줍게 웃는다. 오가는 학생들의 발걸음도 가볍다.

학부별로 취업 상담과 진로지도를 담당하는 교수제가 시행된 것은 새 학기로 접어들면서였다. 학부별로 48명의 멘토 교수가 선정되었는데 이외에도 거기 '이상준 교수'란 이름이 끼어 있었다. 다른 대학에서는 일찍이 시행되어 온 것이라 뒤늦은 감이 없지 않았지만, 이 교수는 당황할 수밖에 없었다. 심리학과 교수로서 학생들의 취업이나 진로지도를 해본 적이 없었다. 더욱이 학생들의 생활을 들여다보고 전반적인 멘토를 해본 적이 없었다. 거기다 멘토라는 말이 거슬렸다. 더욱이 과별로 멘토 교수를 둔다고 했다. 그래서 끼워 넣었지, 싶은데 해본 적이 없어 은근히 신경이 쓰였다.

눈치 빠른 동료 교수가 한마디 했다.

-이 교수 상담심리학 과정 다시 밟아야 하는 거 아냐?

이 교수는 웃고 말았지만 정말 은근히 신경이 쓰였다. 세상은 일분일초가 다르게 변하고 있다. 그런 세월 속에서 젊은이들의 트렌드(흐름)에 발맞춘다는 게 쉽지 않을 것이었다. 트렌드는 기성세대의 작품이 아니다. 트렌드의 주인공은 바로 이 시대의 젊은이들이다. 잘못하다가는 노털 소리 듣기 십상이고, 꼰대 소리 듣기 십상일 터인데 그들을 멘토 한다?

그들의 일상은 우리가 밟아왔던 세월과는 판이하게 다르다. 그들의 대학 생활이나 학원 생활 그리고 스카(Study Cafe)라고 하는 학습 과정도 완전히 딴판이다. 예전의 칸막이 독서실이 아니다. 문명의 이기를 누릴 대로 누리면서 자유롭게 공부한다. 교단에서 딱딱한 강의나 앵무새처럼 주절거렸지, 그들과 재미난 쇼츠(shorts)를 공유해 본 적이 없다. 동영상 공유 플랫폼 틱톡(Tiktok)이라던가? 유행하는 틱톡 젤린지 인지 뭔지, 위험한 장난을 촬영해 공유 해 본 적이 없다. 그 맵다는 마라탕을 그들과 먹으며 땀을 뻘뻘 흘리며 맛을 공유해 본 적도 없고, 그들이 드나드는 게임장이나 PC방을 드나들며 게임 한 번 해본 적이 없다. 젊은이라면 누구나 드나드는 포토부스에서 사진 한 장 찍어본 적이 없으니.

이제는 비디오 가게에서 테이프를 빌려다 보는 세상이 아니다. 넷플릭스에서 영화를 보고, 유튜브란 공간 속에서 헤엄치는 세상이다. 친구들과 수다를 떨려면 적어도 인터넷 콘텐츠 서비스(OTT)를 뒤져야 대화가 된다.

그런데 그런 것들과는 거리가 먼 사람이 멘토?

은근히 걱정되지 않을 리 없었다.

멘토 교수 선정을 시작으로 4월에 학과별 운영계획 및 멘토 교수 오리엔테이션이 있었다. 별스러울 줄 알았는데 그저 형식적이어서 괜히 신경을 썼나 싶었다. 역시 트렌드는 무시할 수 없지만 내가 진실한 멘토가 되려면 그런 지엽적인 것에 구애받지 말고 본연의 자세로 임하자, 싶었다. 그럼, 나도 그들에게 자연스럽게 동화될 것이고, 그들도 동화되어 올 것이었다. 모르는 것은 그들에게 배우고 내가 아는 것은 그들에게 아낌없이 주자, 싶었다. 그것이 진정한 멘토일 것이었다.

7월쯤 운영평가가 있을 것이라는 말이 있던 날, 이 교수는 작년 겨울 10년 만에 만난 심학섭을 만나기로 한 커피숍으로 향했다.

그는 여전했다. 고등학교 때의 모습과 별반 달라진 것이 없었다. 그는 여전히 비만하였고 음식 욕심이 많았다. 둥근 얼굴이 머리가 빠져서인지 더 둥글어 보였고 탁한 음성은 더 쉬어 듣기가 거북했다.

-야 네가 교수가 되었다고? 하기야….

언제나 일등 자릴 놓치지 않더니 역시 하는 표정을 그는 지었다.

-아무튼, 반갑다야.

-뭐 해 먹고 살아?

뒤늦게 이 교수가 물었다.

-응. 대기업에 다니다가 일이 꼬여 집에서 놀고 있다.

-놀아?

나중에 알게 된 것이지만 그는 증권 종사자였다. 증권 회사에 적을 둔 것이 아니라 주식으로 먹고사는 소액 주주였다.

AI 로봇 액티브에서 매도 명령이 떨어진다. 팔 것인가? 말 것인가?

그의 일상은 그렇게 시작된다고 했다. 밤새워 해외 증권 시장에 눈을 박고 있어야 하고, 잠은 낮에 짬짬이 조는 것으로 대신한다고 했다. 때로 큰돈을 잃어 죽음을 생각해 볼 때도 있고, 때로 적은 돈을 벌어 아내에게 큰소리칠 때도 있다며 웃었다.

그런 그가 어느 날 오더니 이런 말을 했다.

-자식이 아니라…. 웬수다 웬수!

원수인 딸을 만나 달라고 했다. 딸 하나 있는 것이 속을 썩인다는 것이다. 늦게 들어오는 날이 잦아 잔소리를 좀 했더니 요즘 들어 더 빗나가고 있다고 했다.

이 교수는 손사래를 쳤다.

-못해.

-왜?

-내가 무슨 해결사냐.

-교수라며?

-교수가 뭐? 교수가 상담원이냐? 너희 가족 일은 네가 알아서 해.

-그러지 말고 그 애 속이나 좀 알아줘라. 애가 통 대화하지 않으려고 하니 미치겠다.

그렇게 애원하는 통에 날을 잡았다.

날을 잡았지만, 이 교수는 감상이 묘했다. 요즘 들어 학생들의 실태를 조사해 보기 위해 동분서주하고는 있지만 그렇다고 뭔 도움이 된다고. 오지랖을 높이 산다는 말 같아서 한편으로는 서글프기도 했다. 그런데도 만나 보겠다고 한 것은 두 사람의 사이를 사랑으로 바꿀 힘이 있어서가 아니라 딸, 사랑하는 여진이가 생각났기 때문이었다. 사랑이라는 장미 가시에 피를 흘리던 여진이. 그 딸이 거기 있을지도 모른다고 생각했기 때문이었다.

알겠는가?

|

고등학교 다닐 때 이상한 선생님이 한 분 계셨다. 일장 연설을 해놓고는 끝에 가서 꼭 이랬다.

-이상준 학생, 일어나.

일어나면 그가 물었다.

-알겠는가?

-예.

-알긴 뭘 알아.

그러면서 지휘봉으로 머리를 콩 때렸다. 알겠다는데 뭘 알겠느냐는 것이다.

하루는 알면서도,

-아뇨. 모르겠는데요.

하고 대답했더니 왜 모르겠느냐며 머리를 콩 때렸다.

이상한 선생님이었다. 그래서 하루는 물었다.

-선생님, 알겠다는데 왜 때리세요?

-왜 때리냐고?

-네.

-차차 알게 될 거야.

그뿐이었다. 뭘 차차 알게 된다는 것인지, 고등학교를 졸업할 때까지도 그 이유를 알지 못했다.

지금도 어떤 의혹에 부딪힐 때면 가끔 그때의 선생님이 떠오를 때가 있다. 그는 여전히 묻고 있다.

알겠는가?

뭘?

분명히 이해의 차원은 아닌 것 같은데 그는 여전히 묻고 있다.

내가 날 낳아달라고 그랬어요?

|

오후 5시.

이 교수는 문제의 원수 딸을 만났다.

-아빠는 사람도 아니에요.

마주 앉기가 무섭게 그녀가 한 말이었다. 앳되어 보이는 얼굴이었다. 머리를 노랗게 물을 들였고 거기에다 맨발에 슬리퍼를 끌고 있었다.

-왜?

이 교수가 물었다.

-몰라요.

그녀가 관심 없다는 듯이 대답했다.

-왜 몰라?

-아저씨, 아빠 친구세요? 아빠 친구라면 내가 모를 리 없을 텐데?

-고등학교 동창이야. 그동안 살기 바빠 못 만나다가 작년에 만났지.

-아하! 그럼, 교수세요? 아빠가 교수라고 하던데?

교수라며 아버지가 억지로 나가라고 했다는 말이었다.

-책도 내었다면서요?

-그래.

-뭐 썼어요?

-전공 분야 책이지 뭐.

-유명해요?

-아니.

그녀가 푸시시 웃었다. 유명하지도 않은데 웬 간섭이냐는 투였다.

-아버지가 너의 솔직한 심정을 알고 싶다고 해서….

-아빠가요?

그럴 리가 없다는 듯이 아이가 눈을 크게 떴다.

-왜에?

-그는 사람도 아니에요.

아이가 못을 박듯 말했다. 맺힌 것이 많은 음성이었다.

아버지의 친구라는 걸 알면서도 함부로 말하는 아이가 갈수록 예사로워 보이지 않았다.

-아버지에게 할 말이 많은가 보구나?

-할 말 없어요. 말은 사람끼리 하는 거예요.

아버지는 사람이 아니라는 말이었다. 여려 보여도 당차고 독한 구석이 있는 아이였다. 하는 말과 행동이 버릇없이 함부로 자란 아이 같지만 나름 자기 주관은 뚜렷해 보였다.

-아버지에게도 사정이 있었지 않았을까?

-뭔 사정요? 그런 거 없어요. 난 그때 알아보았거든요.

-그때라니?

-에이 말함. 뭐해요. 시간 낭비에요. 난 이미 결정했다고요. 그리고 아빠에게도 말했어요. 앞으로 내 인생에 절대 간섭하지 말라고요. 집을 나갈 거예요. 엄마도 아빠 아니 그 사람의 주먹질에 더는 못 살겠대요. 그때 당장 나가야 했는데….

아빠라고 부르고 싶지도 않다는 듯이 아이가 말했다. 정이 떨어져 더는 같이 살고 싶지 않다는 말이었다.

-그때라니? 말해봐. 이제 와 말 못 할 것이 뭐 있어.

아이가 발로 책상다리를 툭툭 몇 번 차며 생각하더니 말을 이었다.

-얼마 전이었어요.

-그래서?

아이가 말을 끊었으므로 기다리다가 이 교수가 물었다.

-…그 사람이 작년에 증권을 해서 돈을 좀 벌었걸랑요. 할머니 생신날 고향 집에 모두 내려갔어요. 가보니 여전히 닭을 키우고 있더라고요. 아침이 되자 할머니가 닭장 문을 열어주었어요. 그런데 어미 닭 한 마리가 둥지에 앉아 꼼짝을 않는 거예요. 할머니가 그랬어요. 알을 품고 있다고. 벌써 한 달이 넘었대요. 알이 곯아도 벌써 곯았을 텐데 밤이나 낮이나 저렇게 품고 있다고. 정말 그랬어요. 할머니가 닭장 안으로 들어가 밖으로 내쫓으니까 그때뿐이었어요. 할머니가 알을 치우지 않았는데 그 이유를 알겠더라고요. 닭이 또 둥우리에 들어가 알을 품는 거예

요. 문제는 수탉이었어요. 그런 암탉을 가로막고 지키는 거예요. 다른 닭들이 근접하지 못하게. 할머니가 그러더군요. 저놈참 이상한 놈이라고. 다른 암탉은 거들떠보지도 않는다고. 그런데 그날 밤, 그 사람이 백숙해 먹는다고 닭장으로 들어가 하필이면 그 암탉과 수탉을 잡아 왔어요. 다른 닭들이 도망을 가니까 그 애들을 잡았겠죠. 수탉 때문에 힘이 들었는데요. 둥우리에 앉은 암탉을 그 사람이 잡으려고 하니까 수탉이 달려들었다니까요. 내가 수돗가로 갔을 때 닭 두 마리가 목이 베여 떨어져 있고 내장이 터진 상태였어요. 구토증이 나 견딜 수가 없었어요. 그날 밤 내가 징징댔죠. '어떻게 그럴 수 있어요. 알을 품고 있는 것을 보지도 못했어요?' '이봐라. 닭은 닭일 뿐이야. 어차피 잡아먹히게 돼 있다고….' '그래서 죽였어요?' '하, 애 이거 뭐가 잘못된 거 아냐?' 그 사람은 그런 사람이었어요. 닭만도 못한 인간. 그러니까 조금의 가책도 없이 그런 닭을 잡아먹죠. 그런 사람이 재 새끼인들 잘 품겠어요. 온갖 정이 그때 다 떨어지더라고요. 사람으로 보이지 않는 거예요. 거기다 평소 생활은 어떻고요. 언제나 돈만 생각하는 사람. 돈을 잃는 날이면 술로 살고 거기다 엄마를 폭행했죠. 그 폭행은 결국 내게까지 이어졌어요. 그래서 학교고 뭐고 관둔 거예요. 핸드폰 좀 바꿔 달랬더니 뭐라는지 알아요? 이 에비 등골 좀 그만 빼먹으래요. 잠도 못 자면서 한 푼이라도 벌려고 하는 게 안 보이냐면서. 집에 들어가기가 싫어 좀 늦게 다니니까, 어떤 놈을 만나고 다니네요. 웃겨요. 내가 자기 같을 줄 아나 봐. 내가 모를 줄 알지만 다 알아요. 잠 안 자고 증권을 해서 그 돈으로 룸살롱 다니고 계집질 하는 거요. 그런 사람이 뭐? 어이가 없네요. 그게 어린 딸에게 아빠가 할 말이에요? 그럴 거면 낳지를 말지, 누가 낳아달라고 사정했어요? 내가 낳아달라고 빌기라도 했냐고요. 좋아서 헐떡 대다가 놔 놓고서는…. 그리고 누가 그렇게 돈을 벌래요. 중독 이에요. 중독. 못 말린다고요. 밤이나 낮이나. 미쳐도 보통 미친 게 아니라고요.

아버지더러 그 사람이라며 미쳤다고 하는 아이. 그 아이나 아버지나 정상일까, 싶지만 할 말이 없었다. 아무리 생각해도 아이를 위로할 말이 떠오르지 않았다.

나라면 그때 어떻게 했을까 싶었다. 쩔쩔매며 닭을 쳐다만 보고 있었을까? 닭을 살릴 수도, 죽일 수도 없는 그 상황을 어 떻게 넘겼을까?

백정이 소를 잡는 이유는 먹거리를 제공하기 위함이다. 그러 므로 대의에 의해 그의 살생이 용서된다. 그렇게 아이를 설득할 용기가 나지 않았다. 아니 나선다고 하더라도 군말이 분명할 것 이었다. 그 정도는 알 테니까.

오늘도 많은 젊은이가 미물보다도 못한 사랑은 하고 있다. 섣부르게 장미를 건드리다가 가시에 찔러 눈물을 흘리고 있다. 이제 나이를 먹었어도 그중에 나도 한 사람일지 모른다. 그런데 미물의 사랑에 눈물 흘리는 아이를 이러쿵저러쿵할 수 있을까?

우릴 좀 봐주세요

|

봄이 완연해지고 있다. 온 산이 푸르게 물들었다. 이제 얼마 있지 않으면 꽃망울이 터지리라.

-교수님, 사람들이 그래요. 그 좋은 대학 나와 왜 놈팡이 질 이냐고.

함께 간 p군의 투덜거림에, 이 교수는 정신이 번쩍 들었다. 할 말이 없었다. 인구 수천만 명이 사는 나라. 수백 개의 대학. 백수십만이 넘는 고교생들, 고교졸업생 대부분이 대학에 가는 나라.

그렇다면 20대 중반, 삼십 대 중반의 인구 대부분이 대졸자 라는 말이다.

이 교수가 고등학교 다닐 때는 대학만 나오면 직장을 얻을 수 있을 줄 알았다. 잠 오지 않는 약을 먹어가며 공부하던 기억 이 난다.

오늘의 학생들도 대학에 가기 위해 잠 안 오는 약을 먹어가 며 공부하고 있다.

그런데 비싼 돈 들이고 대학을 졸업하고 나니 오라는 곳이 없다. 이 삼십 대 절반 넘는 인구가 대졸자이기 때문이다. 그러니 절반이 직장을 얻지 못할 수밖에 없다. 그래서 청년들은 이 나라를 헬(Hell)조선이라고 부른다. 현실이 욕망을 채워 주지 못한다는 것이다.

그런데 여기 더 절박한 군상이 있다.

더?

대학을 졸업하고 직장 구하기가 힘들다면 그럼 고등학교밖에 나오지 않은 사람들은 어떡하나? 아니 중학교, 국졸, 그도 아닌 무졸들은 어떡하나?

대학을 졸업하고도 직장을 못 구한다면 그들의 입장은 생각하나 마나다. 어찌 이 땅의 젊은이가 대학생들뿐이겠는가.

예전에는 고졸 학력이면 은행 창구 직원(텔러) 같은 자리를 차지할 수 있었다.

그런데 세상이 바뀌어 버렸다. 대학 나온 자들을 놔두고 고졸자를 그 자리에 앉힐 바보가 어디 있는가. 대학 나온 사람이 고졸자의 일자리를 빼앗으며 살고 있다. 그것도 모자라 놈팡이가 되어 손가락질받는 게 이 나라의 현실이다.

그런데도 정치인들은 싸움박질이나 일삼으면서 이런 현실을 방치하고 있다.

정이에요

|

때로 생각 없이 살다가 생의 소용돌이에 휘말릴 때가 있다. 우리들의 현실이 아무리 조악하고 추악할지라도 직접 피부에 닿지 않으면 그 심각성을 모르기 마련이다. 생의 소용돌이는 유행가 가사처럼 꼭 오고야 마는 속성을 지니고 있다.

-정이에요.

막 술잔이 돌았을 무렵, 곁에 앉은 아가씨가 자신의 성을 밝혔다.

친구들과 모처럼 마련한 자리였다. 처음에는 포장마차에서 시작한 술이 한 잔만 더하자며 2차를 거쳐 들어온 술집이었다. 출판사 하는 친구가 베스트가 하나 나왔다고 한턱내겠다며 어찌나 잡아끄는지 마지못한 듯 들어온 술집이었다.

술상이 들어오기가 무섭게 아가씨들이 들어왔다. 쳐다보지도 않는데 곁에 앉은 아가씨가 뒤늦게 제 성을 밝혔다.

이상하게 심장이 쿵 하고 내려앉았다. 어디서 들어본 듯한 목소리.

이 교수는 술을 한 잔 들이켜고 슬며시 아가씨를 쳐다보았다. 그러다 깜짝 놀랐다. 언젠가 심리학 논문을 쓰겠다며 원고를 가져다 보이던 그 여학생이었다. 이제 대학교 3학년이었다. 그의 아버지가 회사 퇴직하고 할 일이 없어 경비를 서고, 어머니가 딸의 대학이라도 끝내주기 위해 식당의 불판을 닦으러 다닌다는 것을 알고 있었는데 생각지도 못한 곳에서 그녀를 만나고 있었다.

-아니 선영 양!

그녀의 눈이 살을 맞은 것 같았다.

-교수님!

그녀는 입을 막고 그대로 일어나 뛰쳐나갔고 술판은 그렇게 끝났다.

그 뒤로 그녀를 만나지 못했다. 그녀가 쓴 논문 한 편을 가지고 있었는데 그걸 돌려줄 엄두도 나지 않았다. 그녀도 논문을 찾으러 오지 않았다. 아직은 습작 정도이지만 꽤 문장이 깔끔하고 담백하다는 느낌이었는데 어쩌다 그리되었을까 싶었다. 불판이나 닦으러 다니는 어머니, 창고지기 아버지의 고생을 견뎌내기가 힘들었던 모양이었다.

그래서였는지 모른다. 그때부터 이 교수는 본격적으로 학생들을 상담하기 전에 이 나라의 교육 실태부터 알아보기 시작했다. 진로 멘토로서 응당 해야 할 일이었다. 이 나라의 교육 현실이 어느 정도인가 먼저 정확하게 알아보는 것이 자신의 임무라고 생각한 것이다.

그 속으로 들어가 보았더니 말이 나오지 않았다. 교정에서나 강의실에서 보았던 그 풋풋한 청년들, 책과 씨름하면서 청춘을 불태우던 그 젊은이들의 싱싱함 뒤에는 현실이라는 악마가 눈을 치뜨고 있다는 사실에 이 교수는 아연실색하고 말았다.

내 버려두라고요

|

1

    교정은 언제나 새로운 각오를 다지게 한다. 담장이 넝쿨로 뒤덮인 미래 테크노타워의 모습은 아무리 생각해도 그 이름을 잘못 붙인 것 같다. 과거관이라고 해야 맞지 않나 싶기 때문이다. 그리고 그만큼 건물이 낡았다. 건물을 싸고 있는 담장이 넝쿨은 청라(靑蘿)라고 하여 옛 선비들의 상징이다.

    그 건물 아래 보이는 청운관, 언덕 위의 상운재. 전나무 숲길. 숲길 끝나는 곳에 서 있는 학생관과 서음관. 다시 돌아와 미래 테크노타워, 그 위쪽 좌측의 일송관. 그리고 상여관, 우측에 청조관, 그 뒤의 사미관, 그 위의 푸르른 하늘….

    엊그제 시작된 축제가 한창이다.

    내 삶을 내 버려둬

    더 이상 간섭하지 마. 내 뜻대로 살아갈 수 있는 나만의 세상으로난 다시 태어나려 해…… 들려오는 노랫소리를 듣고 있다가 이 교수는 자신의 책상으로 돌아왔다.

어느 사이에 그 노래가 입에 붙었다.

다른 건 필요하지 않아
음악과 춤이 있다면 난 이대로 내가 하고픈 대로
날개를 펴는 거야 내 삶의 주인은 바로 내가 돼야만 해

노래를 흥얼거리다 보니 문득 어제 만난 상중이 생각났다.

공부에는 취미가 없는 학생이었다. 그놈이 부르던 노래가 바로 이 노래던가?

언제나 노래를 제 노래처럼 흥얼거리고 다니다가 어느 날 아버지의 눈치를 그는 살폈다. 아버지의 기분을 봐 속의 말을 하기 위해서였다.

기회를 보다가 아들은 아버지에게 이렇게 말했다.

-아버지, 저 전자기타를 배우고 싶습니다.

그 말을 들은 아버지는 자기 귀를 의심하다가 버럭 화를 냈다.

-방금 뭐라고 그랬니?

-음악을 하고 싶다고요.

-뭐야! 이놈, 내가 널 딴따라 시키려고 혀가 빠지게 지금까지 공부시킨 줄 알아!

다양성이 인정되지 않으면 형평이 깨어진다. 형평이 깨어지면 관계 설정이 깨어진다. 그것이 가정이든 부모 사이든.

그래서 그 방면으로 알아보기 위해 이 교수는 어제 꼬박 도

서관에서 보냈다. 신문을 뒤져나가다 보니 이 나라의 선순환 구조 문제가 깨어지기 시작한 것은 1998년 이후부터였다. 그때 부터 자본주의 3.0의 극한 경쟁이 더욱 심화하고 있었다. 비정 규직 채용이 급증하자 좋은 일자리가 줄어들었다. 소위 '1등' 이 아니면 사람 취급받지 못하는 시대가 온 것이다. 그러니까 2 등 인생은 낙오자 신세나 다름없었다. 자연히 사교육비가 급증 했다. 왜냐면 제 자식 1등을 만들지 않으면 안 된다고 생각했기 때문이다. 이때부터 악순환의 연속이 시작되었다. 자식의 사교 육비를 벌기 위해 몸을 파는 학부모까지 나왔다면 말 다 한 일 이었다. 그래도 사교육비를 충당할 수 없었다. 그들은 결국 2등 인생을 스스로 인정하고 낙오자 대열에 합류할 수밖에 없었다.

그럼, 오늘의 학부모라고 나아진 게 있을까? 빈곤이 대물림 되는 악순환의 구조 속에서 2세 교육에 낙오하지 않기 위해 서 러운 가슴을 안고 우는 학부모가 없어졌을까?

오늘도 대학은 구조 조정을 운운한다. 구조 조정? 좋은 말이 다. 그러나 여기에 함정이 있다.

구조 조정을 성공적으로 한다고 하자. 그런데 역량 있는 대 학을 만든다고 해서 전국의 고등학생들이 모두가 진학할 수 있 는 것은 아니다.

대학은 1등 학생만 뽑겠다는데 그럼 2등 학생은 어떡하나?

2

아버지에게 음악을 하겠다고 하던 상중이는 계속해서 취미 없는 영어, 수학, 논술에 목을 매야 했다.

어느 날 함께 공부하던 친구가 학교에 나오지 않았다. 상중이는 그를 찾아다녔는데 집으로 가보니 학교에 간다며 나갔다고 했다. 이곳저곳 찾아다니다가 술에 취해 비틀거리는 친구를 길에서 만났다.

-너 술 먹었냐?

상중이 물었다.

-그래 먹었다. 으쩔래?

친구는 꼭 그에게 유감이 있는 것처럼 역정을 내며 눈을 뒤집었다.

친구를 어떻게 꼬드겨 집으로 데려갔는데 난리가 났다.

-이눔 자식, 하라는 공부는 안 하고 술이나 처먹고 다녀?

-그래요. 잘났습니다. 일류대학 나온 게 그렇게 자랑스럽습니까?

-이놈아, 네 형을 봐라. 턱 하니 동문이 되었잖냐.

-그놈의 동문! 동문! 정말 이가 갈립니다.

그날 이상준 교수는 상중이의 말을 듣고 동문이란 말을 이해할 수 없었다. 나중에 알고 보았더니 친구의 아버지와 어머니 그리고 그의 형이 모두 S대학 출신이었다. 그러니 너도 동문이 되어야 하지 않겠느냐 그 말이었다.

다음 날 상중이의 친구는 아파트 옥상으로 올라가 투신했다. 부모에게 혼나다가 결국 죽음을 택하고 만 것이다.

젊은이들을 한 줄 세우기로 개성의 다양성을 말살하는 기성 세대들.

그렇다면 그것은 반쪽 사회이지 온전한 사회가 아니다. 양극화를 해결하지 못하는 사회. 그 사회는 곧 썩은 사회이다. 언제 폭발할지 모르는 시한폭탄을 인고 있는 것과 같다.

q라는 학생은 수학을 잘한다. m이라는 학생은 영어를 잘한다. o라는 학생은 영어와 수학은 못 해도 음악을 잘한다.

영어 수학을 잘한 학생은 수능 점수가 좋다. 음악을 좋아하던 학생은 수능 점수가 좋지 못해 몇 점 차이로 이류라는 꼬리표를 달았다.

적성에도 맞지 않는 학과를 나와 그는 화학 회사에 입사했다. 그는 두 달 만에 회사를 그만뒀다. 자기 동기들이 하나 같이 일류대를 나와 그를 따돌렸기 때문이다. 그가 어떤 의견을 내기라도 하면 판판이 무시당했다. 이류라는 꼬리표가 그때까지도 붙어 있었기 때문이다. 문제는 거기에서 끝나지 않았다. 간부들이 인사 관련 면담하면서 그런 사람이 어떻게 우리 회사에 들어왔느냐고 노골적으로 몰아붙였다.

이 교수는 이 말을 들으면서 바로 이것이 문제가 아닐까, 하는 생각을 했다. 정부에서는 번번이 구조 조정 운운하고 있다. 하지만 제대로 된 구조 조정은 빛 좋은 개살구다. S대학만 대학이 아니다. 한국의 모든 대학이 S대처럼 종합대학만을 지향하기 때문에 시작된 불행이다. 대학을 졸업해도 갈 곳이 없는 학생들이 많은 이유가 바로 이 때문이다. 고등학교 졸업생은 넘쳐나는데, 지방대학은 신입생이 없어 문을 닫고 있다. 적어도 대학 교육이 제대로 되려면 산업, 인문, 예술 등 개성에 맞게 특성화한 대학으로 키워야 한다. 그래야 개인도 발전하고 국가도 경쟁력을 높일 수 있다.

공자, 맹자 같은, 너도 알고 나도 아는 소리지만 이게 한국 교육의 현주소다.

너도 알고 나도 아는 소리

|

이 교수는 이왕 알아보는 김에 좀 더 깊이 들어가 보았다. 그러자 빈부(貧富)의 간격이 분명하게 보였다.

빈부격차란 부유층 상위 5%, 그들이 가진 재산이 소득 하위 그룹 20%와 대비해 얼마나 되는가. 이것이 기준이었다. 그 비율이 1:1이 넘으면 빈부격차가 크다고 말하고 있었다. 어떤 사회든 양극화현상(Polarization)은 있기 마련이다. 그러므로 빈부격차란 자본주의 사회에서는 어쩔 수 없는 현상이다. 반드시 발생하게 되어 있기 때문이다.

그렇다면 문제는 그 정당성의 유무에 있다고 봐야 한다. 자신의 노력 여하에 따라 발생하는 차이, 그 차이를 합리화할 수 있는 것은 바로 정당성에 있을 터이기 때문이다. 이 정당성이 무너지면 가진 자는 더 가지게 되고, 가지지 못한 자는 더 가지지 못하는 부조리가 생기게 된다. 비로소 부익부 빈익빈(富益富貧益貧) 현상이 이해되었다. 빈부의 격차가 자본주의 사회의 큰 문제점일 수밖에 없는 이유가 선명히 이해되었다.

이것은 분명 자본주의 모순이고 맹점이었다. 능력은 곧 재산형성과 직결된다는 것은 상식이다. 이 제도적 모순이 양극화의 원인이 된다는 것 또한 상식이다. 그러면 양극화는 모든 이에게 기회균등을 줄 수가 없게 된다. 공정한 분배나 교육 기회도 마찬가지다. 그렇게 자유경쟁을 선택한 우리나라는 돈이 없으면 돈 벌기 힘들다는 단계에 이미 깊숙이 들어와 있었다.

이 교수는 이를 좀 더 포괄적으로 알아보았다. 그러자 우리나라는 1%의 상위 계층에 50% 이상의 부가 있다는 걸 알 수 있었다. 양극화현상이 너무 심해 대기업이나 정치를 하는 사람, 판검사, 의사 등 상위층들은 점점 돈을 더 벌고 거기에다 일부 파렴치한 자들은 탈세까지 감행하고 있었다.

그들이 그랬다면 상대적 박탈감은 더욱 심화하였으리라.

예상대로였다. 시골도 그렇고 도시의 빈민들은 대다수가 기초생활수급자로 전락한 마당이었다. 그들은 당장 앞길이 막막해 사채를 쓰거나 심지어 장기를 팔기까지 하고 있었다. 그래도 살 수가 없으면 도망을 다니고 있었다. 그래서 상위 몇 프로의 학생들 속에서 가난한 빈민의 아들딸들은 알바(아르바이트)를 하다못해 몸을 팔거나 그래도 학교에 다니기가 힘들면 교육을 포기하고 사회에 일찍이 뛰어들고 있었다.

이 양극화의 정점에 우리 젊은이들이 서 있다는 것 정도는 교수 생활을 하면서 어느 정도 알고 있었다. 이 나라 대학 어디를 가도 양극화의 온상 아닌 데가 없었다.

대학생들의 처지는 대충 두 분류로 나눌 수 있다. 있는 집 자식들과 없는 집 자식. 더 세밀히 분류한다면 다음 세 분류로 구별된다. 상위 그룹의 자식들, 중위 그룹의 자식들. 하위그룹의 자식들.

상위 그룹은 소위 이 사회 지배층의 자식이다. 중위 그룹은 자식들 공부나 시킬 수 있는 중산층의 자식들이다. 하위그룹은 별 소득이 없는 집안의 자식들이다. 상위 그룹의 자식들을 제외하고는 중간그룹의 자식들과 하위그룹의 자식들은 그 처지가 사실상 비슷하다. 상위 그룹의 자식들은 가방 하나에 수십, 수백만 원, 옷 한 벌에 수십, 수백만 원하는 것을 길치고 다니지만, 중위 그룹의 자식들과 하위그룹의 자식들은 그 처지가 거기가 거기다.

상위 그룹의 자식들과 중하위 그룹의 자식들과의 격차는 심각하다 못해 걱정스러운 단계에 와 있었다. 상위 그룹의 자식들은 그 풍족함에 기가 질릴 지경인데, 중위 그룹의 자식들은 그저 평범했고, 하위그룹의 자식들은 대부분 부모의 살과 뼈를 판 돈으로 학교에 다니고 있었다. 이 양극화현상 앞에서 이 교수는 할 말을 잃고 망연자실할 수밖에 없었다. 살펴보는 사람이 이런데, 있는 학생들 앞에 없는 학생들의 상대적 박탈감이 오죽할까 싶었다.

이 교수는 이참에 그 현장으로 나가봐야 하겠다고 생각했다. 멀리 갈 것도 없을 듯했다. 대학 구내만 돌아봐도 그 증거들이 포착되리라 싶었다.

먼저 대학 구내에 있는 식당들을 둘러보기로 했다.

꽤 많은 고급 식당이 대학 구내에 들어서 있었다. 그것들이 상위 그룹의 자제들을 위한 식당들이었다. 몇천 원짜리 밥을 먹는 학생들은 엄두를 못 낼 고급 음식들을 파는 곳이었다. 고급 중식당에서 파는 점심 메뉴가 기만 원에서 십만 원 중간대. 스파게티 식당은 샐러드가 만 원대. 그곳에서 보란 듯이 점심을 먹는 학생과 구내식당에서 줄을 서는 학생들이 위화감이 없다면 거짓말이었다. 1,000원이 아쉬운 형편인데, 몇만 원짜리 점심이라니.

그뿐만이 아니었다. 학생들의 숙식 문제를 알아보았더니 말이 나오지 않았다. 2평 정도의 월세 수만 원짜리 고시텔에 사는 학생이 있는가 하면, 상상할 수 없는 가격대의 오피스텔에 사는 학생들도 있었다. 졸업하고도 취직하기 위해 수강료가 없어 무료 특강을 찾아다니는 학생이 있는가 하면, 강좌 하나에 수십만 원 수백만 원짜리 영어학원에 다니는 학생들이 있었다.

그래서 열등생들은 2등 인생이 될 것만 같은 위기의식을 더욱 느끼는 것인지도 모른다는 생각이 들었다.

내가 너무 어두운 면만 보고 있을지도 모른다는 생각에 이 교수는 학교를 나와 커피 가게에 들어갔다. 여기저기 비싼 차를 앞에 한 학생들이 보였다. 그들의 표정을 보니 하나 같이 생활에 찌들어 보이지 않았다. 그제야 그렇지 싶었다. 바로 저들이 요즘 대학생들이지 싶었다.

그러다가 깜짝 놀랐다. 저들끼리 모여 비싼 커피를 마시는 학생이 있는가 하면 커피를 뽑아주는 알바생도 있었다. 커피를 뽑아주는 학생과 커피를 마시는 학생. 알바를 해야 하는 학생의 표정. 그들을 웃고 있었지만 울고 있는 것처럼 보였다.

그들이 사는 집은 가보지 않아도 알 것 같았다. 알바를 해 집세 내기도 빠듯한 곳에 살고 있으리라.

집으로 돌아오는 마음이 편치 않았다.

밤을 새워 오늘 보고 느낀 점들을 정리했다.

새벽. 신문 떨어지는 소리를 듣고 나가보니 아직도 별이 총총하다. 스스로 학비를 벌어야 하는 학생은 일터로 향하고 있으리라.

신문을 가져와 들췄더니 가관이다. 생활고에 시달리는 대학생들은 벼랑 끝에 내몰려 아우성치는데 학교 측은 입학금 등록금 거두어 유명 연예인 데려다가 쇼하는 장면이 자랑처럼 실렸다. 덩달아 정치인들이 멱살잡이하고 있었다. 일부 몰지각한 학생들이 부모 생활고 덜어 줄 생각은 하지 않고 이제 들어온 신입생들에게 술을 퍼먹이고 성추행까지 일삼고 있다는 기사도 있다.

저절로 한숨이 물렸다. 그렇게 하면서 왜 꼭 대학을 나와야만 하는지. 고등학교를 나와서는 제대로 인간 대접받고 살기 힘든 세상이어서 그런가? 저소득층 대학생들이 그러면서도 대학에 다닐 수밖에 없는 이 거지 같은 현실을 어떡할 것인가? 이것이 대학생들만의 문제만일까?

왜 아니라는 걸 알면서 학생 개인의 문제로 방치하고 있는지 알다가도 모를 일이었다. 정부나 대학 측은 왜 진지하게 고민하지 않는지. 오늘도 학자금 문제로 자살하는 학생이 늘어나는데도 왜 방치하고만 있는지.

그대의 입속에서 희망이 녹는다

|

1

그러고 보면 성공이나 행복이란 단어를 사용해 본 적이 별로 없었다는 생각이 이 교수는 들었다.

학생들을 가르치면서 도대체 무엇을 했더란 말인가? 어리석게도 자기 비하에 사로잡혀 스스로 2등 인생을 살고 있다고 자책하면서 무엇을 했는지 자책감만 들었다. 남들은 그것을 겸손이라고 표현하고는 하지만 그것이 겸손한 걸까? 학생들을 가르치는 교수로서 직무 유기는 아닐까?

일세를 풍미할 만큼 성공한다는 것이 이름 석 자 알리는 일이 아니고 보면, 좀 더 학생들에게 다가가야 한다는 생각이 들었다. 하지만 누가 행복하냐고 묻는다면 대답은 '그렇다!'하고 대답하던 자신이 너무 부끄러웠다. 가난하지만, 결코 불행하다고는 생각해 본 적이 없다는 그 상투적인 대답. 지금 그런 대답이나 하고 앉았을 때가 아니라는 생각이 비로소 들었다.

물론 학생들을 가르치면서 행복보다는 절망과 좌절을 많이 했던 게 사실이지만 정작은 그들을 모르고 있었다는 사실.

오늘날까지 그들에게서 무엇을 보았던가? 희망보다는 절망을 보았던가?

이 교수는 아내가 타다 준 차를 들고 멀거니 창밖을 바라보았다. 여진이가 여섯 살 때였을 것이다. 그때 첫 작품을 탈고했었다. 탈고하던 날 아침. 안드레아 보첼리와 사라 브라이트만의 노래 '안녕이라고 말해야 할 시간(Time To Say Goodbye)'이 TV에서 흘러나왔었다. 해넘이가 있기에 해돋이가 있는 법이다. 그때는 무엇이든 하지 싶었다. 세 식구, 무엇이든 못 하고 살까.

산은 연갈색 단풍으로 곱게 물들어 가고 있었고 멀리로는 북한산의 능선이 질주하고 있었다. 거대한 용처럼 일어서야 한다고 생각했다. 세상을 웅혼하게 내달려야 한다고 생각했다.

비로소 마침표를 찍은 심리학 원고. 소중했다. 그 무엇과도 바꿀 수 없는 것이었다.

이 책이 세상에 나가면 세상을 삼키지 싶었다. 이상준이라는 이름을 세상 사람들이 이제야 자랑스럽게 불러주지 싶었다.

그러나 막상 어렵게 책을 세상에 내놓았을 때 세상은 그리 만만한 게 아니었다. 그때마다 여진이를 데리고 이 창가에 서서 다짐했었다. 언젠가 이 세상의 주인이 될 것이라고. 그러나 세상의 주인도 되지 못했고 그렇게 소중했던 여진이도 곁에 없다.

하늘은 저리도 푸른데….

생각 끝에 이 교수는 K 대학에서 학생들의 취업 및 취업 담당을 맡고 있는 동료를 찾아갔다.

-아니 자네가 어쩐 일인가?

찾아간 용건을 대충 말했더니 그가 잘 왔다고 했다.

-오는 날이 장날이래더니. 잘됐네. 오늘 마침 취업 담당 멘토링 워크숍이 있는 날이네. 마침 끝났는데, 가세.

이 교수는 그를 따라가 차를 나누며 많은 말을 나누었다. 그에게서 그곳 학생들의 실태를 조금은 알 수 있었다.

꽤 능력 있는 의원의 사무실에서 사무 보조원으로 일하던 한 여학생이 전과자가 되었다. 그녀를 전과자로 만든 의원은 반값 등록금을 공약한 의원이었다. 여학생은 희망을 품고 일했는데 선거사무실에서 받은 180만 원의 월급이 문제였다. 이 학생이 의원 사무실로 나가기 전에도 사무 보조원으로 있던 여학생이 자신의 월급이 불법 선거자금으로 분류된 적이 있었다. 몇 년 전이라 그때 월급이 130만 원 정도였는데 역시 선거자금으로 분류되어 전과자가 되고 말았다.

학비를 마련하기 위해 시작한 알바.

그런데 선거사무실 측은 그녀를 선거운동원으로 등록하지 않았다. 그 바람에 그녀가 받은 월급 130만 원이 불법 선거자금으로 분류되고 말았다. 그녀는 1심에서 벌금 200만 원형에 처했다. 130만 원도 추징 명령받았다.

그녀는 곧 항소했고 서울고법 2심 재판부는 벌금 100만 원,

130만 원 추징 명령을 내렸다.

그녀는 대법원에 상고했으나 기각되고 말았다.

그런데 몇 년 후 반값 등록금을 약속한 의원은 또 사무 보조원을 버젓이 들였다. 의원은 그때처럼 19세의 학생을 들였는데 알고 보니 월급이 적기 때문이었다.

법조계에 있는 후배가 곁에 있어 이 교수는 그에게 물어보았다.

-선거사무실에서 일했다는 그녀들의 나이가 이제 19세인데 그럼 뭔가 잘못된 거 아닌가?

그가 고개를 끄덕였다.

-더러 알바비 정도를 주고 학생들을 사무보조 원들을 들이는 사무실이 있습니다. 물론 그들도 불법이라는 걸 알고 있지요. 그러나 선거운동원으로 신고를 않고 싸게 쓸 수 있으니 말입니다. 결국 피해는 고스란히 학생들이 지는 겁니다. 학생들은 선거사무실에서 일하는 게 합법적이라고 생각하니까요.

-그게 뭐 죄 되는 것이라고. 등록금을 벌기 위해서라고 하는데 전과자라니?

-현행 법률을 모르고 보면 그럴 수도 있지요. 법원 판결은 사실관계로 판결하기 마련이니까요.

-하지만 검찰 조사가 뭔가 미진해 보이지 않아? 법률 적용에 있어 좀 더 신중했다면 말이야. 조사 단계에서 19세의 학생인 점을 인정해야 할 것이 아닌가. 법리 해석을 정확하게 했더라면 최소한도 전과자는 만들지 않았을 텐데.

아무튼 그런 나라에 우리가 살고 있다는 생각에 이 교수는 더 할 말이 없었다. 소위 국민의 대변인이라고 하는 국회의원이 임금 아끼려고 학생들을 범법자를 만들고 있었다.

검찰이나 법원도 그렇다. 조사 과정에서 그녀들이 19세 학생임을 참작해 판단하고 처벌해야 함에도 무조건 전과자를 만들고 마는 나라. 그런 나라에 우리가 살고 있다는 사실이 믿기지 않았다. 차후 그런 학생 전과자가 발생하지 않는다고 어떻게 장담할 것인가.

-에이 희망을 녹여 먹는 놈들!

사탕을 녹여 먹듯 젊은이들의 고혈을 빠는 그들을 향해 그렇게 씹어뱉어 보지만 그것은 그저 자괴감으로 돌아올 뿐이었다.

집으로 돌아오는 발걸음이 가볍지 않았다.

밤새 뒤척거렸는데 아침 신문을 보다가 이 교수는 또 시무룩해지고 말았다. 이 나라 최고의 배우와 배우가 결혼한다는 기사가 대문짝만하게 나 있었다. 일등과 이등의 결혼이 아니다. 어떤 학생은 등록금을 벌기 위해 전과자가 되었다는데 수천수억의 예물이 오가는 결혼식이 올려질 것이라고 했다. 졸업하기도 전에 전과자가 되거나, 학비와 생활비를 마련하려다가 신불자가 되는 이 나라에서.

2

대충 세상 돌아가는 모습과 학생들의 처지를 나름 파악한 뒤

상담실 문을 열어 놓으니 별의별 학생이 다 찾아들었다.

내가 세상을 파악해 보기 위해 나섰다고? 그래서? 세상이 어떻대? 잠시나마 학생들의 처지를 알아보았다고? 그들은 어떻대?

막상 학생들을 대하자, 그 생각부터 먼저 들었다. 처음에는 학부 학생들의 상담만 받았는데, 그래서는 안 되겠다 싶어 가리지 않고 받으니 그럴 만도 했다. 그들의 사연을 들어보니 가지가지 정도가 아니었다. 잠시 살펴보았던 것은 그 일부분 아니 한 조각도 아니었다.

그런데 놀라운 것은 상담을 신청하는 학생 대부분이 신기할 정도로 건강하다는 것이었다. 그것이 우선 고마웠다. 가진 것 없는데 몸까지 건강하지 못하면 이 세상 어떻게 헤쳐 나가나 했는데 그나마 다행이라는 생각이 들었다.

주로 멘토가 해야 할 일은 대계열로 입학한 학생들의 학사 지도였다. 대학 생활 적응과 진로 탐색을 중점으로 멘토 했었는데 성에 차지 않았다. 새내기들의 경우, 1학기에는 대학 생활에 잘 적응할 수 있도록 상담에 응하다가 점차 넓혀나갔다. 상담을 오래 한 선배의 말을 들어보니 2학기에는 진로 탐색에 초점을 맞추고 학교생활을 안내해 줘야 할 것이라고 했다. 상담 외에 대계열 학생들을 위해 다양한 활동과 프로그램을 알려주고 여러 종류의 비교과 프로그램을 여러모로 운영하며 진로 문제를 상담해야 할 것이라고 했다.

그건 그렇게 하면 되는 것이고 학생들을 상담하면서 먼저 느긴 것은 학교생활에 굉장히 적응을 잘하는 학생이 있고, 학교생활을 상당히 힘들어하는 학생들이 있다는 것이었다. 자연히 어려움을 많이 겪는 학생에게 관심이 갔었는데 학생이 상담 신청을 하면 우선 상담 이유를 성실하게 들어보았다. 그리고 의견을 제시하기도 하고 학생의 의견을 거듭 들어보기도 했다. 그러면서 길을 찾아보았다. 가볼 곳이 있으면 학생과 직접 가보기도 하고, 힘에 부칠 정도가 아니면 경비 문제도 해결하며 결과를 기다렸다. 결과가 잘 나오면 그럴 수 없이 보람이 느껴지지만, 그렇지 못하면 안타깝고 서글펐다. 그렇다고 희망을 버릴 수는 없기에 꼭 노력을 당부했다.

문제는 심리학 교수이기에 극히 상담영역이 제한 적이라는 사실이었다. 그것이 영 성에 차지 않았다. 그래서 학생들에게 도움이 되겠다는 욕심에 상담영역을 넓혔다. 며칠이 지나지 않아 이상한 소리가 들려왔다.

-이 교수, 무슨 오지랖이래요. 학생들 '성격 파이브 요인(FBI) 검사'는 또 뭐구?

간섭하기 좋아하는 선임 여교수의 질타에 어이가 없었다. 각 학부 상담 멘토들이 있는데 학부를 넘어 학생들의 상담을 받으니, 눈치를 받을 수밖에 없었다. 더욱이 그녀가 맡은 학부의 학생이 그녀에게 멘토를 구하지 않고 이 교수에게 상담했으니 선임 선배로서 입을 삐죽일 수밖에 없었다. 학생들에게 도움이 되겠다 싶어 이 교수는 자신의 성을 따 'LI-심리검사' 프로그램을 진행해 검사 결과를 토대로 중도 탈락 위험군 학생을 추려 상담을 진행했었는데, 이게 인기가 있었다. 다른 학부의 학생들이 슬쩍 넘어와 검사받곤 했는데, 그녀의 학부 학생이 검사받았던 모양이었다. 그것을 알게 된 여교수가 그렇게 꼬집은 것이었다. 한 마디로 주제넘게 이상한 걸 들고나와 이것저것 기웃거리지 말라는 말이었다.

사실 다른 학부의 학생이 넘어오면 신경이 쓰이지 않는 게 아니다.

-자네 학부의 멘토가 있잖은가.

그렇게 돌려보내고는 하는데, 그럼, 교수님은 이 학교 교수님이 아니세요? 하고 나오면 문제가 복잡해진다.

늦게 배운 도둑질 날 새는지 모른다고 상담을 해보니 대학생 대부분의 고민이 생활고에 있었다. 이것은 학부의 문제가 아니었다. 그런 그들을 알기 위해서는 학부의 담당 교수가 적극적으로 나서지 않으면 안 될 문제였다. 누구라도 그들의 생활전선으로 나가봐야 그들이 처한 실정을 알게 되고 고민을 해결할 수 있을 것이었다. '힘들지?' '어떻게 힘들지 않겠어.' 그런 위로는 멘토가 아니라도 해줄 수 있다. 거기에다 부모나 선생은 원칙만을 강조한다. 학생들이 처한 현실을 내다보려고도 하지 않는다. 학생들이 처한 현실을 정확하고 냉정하게 파악해야 하는데 그게 되지 않고 있었다. 그러면서 젊은이들에게 동물적인 경쟁을 강조한다. 아니 그 안에서 낙오하거나 죽을 수도 있다고 겁박한다. 세상 다 살아본 듯 굴고, 번지르르한 겉말로 청춘의 시간을 빼앗는다. 당장 학비가 없거나 생활비가 없는 학생에게는 번

지르르한 겉말이 무슨 소용이랴. 교수의 번지르르한 이상이 현실을 망각한 것이라면 그것은 사기이지 가르침이 아니다. 그래 상대 교수들의 시선이 어떠하든 학생들이 처한 현장으로 나가 보기로 했다. 각 학부 교수에게 양해를 구하고 자시고 할 문제가 아니었다. 상담 멘토로서의 자격지심을 일부러 건드릴 필요가 없었다. 영역 싸움하듯 학자적 도리 문제나 따질 때가 아니었다. 학생들을 가르치는 교수라면 누구나 나서야 할 일이었다. 취업 문제나 다루는 자리와는 또 달랐다. 학생들의 전반적인 문제를 멘토 해야 하는 자리였다.

역시 생각했던 대로 심리학부 학생만이 아니라 가리지 않고 학생들을 받아들이자, 영웅 났다는 식의 빈정거림이 따라왔다. 그렇다고 그만둘 수도 없는 일이었다. 자기는 하지도 않으면서 괜한 시기심을 가진다면 학생을 가르칠 자격이 없는 사람이었다. 시기심을 부릴 것 같으면 그도 나서면 될 일이고 함께 문제를 풀어나가면 될 일이었다.

-꼭 초짜들이 문제예요. 적당히 하면 될 것을….

그러든 말든 거슬릴 것이 없었다.

사실 상담실 문을 열면서 맨 먼저 깨달은 것은 심리학은 임상심리학이 되어야 한다는 것이었다. IMF 이후 2000년대로 들어서면서 경제 성장과 함께 그에 따른 사회 문제로 인한 심리적 건강이 대두된 것은 사실이다. 세상일은 결심한 의지보다 우연이 나타나는 일이 더 많다. 자신에게 심리적 문제가 있다고 생각하는 학생이 있어 상담하고 평가 진행 후 결과를 설명하면 하나 같이 에이, 하고 돌아섰다. 충분하지 못하다고 생각하는 것이다. 왜 그런가 하고 곰곰이 생각해 보았더니 학생들의 처지를 듣기만 했지, 그들이 처한 생활 속으로 들어가 보지 않았다. 현장의 필요성을 느꼈을 때가 이때였다. 학생들이 서 있는 곳, 그곳을 살펴봐야 제대로 상담이 이루어질 것이라는 심리학자로서의 평범한 깨침이었다.

엄밀히 말해 심리학의 목적은 사기 이해에 있다. 자신이 경험하는 심리적 어려움이 이해되지 않을 때 사회 불안 장애가 생긴다. 이는 곧 공포로 이어지며 회피하려고 하다 보면 일탈이 따르기 마련이다. 이곳저곳 기웃거리게 될 것이고 학교를 중도에 그만두거나, 폭식하다 비만의 늪에 빠지거나, 심지어 자살하는 예도 허다했다. 살인, 방화, 폭행, 절도…. 그렇게 이어지는 결과를 낳는다. 그렇다면 그것을 치료하는 것이 멘토의 역할이다. 강의실에서 영혼 없이, '나는 누구인가?', '인간은 어떤 존재인가?' '어디서 와 어디로 가는가?', 이런 것만 붙들고 늘어져서는 해결될 문제가 아니다.

K 대학 동료 교수를 다시 찾았다. 그에게 멘토로서의 다짐을 밝혔더니 불쑥 손을 내밀었다.

-고맙네.

두 사람은 손을 잡고 흔들었는데 그가 그랬다.

-쉽지 않을 테지만 나도 그럴 생각이라네.

그래서인지 그는 그동안 모아 놓았던 자료를 아낌없이 보여주었다. 이 자료 저 자료를 보여주다가, 지금 가장 시급한 문제는 요즘 대학생 신용불량자가 4년 만에 38배로 늘어나고 있다고 했다. 오늘도 빚을 진 대학생들은 빚 독촉에 시달리고 있고 결국에는 금융 채무 불이행자(신용불량자)가 되고 있다고 했다.

기막힌 현실 앞에서 이 교수는 할 말을 잃고 말았다.

-그런 것도 모르고.

-맞아. 교수 월급 또박또박 챙겨 받으면서 무엇을 가르쳤는지 그런 자괴감이 들 때가 한두 번이 아니야.

그의 말을 들으면서 이 교수는 눈을 감았다. 대학생들에게 직장이 있나, 재산이 있나. 그러니 은행에서 돈을 빌릴 수밖에 없다. 그러나 낮은 금리로 돈을 빌릴 수 없는 것이 현실이다. 그러니 학생들은 울며 겨자 먹기로 카드사나 할부금융사, 저축은행 그렇게 제2금융권을 찾았을 수밖에 없다. 그도 안 되면 고금리 대부업체를 찾아가거나.

동료 교수와 헤어져 그쪽으로 알아보았더니 대부업체에 돈을 빌리는 대학생 수가 67%나 되었다. 다른 빚을 돌려막기 위해 빚을 낸 대학생도 7%나 되었다. 그러다 이자도 못 갚고 신용불량자가 되어 쫓기는 학생도 있었다.

사회에 나가 보지도 못하고 신용불량자가 된 학생이 한둘이 아니었다. 그 수가 수년 만에 무려 수십 배로 늘어나는 상황이었다.

그렇다고 정상적으로 졸업한 학생들이 취업전선에서 대우받는 것도 아니었다. 정부는 청년실업이 걱정된다고 말로만 떠들지 정작 공기업에서는 오리발만 내밀고 있었다. 공공기관의 청년 평균 고용률이 법적 권고기준 3%에도 못 미친다면 청년 실업은 생각하나 마나였다. 실업률이 12.3%에 달하고 있다는 사실을 접하고 이 교수는 다시 할 말을 잃었다. 수년 전 기준이지만 지금이라고 해서 별로 나아진 것도 없었다. 오히려 30세 미만의 실업률은 더 심각해졌다는 걸 알 수 있었다. 우리나라의 청년 실업률이 OECD 주요 국가 중 프랑스의 16%에 이은 수치고 보면 할 말이 없었다.

그렇다면 청년들이 느끼는 실제 체감지수는 더욱 심각할 수밖에 없을 터였다. 병역 문제, 대학원 진학 문제…. 30세 미만이라고 해도 실제로 경제활동 시기는 20대 중반부터다. 그 나이를 대중잡아 이십 대 중반에서 말까지라고 한다면 실제 실업자의 숫자가 전체 실업자의 절반을 차지하는 셈이 된다.

물론 우리나라만 그런 것은 아닐 터이다. 청년 실업의 문제는 선진국도 심각한 사회 문제라고 하니까. 선진국도 10% 정도 청년 실업률을 보인다는 것이다.

그런데 문제는 우리나라의 청년 실업 문제가 다른 선진국과 다른 유형을 보인다는 점이었다. 독일이나 다른 유럽 국가들, 미국을 비롯한 기타 국가들은 청년 실업률이 전체 실업률의 두 배를 넘지 않는다고 하는데 우리나라는 특이하게 전체 실업률 대비 4배나 된다는 것이다.

그럼 죽어나는 것은 부모일 수밖에 없다. 자식을 벌어먹이던 부모들은 자식이 벌어다 주는 돈으로 살아야 하는데, 자식들이 그 모양이니 다시 직업전선에 나설 수밖에 없다. 50대 어머니의 고용률이 20대 자식들 고용률을 넘어섰다고 한다. 그러니까 나이 든 어머니가 20대 자식들을 먹여 살리는 세상이 되었다는 것이다.

그래서일까? K 교수는 헤어지면서 이 교수에게 이런 말을 했다.

-낮에 알바 뛰고 밤에 잠 안 오는 약을 먹어가며 공부하는 애들을 보면 이게 대한민국의 실상인가 하는 생각에 가슴이 무너져. 권력가들은 제 권력에 취해 학생들이야 죽어 나가든 말든 관심 밖이고, 그런 세상 속에서 일어서 보겠다고 이를 악무는 젊은이들. 희망? 비전? 무슨 비전? 이 사회는 비전을 꿈꿀만한 사회가 아니라네.

그래서인지 자꾸 비전이란 말이 입속에서 맴을 돌았다. 이 절망적인 상황에서 가장 필요한 것이 그것이지 싶은데 이 사회가 그것을 용납하지 않는다고? 그렇다고 교수라는 사람이 학생들로부터 돌아서 버린다?

올바른 비전 없이는 이 세상을 올곧게 살아낼 수 없다는 건 상식이다. 그것은 대학에 다니고 있는 학생이나 사회로 나간 젊은이나 마찬가지다. 그들에게 제일 필요한 것이 무엇인가?

이 절망적인 현실에서 무엇보다도 선행되어야 할 것이 그것이다.

비전(vision).

젊은이에게 비전이 없다면 죽은 목숨이나 마찬가지다.

선지자들은 이 절망의 시대에 젊은이여, 비전을 가져라, 하고 외치지만 비전 없는 인생은 없다.

이 교수는 학생들에게 이렇게 물어보았다.

-그대는 마음이 몇 가지라고 생각하나?

학생이 고개를 갸웃갸웃했다. 마음도 몇 가지가 되는가요? 그런 표정이었다.

-마음은 두 가지다. 작은 마음과 큰마음.

-아! 큰마음 먹고 살아라? 그 말인가요?

학생은 그제야 눈을 반짝이며 물었다.

-문제는 비전의 질적인 높낮이에 달려 있다는 말이다. 비전이되 가장 비전다운 것.

학생이 그다음은 말하지 않아도 알겠다는 듯이 나섰다.

-그 질적인 혜안이 중요할 것이란 말이군요. 그렇다면 질 높은 비전을 어떻게 자기화할 수 있죠? 어떻게 자기화하여 그것을 지혜롭게 선택하고 쓸 수 있을 것인가 그게 문제일 것 같은데요?

이 교수는 눈을 감았다. 실천 없는 비전, 사실 그것은 아무 쓸모가 없다. 질 높은 비전을 자기화하려면 무엇이 필요한가? 바로 큰마음이다. 그러니까 우선 피나는 인격 수양이 이루어져야 큰마음의 세계가 열린다.

생각은 그랬지만 말이 되어 나오지는 않았다.

-그러니까 결국 작은 마음을 버리고 인격을 닦아 큰마음의 인간이 먼저 되어라, 그 말이군요?

알고 보니 뭐 별것도 아니구먼요. 하는 표정으로 학생이 빙글거리며 말했다.

이 교수는 잠시 사이를 두었다가 다음과 같은 말을 했다.

누구에게나 작은 마음을 큰마음으로 바꾸어 쓰려는 생각이 있다. 하지만 큰마음을 낼 수 없기에 작은 마음으로 살 수밖에 없다. 그러나 소승적일수록 집착은 강하기 마련이고 집착은 야망을 낳는다. 그래서 누구에게나 야망이 있는 것이다. 그러므로 그에 걸맞은 비전이 있어야 한다.

-교수님, 소승 대승하시는데 그거 불교에서나 쓰는 말 아닌가요?

비전 문제를 종교적 틀에 묶는다는 것이 어째 그렇다는 듯이 학생이 치받았다. 편협한 인식에 의해 정도를 받아들이는 자세에 문제가 있어 보였으나 이 교수는 개의치 않고 받아들였다. 자신도 그럴 때가 있었기 때문이다.

-그럼 바꾸지 뭐. 대승은 큰마음, 소승은 작은 마음.

하기야, 싶다. 생각해 보면 학교에서는 오늘도 그저 획일적인 가르침만을 펴고 있다. 입시 위주의 교육정책은 자식들에게 터무니없는 희생만을 강요하고 있다. 그러니 제대로 인격이 형성될 리 없다. 하나 같이 입시 위주의 교육정책의 희생물이 되어 순수한 열정과 부조리한 사회현상 사이에서 고뇌하고 절망한다.

그렇게 이 사회는 터무니없는 희생만을 강요하고 있다. 이것이 현실이다. 그런 현실에 어느새 학생들도 길들여져 있다.

대학 다닐 때 지도교수는 그래서 교육환경이 시급한 것이라고 말한 바 있다. 다양한 학문으로 소양을 닦는 길은 본시 어려운 것이다. 하지만 그 고통을 이겨낸다면 그만큼 성숙해진다. 인간을 인간답게 해주는 요체. 인간 됨됨이. 그 인간 됨됨이의 실현, 바로 그것이 수행의 요체이기 때문이다. 키케로가 말했듯이 인간 본성 즉 후마니타스(humanitas)이다. 후마니타스를 가르치고 습득하는 곳이 교육기관(대학)인 학교다. 그럼, 우리를 인간 되게 하는 것은 무엇일까? 여러 가지 길이 있다. 그중에서 가장 중요시해야 할 것은 바로 선지자들의 지혜다. 그것을 텍스트화하지 않고는 오늘의 우리 자신들을 되돌아보기 어렵다. 선지자들은 말하고 있다. 소아적 견지를 버리고 큰마음 즉 대아적 자세로 세상을 살아가야 한다고.

그렇다면 그 자체가 전환이라는 말이다. 바로 그것이 비전의 핵심이라는 말이다.

3

왜 그때 어릴 때 모습이 떠올랐는지 몰랐다 어릴 때는 변덕이 좀 심한 아이였다. 누구에게나 그런 기억쯤은 있을 것이다. 어릴 때 한 편의 영화를 보았다. 화려한 배우의 모습에서 나도 영화배우가 되어야겠다고 생각했다. 그러다가 목청 좋은 가수가 감성을 건드리자 아하, 가수가 되어야겠다고 생각했다. 그러다가 마도로스 복을 입고 담뱃대를 문 기관사가 멋져 보여 기관사가 되겠다고 결심했다. 그렇게 인생의 목표는 시시각각 바뀌었다.

고등학교 다닐 때, 알겠는가? 선생님이 어느 날 이런 말을 했다.

'지금 너희들이 가지고 있는 얕은 지식으로 생각해 낸 비전은 그저 비전일 뿐이다. 그것은 증기 같은 것. 진취적이고 바람직한 비전은 절대 아니다. 그것이 진정한 비전이라면 오로지 불타는 열정의 화신이 되어 그 길로 달려가고 있을 것이고, 실현성 있는 계획이 세워졌을 것이고, 소명 의식에 눈뜨기 시작하고 있을 테니까.

그때 선생님은 비전이란 말을 정확하게 이해하고 있었던 것일까?

그때의 선생님처럼 학생들에게 비전, 비전하고 있지만 완전한 체험에서 온 것이 아니고 보면, 학생들에게 묻고 있으면서도 사실 소름이 돋는다.

우리 헤어지지 말아요.
죽을 때도 같이 죽어요.
외롭지 않게.

제2장

거창한 꿈속의
허무맹랑함

의혹의 중심 1

|

1

소쇄원 생각이 자꾸 나 에라, 가자 그렇게 마음먹고 그곳으로 떠났다. 여름 끝 무렵. 벌써 보도에는 낙엽이 날리지만 소쇄원은 여름이 제격이었다. 그 옛날 여진이가 세상을 버리기 전에 이곳에 왔을 때는 여름이었다. 마침, 장마철이었다. 비바람이 몰아치자 참으로 장관이었다. 비바람 속의 대나무. 계곡에 넘치는 물. 그제야 왜 정자 이름을 광풍각(光風閣)이라고 했는지 알 것 같았다. 광풍각 앞까지 튀어 오르는 물보라, 쏟아지는 물소리, 눈을 감으면 자연과 하나가 되었다. 파도 소리, 대나무를 뒤흔드는 미친 바람 소리. 마음이 쏴쏴 씻겨 가고, 그래서 이곳 주인이 부르지 않아도, 아내와 곧잘 찾곤 하던 곳이었다.

아내는 미친 바람이 부는 광풍의 광풍각을 별로 좋아하지 않았다. 본시 조용한 사람이었다.

아내는 조담 옆에 있는 광석이라고 명명된 평평한 바위에 눕기 좋아하였다. 그것도 특히 달 밝은 밤. 여진이도 그랬다. 두

모녀가 누워 있는 모습을 보면 절로 입이 벌어졌다.

-아빠, 이리 와. 저 달 좀 봐.

그러던 여진이는 이제 곁에 없다.

여름 끝 무렵이어서인지 장마철 뒤끝이어서인지 사람이 없었다.

아내와 같이 올 걸.

그러나 아내는 여진이가 잘못된 후 추억하기가 싫다며 오지 않으려고 했다.

그랬다. 그녀는 이곳이 싫었다. 이곳에만 오면 여진이의 음성이 들리는 것 같았다. 그러면 여진아, 여진아, 부르게 되고, 그런 아내를 보며 이 교수는 걱정스러움을 나타내고는 했다.

이 교수는 옷을 벗고 암반으로 다가갔다. 담장으로 흘러가는 물 옆에는 암반이 있었다. 그 암반에는 욕조처럼 움푹 파인 곳이 있었다. 그곳엔 언제나 물이 고여 있었는데 장마 뒤끝이어서인지 물이 찰랑거렸다. 물가에 앉아 하늘을 올려다보니, 천상이 따로 없다. 밤하늘의 별들. 대 끝을 흔드는 바람 소리. 달이 저기 있구나.

-아빠.

깜짝 놀라 뒤를 돌아보니 어둠만 가득할 뿐.

내가 이제 헛소리까지 듣는구나.

아내가 부르던 노랫소리가 들려왔다. 아내는 이런 곳에 오면 우리의 한스러운 곡이나 불러댈 줄 알았는데, 포르투갈 파두(Fado)의 여왕이라고 하는 아말리아호드리게스(Amalia

Rodrigues)가 부른 검은 돛배(Barco Negro)라는 노래를 부르고 있었다. 진정 위대한 파두 가수인 그녀는 이미 세상을 떠났지만 듣는 이의 영혼 가장 깊은 곳까지 파고드는 호소력 짙은 음성이 독보적인 데가 있었다. 그래서 아내가 좋아했던 모양이었다.

이 교수가 들어보아도 포르투갈의 전통음악이라고 하는 파두는 슬픈 운명의 음악이었다. 파두의 어원은 숙명과 운명을 뜻하는 라틴어 파둠(Fatum)에서 유래됐다고 한다. 파두의 밑바탕에 드리운 사우다지(Saudade)도 우리의 한(恨)과 유사한 포르투갈의 대표적인 정서가 느껴지는 뭐가 있었다. 도달할 수 없는 그리움이라는 설명이 있을 정도로 세상에서 가장 아름다운 단어라고 하였다.

아무튼 아내는 그 노래를 즐겨 불렀다. 포르투갈의 바닷가에서 발생한 민요인 그 노래는 우리나라로 따지면 망부석 혹은 남도민요와 같은 노래였다.

남정네들을 바다로 보내놓고 기다리다 지쳐서 그것이 한이 되어 버린 여자들의 노래가 바로 그것이었다.

그 노래를 좋아하다 보니 어느 날, '여보, 우리 포르투갈 한번 가봐요. 나 정말 가보고 싶어.' 신혼여행도 사실 바빠 변변히 못했던 기억이 항상 마음을 짓누르고 있었는데, '그래 가자.' 그러고는 생애 처음으로 이 교수는 아내와 여행을 나섰다. 여진이는 손뼉을 치며 걱정하지 말고 다녀오라고 했다.

포르투갈은 이베리아반도 구석 대서양 이면에 있었다. 마치스페인에 새 들어 있는 인상을 주는 나라였다. 계절은 여름뿐이라고 하는데 낮에는 햇빛이 쨍쨍 쏟아지다가 아침과 저녁으로는 추웠다. 아내에게 자주 겉옷을 걸쳐준 기억이 있는데 그때마다 그녀는 등 뒤의 남편 손을 잡았다.

어부들이 붐비는 뒷골목으로 가보니 신선한 어패류들을 구워 파는 곳이 있었다. 그곳에서 두 사람은 그 노래를 듣고는 하였다. 인생이 느껴지고, 추억이 느껴지고, 향수가 느껴지고, 사랑이 느껴지고, 슬픔이 느껴졌다.

배를 타고 나간 남편을 기다리다가 돌아오지 않는 남편. 그때문에 미쳐 버린 여인.

옛날 어느 바닷가 마을에 한 부부가 가난하지만 서로 사랑하며 살고 있었다고 한다.

어느 날 고기잡이 떠난 남편이 돌아오지 않았다. 그날 이후 아내는 매일 바닷가에 나가서 아득한 수평선을 바라보며, 남편이 돌아오기만을 기다리고 또 기다렸다.

그러던 어느 날 아내의 눈에 수평선 너머로 무엇인가 보였다. 그것은 분명 남편의 배였다.

오랜 기다림에 지칠 대로 지쳐버린 아내의 눈에 눈물이 고였다. 점점 가까워져 오는 남편의 배…. 그러나 그 배에는 검은 돛이 달려 있었다.

....

난 해변에 쓰러져 있었고 눈을 떴어요
바위와 십자가가 보이더군요

당신이 탄 돛배는 밝은 불빛 속에서 너울거리고
당신의 두 팔은 지쳐서 흩어지는 것 같았어요
뱃전에서 당신이 내게 손짓하고 있는 것을 보았지요
파도가 말하더군요
당신은 영원히 돌아오지 않을 것이라고….

그러고 보면 아내가 폭풍우가 치는 날 광풍각에 오르기를 싫어하는 것도 이해가 되었다.

-우리 헤어지지 말아요. 죽을 때도 같이 죽어요. 외롭지 않게.

대나무를 흔드는 미친 비바람. 들이치는 파도. 저러한 것들이 우리 사이를 갈라놓을 것 같은 생각이 그녀는 들었을지도 모를 일이었다.

그러나 이제 우리의 분신이었던 여진이는 가고 없다. 그 노래에 함께 열광하던 사람은 없다. 내가 망부석이 된 것이다. 내가 기다리고 있는 것이다. 내가 미쳐가고 있는 것이다. 내가 죽어가고 있는 것이다.

2

소쇄원에서 돌아와 앉았으니, 지옥이 따로 없다. 왜 이렇게 늦더위가 심한지 모를 일이다. 이 교수는 부채를 들고 길거리슈퍼에 나가 인도에 내놓은 파라솔 밑에 앉아 물 한 병을 사 마시면서 멀거니 지나가는 사람들과 차량의 행렬을 지켜보았다.

이놈의 세상, 더러운 놈의 세상, 왜 태어나 이 모양인지. 어디를 가는지 사람들의 걸음은 바쁘기만 하다. 좀 쉬었다 가면 어디가 덧나기라도 하는지.

여진이가 보고 싶다. 저 어디선가 아빠 하고 달려올 것 같다. 왜 그렇게 일찍 가 그래. 왜 가슴을 이렇게 아프게 해. 에이 출가나 해 버릴까. 아내의 슬픔을 지켜보는 것도 이제 지친다. 눈을 내리깔고 말이 없어져 버린 아내 보기가 겁이 난다. 그걸 이겨내기가 힘들다. 서로의 슬픔을 속으로 다스려야 하는 그 슬픔을 이겨내기 힘들다.

인간은 사회적인 동물이라고 한다. 그렇다고 하자. 삶 자체가 그렇다고 하자. 살아가기 위해서는 생활수단이 필요하고 생활수단은 갖가지 형태로 나타난다고 하자. 그 사회적 생활수단을 직업이라고 하자. 어떤 형태로든 누구에게나 직업은 있기 마련일 것이다. 그렇기에 우리는 오늘날 급속도로 변화한 사회에 살고 있지 않은가.

그래. 그래서 어쨌단 말인가.

이 교수는 그런 생각을 하며 눈을 감았다. 2등이 아닌 선도주자가 되려고 노력했던 세월. 1등이 되려고 노력했던 세월. 왜 그랬을까? 선도자의 자리를 빼앗기면 언제나 낙오자로 전락하기 때문이라는 생각을 왜 하면서 살았을까?

이제 그것이 무슨 소용이 있나.

눈을 뜨자 배꼽을 내놓은 소녀들이 지나간다. 이제 스무 살이나 먹었을까.

이 교수는 멍하니 그들을 바라보았다.

우리 여진이. 여진이도 저런 세월을 살다 가야 하는 것을.

참 세월이 많이 변했다. 어깨동무하거나 등을 안고 가는 젊은이들을 보면 그 옛날 사모하던 아내의 손 한 번 잡기가 그렇게 힘들었던 세월이 언제이든가 싶다.

저들이 좋은 세월에 살고 있다는 걸 모르는 게 아니다. 그래서 저들에게도 절망이라는 게 있을까 싶다.

이 교수는 때로 난관에 부딪히거나 좌절할 때 종교로부터 또는 예술로부터 위안을 받았던 것이 사실이었다. 하지만 저들은 그럴 것 같지 않아 보인다. 왜 그런 생각이 드는 것일까. 왜 우리들이 하던 대로 옛 성현들로부터 또는 앞서간 선도자들로부터 조언을 구할 것 같지 않은 것이란 생각이 드는 것일까?

이 교수는 지금까지 살면서 그런 이들을 수없이 만나왔고 앞서간 선도자들을 통해 그 빛을 발견해 왔었다. 그런데 왜 저들에게서는 그런 느낌을 받을 수 없는 것인지 모를 일이다. 선각자들을 통해 절망할 때마다 흔들리지 않고 소신껏 살 수 있었는데 저들은 어떻게 그럴 때 자신을 지탱할지 싶으니, 세상이 그만큼 변해 가고 있다는 말인데 왜 그런 생각이 드는지 모를 일이다.

의혹의 중심 2

|

1

-여보, 손님 오셨어요.

아내를 따라 학생 하나가 서재로 들어왔다. 언젠가 집을 드
나들던 상군이를 따라왔던 학생이었다.

-어쩐 일인가? 집으로 다 찾아오고? 학교에서 봐도 될 텐데.

-하도 답답해서요. 교수님이 생각나지, 뭡니까. 그래서 염치
불고하고 이렇게 찾아왔습니다.

-잘 왔어. 앉아.

아내가 차를 가져다 놓았고 이 말 저 말끝에 학생이 자신의
고민을 털어놓았다. 들어보니 그녀 역시 자신의 장래에 불안해
하고 있었다.

-도대체 대학을 졸업하고 취직이나 될지 걱정이에요.

그렇게 운을 뗀 학생은 말을 이었다.

-요즘은 취업하기 위해 공대 복수 전공이 새 흐름인데 교수
님은 어떻게 생각하세요?

그러니까 예를 들어 문과생들이 공대 공부를 한다, 그 말이

었다. 인문계 학생들 대부분이 적성에 맞지 않은 곳에 몸을 담고 있는 터라 고개를 끄덕였다. 그러나 입이 떨어지지 않았다.

-친구 중에 경영학과 전공을 모두 이수하고 공대 1학년이나 듣는 일반물리학이나 일반 공학을 수강하는 애들이 한둘이 아니거든요.

교수님은 더 잘 알 것이 아니냐는 듯이 학생이 말했다. 취직 때문에 그렇다는 걸 알고 있으면서도 이 교수는 그것이 자신의 책임인 양 역시 입이 떨어지지 않았다.

이 나라의 병폐가 무엇인가? 대학 들어갈 때는 자신의 개성을 말살하고 시험 점수에 맞추어 들어가게 한다. 그러고는 이제 졸업 후 취직난 때문에 문과생들이 공대 복수 전공에 나서게 한다.

-경영학과는 문과 중에서도 가장 취업이 잘 되는 학과잖아.

겨우 이 교수가 그렇게 입을 뗐는데 학생이 고개를 내저었다.

-그렇지도 않은 거 같아요.

-하긴 옛날 말이긴 해.

지금은 미디어 시대다. 그러니 공대 출신들이 대우받기 마련이다. 기업 대부분이 사무직군을 받으면서도 사실상 공학 전공자를 우대한다는 조건을 내걸고 있다. 그래서 대학들이 전자공학, 컴퓨터공학을 융합한 미디어 테크놀로지(과학기술) 과정을 만드는 상황이다. 기업에 들어간다고 해도 사무직군도 현장 기술 교육을 받을 정도다. 그러니 어쩌겠는가. 또 창업하려고 해도 그렇다. 게임 회사라도 창업하려면 뭐 배운 게 있어야지. 인문계 학생 거의 반 정도인 45.6%가 적성에 맞지 않은 직업을 택하고 있는 판이다. 그러니 상담 교수로서 할 말이 없는 형편이다. 학교 측에서는 복수 전공을 할 수 있도록 문을 열어 놓고 있지만 사실상 공대 수업을 듣고 싶어도 학점 관리가 쉽지 않다. 그들이 그렇게 공부할 때 이공계 애들은 놀고 있겠는가. 배움 지체가 부실힐 수밖에 없다. 그걸 알면서도 사회풍토가 그렇게 흘러가고 있다.

  -그러면 자네도 공대 공부하고 있나?

  궁색함을 감추지 못하고 이 교수는 겨우 그렇게 물었다.

  학생이 고개를 내저었다.

  -어쩔까, 해요. 대기업에서는 이공계 출신들을 우대하는 마당이고…. 암튼 그래요. 이러다가 적성에 맞는 일을 할 수 있으려는지. 토익 1점이라도 올리려는 압박감 때문에, 불면증에 시달려 미칠 것 같거든요.

  이 교수는 눈을 감았다. 이럴 때 제일 난감하다. 바로 이런 점을 고쳐나가라고 윗사람들은 명령하지만, 도대체 이 학생에게 내가 무엇을 줄 수 있단 말인가?

  하루가 다르게 세상은 변해 가고 있다. 이제 세상은 단순 업무가 아닌 창의적 일에 집중하고 있다. 로봇 저널리즘의 태동은 옛말이 된 시점이다. 그러면 컴퓨터가 쓴 기사가 신문에 실릴 날이 머지않았다는 말이다.

  작년까지만 해도 아무리 세상이 바뀌어도 기계가 글까지 쓰라 싶었다. 그런데 글쓰기마저 로봇이 대신할 시대가 이미 왔다. 첨단 기술이 중심이 된 마당이고 산업은 급속한 재편을 겪고 있다.

나아가 학문의 중심도 기술 분야가 꿰차고 있다. 금방이라도 로봇 인간이 등장해 세상을 평정할 것 같고 그래서 로봇 주들이 치솟고 있다. 국내 인문학의 영역은 갈수록 그 자리를 잃고 있다. 대학은 세월에 맞춰 모든 인력과 자원을 이공계로 몰아붙이고 있다.

이미 예상했던 일이지만 어쩔 수 없는 현실 앞에서 고뇌하는 학생에게 뭐라 위로의 말을 건넬 것인가. 시류 따라 방향 감각을 잃은 이 학생, 그리고 그렇게 방황을 잃어가고 있는 학생들.

세상이 변해 가고 있지만 인문 경시 풍조는 근시안적이라는 말을 해야겠는데 할 수가 없다.

'인문학을 통해 교양인 되기를 단념하거나 거부한다면 이 세상이 어떻게 되겠는가. 컴퓨터가 글을 쓰는 세상이 오더라도 단순한 과학기술 중심의 지식, 기술만으로는 이 세상이 존립하는 것은 아니다, 그러므로 인문학을 거름 삼아 교양의 싹을 틔워야 한다. 오히려 인문학이 우리의 시야를 넓혀줄지도 모른다. 역사, 철학, 문학 등…. 접하다 보면, 다른 곳에서는 발견할 수 없는 세상과 만날 수 있기 때문이다. 물리학과 생물학은 어떠한가. 우주와 인간 생명의 신비로움을 무시하고 우리가 존재할 수는 없다. 잘 만들어진 영화, 연극, 훌륭한 음악 등, 그 형용할 수 없는 감동들이 사실은 우리 삶의 바탕임에 분명하다.'

그렇게 말하고 싶었으나 말이 목구멍에서만 맴돌았다.

이 교수가 망설이는 사이 학생이 말을 이었다.

-친구 중에 자살을 한 애도 있습니다. 공대 복수 전공을 해보
니 기가 막히거든요.

자살까지 결심해 보기도 하는 학생이 한둘이 아니라는 걸 왜
모르겠는가.

이 교수는 시선을 떨구고 어금니를 물었다.

학생의 말이 이어졌다.

-이대로 못 살 바에야 차라리 성전환 수술이라도 해서 여자
가 되어 몸이라도 팔고 싶다는 애들도 있어요.

이 교수는 다시 고개를 숙이고 눈을 감고 말았다.

-그래요. 차라리 여자로 태어났다면 싶을 때가 있습니다. 공
부해라. 공부해라. 아버지는 저를 위해 그 고생을 하는데 난 이
모양이니 말입니다. 하기야 여자가 된다 한들 외모가 이 모양이
니 누가 거들떠보기나 하겠어요.

그렇게 말하고 학생이 서글프게 웃었다.

그런 그를 보자 이 교수는 어이가 없다기보다는 슬픔이 북받
쳤다.

지금 이 학생은 무슨 말을 하는 것인가? 나는 그 정도의 근기
밖에 안 됩니다. 그런 말을 하는 것인가? 지금 내가 그 정도의
인간밖에 안 되는 학생의 응석을 받고 있는 것인가?

그런 생각이 들자, 이 교수는 괜히 짜증이 일었다.

눈치가 빠른 학생이었다. 그는 몇 번 흘끔거리다가 젊은 놈

이 못나게도 이런 말이나 하는 걸 용서하시라며 기어이 눈물을 쏟았다.

오죽했으면 싶었다.

눈물을 보이던 그가 한순간 고개를 들었다.

-어제 선배 한 사람을 만났는데 공대 출신이거든요. 실력이 좋았는데 취업이 되지 않았다고 해요. 그가 그래요. 인문계, 이 공계를 따지면 뭐 하냐고.

이 교수는 무슨 말인가 하고 그를 쳐다보았다.

-이공계 출신들 대우해 준다고 해서 걱정도 하지 않았는데 그렇지도 않았다는 겁니다.

-그게 무슨 소린가?

이 교수는 처음 듣는 소리라 물었다.

-면접을 봤는데 기가 막히더랍니다. 그 선배 인물이 좀 그렇거든요. 시험을 잘 본 거 같은데 떨어졌다는 겁니다. 나중에야 알았다고 해요. 인물이 문제였다는 걸.

이 교수는 이제 슬픔도 북받치지 않았다. 오히려 헛웃음이 나왔다. 역시 싫었다. 그런 일들이 어제오늘 일은 아니었다.

-여자라믄 몰라도 남자가 뭐 인물이 문제라고….

언제나 그럴 때면 하는 말이지만 그저 하는 말이었다.

-그 선배 얼굴도 그렇지만 몸이 장난이 아니거든요.

-어떻기에?

-엄청 비대해….

그는 말끝을 못 맺고 고개를 내저었다.

실력보다 외모를 중시하는 사회. 이공계를 나와 좋은 점수를 받으면 뭐 하나. 면접에서 나가떨어지는 것을. 그래서 인물이 모자란 비이공계들의 절망은 더할 것이었다.

이 현상은 몇 년 전의 문제만이 아니다. 요즘은 그래서 남학생들도 성형하고 피부 관리받는다.

그런 마당에 이공계, 비이공계를 떠나 평균치도 안 되는 외모를 가지고 취직 시험을 본들 뭐하겠느냐는 말들이 한동안 떠돌았다는 걸 이 교수도 알고 있었다.

그래서 성형은 이제 흉도 되지 않는 세상이 되고 말았다. 아니 하나의 흐름으로 자리 잡아 가고 있다. 탤런트도 아예 TV에 나와 자신이 성형한 사실을 털어놓으며 오히려 그것으로 인기몰이하고 있는 세상이다. 얼굴을 고치고 전신의 살을 수술로 빼고.

그런 마당에 외모보다는 내실을 다져라, 마음이 고와야 여자지 얼굴만 예쁘다고 여자냐는 충고는 오히려 독이 될 뿐이다. 말하면 뭐 하나. 그걸 누가 모르나. 입에 발린 소리 하나 마나.

이 교수는 학생에게 위로의 말도 하지 못하고 그냥 돌려보내면서 몇 번이고 미안하다는 말 만하였다.

2

지난달까지도 얼굴을 내밀지 않던 꽃망울이 밤사이 일제히 터졌다. 장관이다. 교정이 온통 꽃밭이다. 세상이 로맨틱하다.

청춘(靑春)들이 그 속에서 웃고 있다. 벌과 나비가 꽃술을 찾아 다니고 여기저기서 사진을 찍느라 야단이다. 어떤 청춘은 벚꽃 아래서, 어떤 청춘은 진달래와 함께…. 보는 사람도 덩달아 설렌다.

학생들이 지나다니지 않는 구석진 곳에도 꽃이 피었다. 그곳에 놓인 녹슨 의자에도 꽃너울이 진다. 잠시 후면 꽃비가 떨어지리라. 구불구불 이어진 야트막한 조경수 담장, 담쟁이로 뒤덮인 건물이 오늘따라 더욱 돋보인다. 곳곳에 서 있는 거목들. 눈을 감으면 어디선가 사랑하는 사람의 웃음소리가 들릴 것 같다.

문창과 이인용 교수에게 가끔 원고를 보내던 여학생의 전화가 있었다. 그녀는 어느 날 글 쓸 소질이 없다는 걸 솔직히 시인한다고 하고는 취업 준비나 하겠다고 연락을 끊었었는데 뜻밖이었다. 그 학생으로부터 연락이 있었다며 이인용 교수에게 전화했더니 이인용 교수가 농을 했다.

-그 아이 이 교수에게 마음이 있나 봅니다.

-무슨 큰일 날 소리!

그러면서 이 교수는 웃고 말았지만, 이상하다는 생각은 들었다.

나타난 그녀의 얼굴을 보았더니 이게 누군가 싶었다. 영화배우가 따로 없었다.

-누구신지?

이 교수는 눈이 부셔 그렇게 물었다. 이렇게 아름다운 여인이 자신을 찾을 리가 없었다.

앞의 여인이 활짝 웃었다.

-선생님 저예요.

-저라니요?

이 교수는 아무리 봐도 기억에 없어서 그렇게 물었다.

-저 이수미예요.

-예에?

너무 놀라 들고 있던 꽃삽을 떨어뜨릴 뻔했다.

-이수미?

이게 무슨 일인가? 한국의 성형술이 대단하다는 말은 들었지만, 앞의 여인이 이수미라니? 얼마 전까지만 해도 외모 콤플렉스가 거의 병적인 상태였다. 어느 날 술자리에서 동료 교수 소설가가 그녀에 대한 말을 한 적이 있었다.

-소설 쓰는 애가 하나 있는데 독특해요.

-그래요?

-재미나요. '외모에 대한 고찰'이란 소설인데 앞으로 글을 써낼 것 같은 기미가 보여요.

그래서 그녀의 글을 읽어보았는데 제법이었다. 그런데 그녀의 글과 그녀는 딴판이었다. 그녀의 글은 그렇지 않아 보였다. 비록 타고난 미모는 없었지만 그걸 이겨내고 의연하게 한 사회의 구성원으로 일어나는 이야기였다.

예전에 그녀의 외모 타령이 길어지면 한편으로는 잘 돌아섰다 싶었다. 이런 근기를 가지고 무슨 글을 쓰겠다고…. 그러니까 글도 못 쓰고 포기했겠지 싶었다.

그런데 이게 무슨 일인가?

그녀를 서재로 들이고 다시 쳐다봐도 예전의 이수미가 아니었다. 뚱뚱했던 몸도 체중 관리를 어떻게 했는지 날씬했다. 미니스커트를 멋지게 입었는데 종아리가 번지르르했다.

아내가 차를 가져다 놓으면서도 그녀가 학생다워 보이지 않는지 눈길이 예사롭지 않았다.

-선생님, 저 변했죠?

아내가 나가고 나자, 그녀가 옆머리를 뒤로 넘기며 물었다.

-정말 이수미 양이야?

-네. 선생님 저 이수미예요.

그녀가 손등의 점을 보이며 말했다.

맞다. 손등의 콩알 점. 이수미가 맞았다.

-어떻게 된 것이야? 이렇게 변하다니?

이수미의 말을 들어보니 기가 막혔다.

고치기 전 모습 그대로 나가다간 취직이고, 학교고, 그만둘 날이 올 것 같아 차라리 외모에 신경 쓰고 몸이나 가꾸자 싶었다. 삼 년 알바비 죽으라고 모은 돈으로 성형외과를 찾아 견적부터 내었다. 턱을 깎고, 코를 높이고…. 아르바이트비가 고스란히 사라졌다. 수술을 받고 시간이 날 때마다 걸었다. 죽으라고 걸었다. 다섯 달을 걷고 나자, 정상체중으로 돌아왔다. 예전에 입던 옷을 재단해 입었다. 그러고는 국내 굴지의 회사에 입사원서를 내었다.

불합격이었다. 다시 또 다른 회사에 입사원서를 내었으나 역시 마찬가지였다.

　-전 실력이 모자라 매번 낙방했던 것이 아니라고 생각했거든요.

　-그럼?

　-참 세상 무섭더라고요. 한눈에 알아보더라니까요. 성형미인이라는 걸.

　-그래?

　-이번엔 성형해서 안 된다고 하는 거예요. 생각해 보세요. 요즘 성형 안 한 애들이 어딨어요. 없어요. 그런데 이제 성형을 해서 안 된다고 하는 거예요.

　-회사 쪽에선 자연스럽게 흘러나오는 아름다움이나 느낌을 원했던 건 아닐까?

　-그런 생각을 누가 못 하겠어요. 그런데 그건 하루아침에 되는 것이 아니잖아요. 교수님처럼 오랜 연륜이 쌓여야 나오는 거 아니겠어요. 성형했다는 그 자체를 천박하게 보더라고요.

　-그러니까 개성을 살려 적당하게 했었어야지.

　-인정해요. 그렇잖아도 의사가 개성을 살려 몇 군데만 고치자고 했거든요. 그러면 이목구비가 커서 서양 여자 분위기가 날 거라고. 그런데 내 큼직큼직한 이목구비가 싫은 거예요. 무조건 인형처럼 만들어 달랬죠. 처음엔 견적이 안 나온다고 하더라고요. 그래서 눈부터 고쳐 달라고 했죠. 눈을 고치고 나니까 코, 그리고 입, 그리고 사각턱, 모조리 세우거나 깎았죠. 그러고 나니까 바비인형이 나오지, 뭐예요.

-내가 보니까 이쁘기만, 하구만.

그녀가 웃었다. 어딘가 그늘진 웃음이었다.

-화장발이에요. 맨얼굴 보면 흉측해요. 왜 성형을 했나 눈만 뜨면 후회해요. 성인영화 감독에게서 연락이 왔더라고요. 조연급으로 발탁할 테니 나올 의향이 있느냐고. 이런 기회는 성형발이다 싶지만 사실 서글퍼요.

이 교수는 입에 발린 소리를 해댈 수가 없어 눈을 감았다. 무슨 말이라도 해주어야 한다고 생각했지만, 말만 입에서 맴돌았다.

3

여학생을 보내고 이 교수는 마음이 언짢았다. 그런데 지우에게서 연락이 왔다.

-오랜만에 한잔하자.

지우와 만났는데 아들이 사춘기도 아닌데 신경질을 잘 내고 말을 듣지 않더니 요즘 들어 알바를 나간다고 했다. 생활이 어려운 것도 아닌데 하라는 공부는 안 하고 편의점 알바를 나간다는 것이다.

-왜?

-기가 막혀서….

매우 허탈한 표정이었다.

-뭐가?

-왜 이렇게 낳았냐고…. 얼굴 뜯어고치겠단다. 알바비 모아서….

-영준이가?

-그래.

어이가 없었다.

-오늘 날이 그런가?

이 교수기 지신도 모르게 중얼거리자, 지우가 왜 하고 쳐다보았다.

-아니 낮에 그런 애가 하나 찾아왔기에….

-누군데?

-몰라도 돼. 그런데 영준이 왜? 내가 보기에 괜찮던데 왜?

얼굴이 너무 동근 것이 흠이었지만 그렇게 못생긴 것은 아니었다.

-요즘은 쌍꺼풀보다는 외꺼풀이란다. 여학생들이 좋아해서 쌍꺼풀을 풀고 동굴 얼굴을 깎아 내겠단다.

아침의 여학생은 얼굴 전체를 뜯어고쳤다고 하더니, 지우의 아들은 이성이 좋아하지 않는다고 얼굴을 고치겠다?

말이 나오지 않았다.

-그래 성형외과를 찾아간 모양인데….

지우가 팔짱을 끼며 말했다.

-성형하면 된다고 해?

-몇 군데 가보니 견적이 나오는 곳도 있고, 견적이 나오지 않는 곳도 있더라고 해.

-견적?

견적이라는 말을 듣자, 웃음이 나왔다. 여기서 견적이란 말을 또 듣네. 그놈의 견적. 견적은 공사판 같은 데서 쓰는 게 아닌가?

친구와 헤어져 돌아오는 발길이 가볍지 않았다.

4

출근하기가 무섭게 기다렸다는 듯이 여학생 하나가 찾아들었다. 어느 날 성형외과에 갔더니 견적이 안 나온다며 절망하던 그 여학생이었다.

어제부터 왜 이래, 싶었다. 어제 찾아온 이수미라는 학생과 어쩌면 이렇게 닮았을까 하면서 상담에 응했다. 얼굴이 각지고 모가 난데다 몸이 엄청 비대해 성형도 마음대로 될 것 같지 않다며 하소연하던 그 여학생이었다. 상담 신청서를 살펴보았더니 별것이 없었다.

-어쩐 일인가?

일부러 심드렁을 가장하며 물었다.

-교수님에게 한 가지 물어볼 것이 있어서요.

다분히 시비조였다.

-뭘?

-어제 월간 〈미소〉를 보았더니 거기 선생님의 글이 실렸더라고요.

-그래?

-성형 문제를 다루었던데…. 혹시 저는 아니죠?

가슴이 덜컹 내려앉았다. 솔직히 그 여학생을 모델로 일전에 쓴 글이었기 때문이었다.

-그럴 리가 있나.

-그렇죠?

-그래.

-무슨 말인가요? 성형 혐오주의자는 아니시라고 알고 있는데요?

-맞아. 마음을 뜯어고치지 않으면 성형의 본의가 아니라는 그런 뜻에서 쓴 글이야.

-선생님 정말 말 어렵게 하시네요. 언제나 전환 전환하시는데 이것도 전환 아닌가요?

그녀가 좀 화가 난 목소리로 물었다.

-응?

이 교수는 자신도 모르게 정신이 번쩍 들어 되물었다.

여학생은 조소를 가득 담은 채 말이 없었다.

이 교수는 멍하니 학생을 바라보았다.

그녀라고 전환의 진정한 의미를 모를까.

그러나 그녀는 아니라고 하고 있었다. 성형도 전환이냐고 묻고 있었다. 글쎄? 얼굴만 고쳤다고 그게 진정한 전환일까? 그래서 마음까지도 바뀌어야 그것이 진정한 전환일 것이라고 썼는데 그녀는 지금 그것을 지적하고 있었다.

하기야 세상은 대답을 그렇게 할 수밖에 없을 정도로 변했다. 아름다워지려고 뜯어고쳤는데 오히려 그것이 흉이 되지 않는 세상.

여기에 모순이 있다. 이 사회의 모순.

실력이 무시되고 외양이나 따지는 모순된 세상.

그래서 모양새만 따지는 세상이 되어 버린 나라.

그런데 그에 발맞추었더니 발을 맞추었다고 나무란다.

미와 추. 그 이상한 상관관계.

그녀가 돌아가고 난 뒤 이 교수는 허탈하게 웃고 말았다.

내 마음속 거울 하나

1

꽃향기는 백 리를 가고, 술향기는 천 리를 가고, 사람의 향기는 만 리를 간다는 말이 있다(花香百里 酒香千里 人香萬里).

산속에 홀로 사는 사람에게는 거울이 필요 없다. 마음이 곧 거울이기 때문이다. 그저 산을 닮으면 된다. 와서 노래하는 새를 닮으면 그만이다. 바람에 흔들리는 숲을 닮으면 그만이다. 그저 그 이상이 되고자 하지 않는다. 그뿐이다. 그저 여여하다.

그러나 사람의 숲속에서는 그렇게 살 수 없다. 자연처럼 살라고 하는 것은 고상 주위 자들의 넋두리일 수밖에 없다. 못난 것보다야 잘난 것이 낫다. 고칠 수 있으면 고쳐 자신의 열등의식을 풀어버리는 것이 정신 건강에도 좋다. 본시 성형의 원칙이 그것이었다. 전쟁에서 귀를 잃었다고 하자. 그 귀를 복구시키는 것이 성형의 목적이었다.

문제는 발달한 의술에 의지해 끊임없이 고치려는 성형 중독이다. 이 중독심이 결국에는 자신을 망쳐 버리고 만다. 성형에 미쳐 신세를 망친 연예인들이 한둘이 아니고, 주변에도 인생을 망친 이들도 있다.

성형중독자들을 보면 사람의 숲속에서 사람이 사람을 닮지 않으려는 마성을 가지고 있다. 손바닥만 한 얼굴로 사람의 마음을 훔치고 사람을 지배하려고 한다. 부모님이 물려주신 얼굴에 칼을 계속 들이대서라도 끓는 물 한 바가지로 무너질 얼굴만 생각하며 오늘을 살아간다. 얼굴보다 큰일이 산더미처럼 쌓였는데 오로지 얼굴 고칠 생각만 한다. 그것이 희망이다가 결국은 허물어진다는 것을 예감하면서도 자신은 그럴 리 없다고 생각한다.

이 교수는 그것이 이 세상의 법칙이라고 생각하면서도 계속 마음이 무거웠다. 그것이 생존경쟁의 규칙이 아닌가. 성공의 법칙은 그렇게 정해져 있다. 아니 그게 성공이라고 착각하고 산다. 아니 그게 성공인 나라가 되었다.

탐진치로 둘러싸인 이 사회. 이 속에서 우리가 살아내려면 마음속에 자신만의 거울 하나를 걸어놓고 살아야 한다. 우리가 진정한 인간이 되려면 그 거울 속에 추악하게 비치는 자신의 흉물스러운 모습을 가끔은 확인하면서 살 수밖에 없다.

어떻게 이 모습을 사람답게 가꾸어 볼 것인가.

그렇게 가꾸면서 사는 삶. 그것이 바로 인간적 삶이다. 우주적 삶이다. 진정한 젊은이의 삶이다. 그렇지 않고는 힘든 이들의 쉼터가 될 수 없다. 큰 나무 그늘이 될 수 없다.

2

그런데 문제는 그걸 누가 모르겠는가에 있다.

알면서도 이 세상을 살려면 그게 잘되지 않는다. 가수로 데뷔는 해야겠고 얼굴과 몸을 바쳐주지 않는다. 그래서 얼굴과 몸을 고치는 게 무슨 큰 죄이겠는가. 배우도 마찬가지고 직장인도 마찬가지다. 연기를 하기 위해, 취직하기 위해 어쩔 수가 없다면 성형은 해야 한다. 성형해서 가수로, 배우로, 직장인으로 성공한다면 오히려 잘된 일이 아니겠는가.

그러나 문제는 건강한 젊은이라면 그 정도까지라는 사실이다. 더 이뻐지고 싶다는 욕망을 억제하지 못한다면 문제가 발생한다. 오죽하면 그렇겠느냐고 할지 모르지만, 욕망을 억제하지 못하면 황금알을 낳는 거위의 배를 갈라버리고 만다. 하기야 이 나라가 그런 나라이긴 하다. 그렇게 조장하는 문화를 낳게 하는 이들이 숨 쉬고 있다.

무소구행(無所求行)이라는 말이 있다. 욕심내지 말라는 말이다. 욕심은 괴로움의 씨앗이므로 욕심내지 않으면 즐겁다는 말이다.

자기 자신이 신이다. 이때 신 자는 몸 신(身) 자가 아니다. 믿을 신(信)도 아니다. 귀신 신(神) 자가 되어야 한다. 바로 자기 자신이 신이 되어야 한다. 그래야 우주를 주관하는 초자연적, 초인간적 존재가 될 수 있다. 그래야 진정한 자기 자신을 주관할 수 있다.

자기 자신이 세상을 주관하지 못할 때 인간은 궁색해진다. 그 향기가 꽃향기보다도, 술향기보다도 못하게 된다. 백 리가 아니라, 천 리가 아니라, 십 리도 못 가는 인간이 되고 만다. 만 리를 가야 할 향기는 사라져 버리고 시궁창 냄새나 풍기는 인간이 되고 만다.

과연 그럴까?

|

다음 닐 이 교수는 오랜만에 원호암으로 올랐다. 예전에 할머니가 자주 다니던 암자였다. 그곳의 조실스님이 돌아가시고 그 제자가 암자를 맡았는데 몇 번 만나 보았더니 돌중 중의 돌중이었다.

그래도 느낌이 나쁘지 않아 한 번씩 생각이 났다.

원호암으로 올라 법당으로 들어서기가 무섭게 돌중이 대뜸 시주를 좀 하라고 했다. 확실히 뻔뻔한 돌중이었다.

-부처님 옷을 좀 입혀야겠는데 시주나 좀 하슈?

-부처님 옷을 어떻게 입힌단 말입니까?

이 교수는 부처님 옷 입힌다는 말을 처음 들어보는 말이라 그렇게 물었더니 돌중은 오히려 알면서 왜 그러냐는 얼굴이었다.

-아니 부처님 옷도 안 입혀 봤단 말이오?

-난 들어도 처음 듣는 소립니다.

그러자 돌중은 이 교수를 본존불 앞으로 돌려세웠다.

-보시오. 칠이 다 벗겨졌잖소. 금박을 입혀야 할 텐데 불경기라 시줏돈이 시원찮구만.

뭐 이런 인간이 있나 싶었다.

-금박으로 옷을 입힌단 말이오?

자연히 말이 퉁명스럽게 나갔는데 그는 아무렇지도 않게 말을 받았다.

-그래요.

나오면서 생각하니 목불에 금박을 입힌다는 게 영 이상하게 생각되었다.

-왜 부처님 동상에 금박을 입히오?

이 교수가 묻자, '오랜 수양으로 인해 전생의 습기가 모두 사라지면 원래 금불이 되기 마련이오. 그래서 금불을 모시는 거요.'하고 말했다.

-금불이 아니잖소. 목불 아니오. 금칠을 하는 거지.

-하이고 시주하기 싫으면 관두시오.

-아니외다, 내가 하리다.

-그 비용이 수월찮을 것이오.

이 교수는 오기가 나 돈이야 얼마 들든 그만한 것이야 못하랴 싶었다.

다음 날 이 교수가 수표 큰 것 한 장을 가져다주었더니 돌중입이 쩍 벌어졌다.

-오매, 통 크요이. 교수라더니 벌이가 괜찮은 갑네. 그래 이런 돈 버는 비결이 뭐요?

-왜 그 비결 알려 주면 돈 벌려 나설라오?

사람을 보아하니 깎듯이 예를 찾을 필요가 없을 것 같아 같이 통을 놓자, 그가 한 수 더 떴다.

-가르쳐만 준다면 나서지. 몰라서 못 하는 것이니께.

-가르쳐줘도 그 봇장 가지고는 어림도 없지. 교육사업을 아무나 하나.

-배짱이 있어야 하는 말 같은데 나 이래 봬도 봇장 한 븐 큰놈이오.

-내가 그걸 어떻게 알아.

-나 동진 출가하기 전에 울 어미 시장통에서 닭 장사 했소. 하루에 닭 수백 마리 목을 비틀었을 기구만. 바쁘면 어린 내가 잡기도 혔제.

문득 '맹모삼천지교'라는 말이 생각났다. 어머니가 자식을 위해 이사를 세 번씩이나 했다는 고사.

-어미 되는 사람이 사람도 아니었던 모양이요. 어린것에게 닭을 잡게 하다니….

그러니 돌중밖에 더 되었겠느냐는 듯이 이 교수가 비틀자, 그가 허허하고 웃었다.

-시주 좀 했다고 유세 떠는 모양인 디 무슨 말인지는 알 것 같네. 나도 애들 넷을 데려다 키우는데 보통 신경 쓰이는 게 아니라니까.

-애들이 어디 있소?

이 교수가 주위를 둘러보며 물었다.

-모다 학교 갔지.

-용하네요. 애를 넷이나 돌보고 있으니.

-어미 노릇 하기가 쉽지는 않아.

-중요한 것은 어미의 마음인 거 같은데….

-닭 모가지 비틀던 곳보다야 낫지 뭘 그래.

-자식을 위해 환경을 바꾸어야겠다는 마음이 중요한 것 아니요.

이 교수는 그렇게 말하면서 이자에게도 바로 그런 전환된 큰마음이 있을까 하고 생각해 보았다. 작은 마음을 큰마음으로 전환하지 못한다면 여기가 닭 잡는 시장이든, 부처를 모신 곳이든 자식은 아마 그 환경의 노예가 되어 버리고 말 것이란 생각에서였다. 장사치 집 아들들을 살펴보면 손님이 오면 제 부모가 하던 대로 '어서 옵쇼' 하고 인사를 한다. 보고 배운 것이 그것뿐이기 때문이다. 아마 돌중도 그 어미가 시장통에서 닭을 잡을 땐 그랬을지도 모른다.

-닭 장사하던 사람이 어쩌다 절에 오르게 된 거요?

혹시 그의 어미가 자식새끼 그대로 두면 안 되겠다는 생각에 마음을 확 바꾸어 큰마음을 내었을지 모른다고 생각하며 이 교수가 물었다. 그랬다면 무지렁이 어미도 자식을 위해 바로 전환이 만들어 준 비전이 실천에 옮겨진 것이 된다고 생각하면서.

돌중은 아무 대답도 하지 않았다. 잠시 기다렸으나 그는 영 대답할 기색이 아니었다. 나중에는 이런 생각이 들었다.

그래도 그의 어미가 닭 잡는 시장에 자식을 두지 않고 절에라도 보낸 걸 보면 부모로서의 애틋한 정 때문이었을지도 모른다. 시장바닥에서 험한 꼴 보고 자라다 보면 자식 또한 나중에 닭 모가지나 따는 닭 백정이 될 것이므로 큰마음 먹고 절에 맡겼을지도 모른다. 비록 어미는 닭 모가지나 비트는 신세였지만 절에라도 보내면 좀 더 큰마음의 소유자가 될 것이고 올바른 비전을 가지게 될 것으로 생각했을지도 모른다. 그의 어미가 비전이란 말을 알 리는 없었겠지만 그랬을지도 모른다는 생각이 들었다.

그런 생각을 하고 있는데 놀중이 뒤늦게 물었다.

-댁은 죽은 애 말고 애가 없소?

없다고 하는 말이 툭 튀어나오려고 하다가 꿀꺽 넘어갔다.

대답을 안 하고 있으니까 대답하기 싫으면 말라는 듯이 저 혼자 구시렁거렸다.

-애 넷을 건사하려니까 힘에 부쳐 버려. 어디 보낼 데가 있으면 보내 버리믄 좋겠당게. 내 어미의 심정을 이제야 알 것 같으니 원.

이 교수는, 그 어미에 그 아들이라는 생각이 문득 들었다. 뭐 이런 중놈이 있나 싶어 한마디 했다.

-애들이 물건도 아니고 보내고 자시고 할 문제던가.

이 교수의 말에 그가 히히 웃었다.

-그러면 그대가 데려가던지. 어떻소? 애 하나라도 데려가 키워 볼라오?

-별 시러베 같은 소리 다 듣겠네.

벌컥 쏘아붙이고 후딱 암자를 벗어났는데 영 기분이 좋지 않았다.

돌아와 글을 읽고 있으려니까 그의 말이 쟁쟁거렸다. 애들을 데려와 키운다는 사실이 영 실감이 나지 않았다. 데려와 키우면 그들을 구하는 행위이니 큰마음 내는 것이고, 에이 몰라, 하고 무시해 버리면 애들을 버리는 행위이니 큰마음 내기는 틀렸다는 말이다. 학생들에게 큰마음 작은 마음 어쩌고 하면서 정작은 화들짝했으니 그런 나를 본다면 학생들이 뭐라 할까, 하는 생각이 들었다.

물론 입장이라는 것이 있는 경우이지만 그래도 어쩐지 마음이 편하지 않았다.

생각할수록 중놈이 고약했다.

제가 날 언제 봤다고. 에이 망할 중놈.

그래도 속이 편하지 않았다. 자식들이 사회로 나갈 때까지 그 환경을 책임지는 사람은 가족 구성원이다. 닭 백정의 환경에 비한다면 나은 편이겠지만 자식의 행동반경은 사실 환경의 부산물이라고 봐야 옳다.

혼자서 갈 곳 없는 애들을 데려다 키운다는 것이 어디 쉬운 일이겠는가. 거기다 신도들이 많지도 않아 보였다. 시주 물도 많지 않을 터인데 버럭 했으니….

그래도 할 말이 있고 안 할 말이 있지.

보살과 냄비

|

    이 교수는 시장통을 한 바퀴 돌았나. 어머니의 치맛자락을 붙들고 시장통을 돌며 아이스크림을 핥던 때가 언제였는지.

    그놈의 돌중을 다시 찾아갔다가 돌아온 참이었다. 안주머니에 넣어간 수표 한 장을 다시 꺼내주었다. 아내가 아끼고 아껴 모은 돈이었다. 그걸 내놓으며 말했다.

    -내가 학생들을 가르치는 사람이지만 뭐 그렇게 넉넉한 것도 아니오. 더욱이 애들 데려갈 입장도 아니고….

    돌중이 돈을 받더니 빙글빙글 웃었다. 그러더니 수표를 이 교수 가랑이로 도로 던져 버렸다.

    -그거이 샌님의 양심 값이다. 그 말이제?

    -뭐요?

    -솔직히 그대 맘 편하자고 하는 수작 아니여? 마음에 없는 조상님 제사 모시듯이.

    -뭔 말을 그렇게 하오?

    -그런 돈 필요 없어야. 내 애들 그런 밥 안 먹여.

    -사람의 성의를 꼭 이렇게 해야 하겠소?

    -그럼 어떡할까? 아이고 할배요 하고 감동해 우는 시늉이라

도 할까? 너 처음 이 절에 오던 날 뭐라 그랬냐? 딸이 하나 있었
다고 했지? 그거이 죽어 이래 마음이 아프니 출가나 했으면 한
다고. 그러면서도 어떻게 어떻게 학생들에게 정을 붙여가고 있
다고. 그 말인즉슨 학생들이 네 새끼다 그 말 아니여. 내가 네
새끼 건사 하나 못하는 놈에게 내 새끼 맡길 것 같아. 그래 날
봤다면 잘못 본 것이여.

그러고 보니 첫날, 이 돌중을 찾아왔을 때가 생각났다.

그때 여진이가 죽고 얼마 지나지 않아서였다. 눈을 감으나
눈을 뜨나 여진이 생각에 거의 생을 포기하다시피 하다가 절로
올랐다. 아내의 슬픈 얼굴을 지켜본다는 건 더욱더 고통이었다.

그날 그의 눈치를 보며 출가하려고 한다고 했더니 돌중이 웃
었다.

-흐흐흐 고생문이 훤하네.

-왜 그러오?

-지금 출가해서 언제 도를 보나?

그는 일곱 살 때 동진 출가했지만, 아직 도를 못 봤는데 낫살
이나 들어 언제 도를 보겠냐는 것이었다. 할 말이 없었다.

-출가할 이유나 말해 보슈.

그래서 여진이 말을 했다. 그 애가 죽는 바람에 괴로워서 살
지 못하겠다고.

-그럼 죽어야제.

그의 첫마디가 그랬다.

-죽어요?

-괴로워서 못 살겠다메?

-그렇다고 그렇게…?

돌중이 히물히물 웃었다.

-그럼 죽은 사람은 어떻겠소?

-네?

-그 사람은 더 괴로울 거 아녀?

그때 정신이 번쩍 들었다.

-직업이 교수라고 했소?

그가 갑자기 음성에 정을 붙였다.

-그렇습니다.

-그러면 학생들이 자식 아닌가. 이제 걔들 보고 살아야지. 한 자라도 열심히 가르치다 보면 그대의 딸이 되고 아들이 될 것인데.

그렇게 한 방 먹고 돌아와 정말 그렇게 살자고 결심했다. 이번의 멘토 역할도 그래서 열심이었다. 그런데 망할 놈의 돌중에게 또 걸린 것이다.

그렇다 싶었다. 내가 너무 오지랖을 떨었구나. 생각해서 한 푼 들이밀었더니 싫다면 도로 가져 가지. 못 들어 올릴 쇳덩이도 아니고.

그러면서 가랑이 사이에 떨어진 수표를 집어 들었다. 이왕 이렇게 된 거 작심하고 구시렁거렸다.

-나 돈 싫다는 놈 처음 보겠네. 어차피 시주받아 사는 인생 아닌가. 시주 물에 등차가 어딨어. 그대여, 우리는 밭을 갈아 농

사를 지어 명을 이어갑니다. 그대도 직접 밭을 갈아 배를 채우십시오. 그대여, 우리는 그대의 염원을 바리때에 실어 저 피안으로 인도합니다. 나도 그 정도는 안다. 이 돌중아.

돌중이 눈을 크게 뜨고 놀란 표정을 짓다가 갑자기 하하하고 웃으며 이 교수의 손을 향해 몸을 날렸다. 순식간에 수표가 그의 손으로 들어갔다.

-에이, 큰 거 놓칠 뻔했네. 교수 씨, 한 번 튕겨 본 거라고.

어이가 없어 비싯비싯 웃음이 나왔다.

-그대는 죽어 분명히 지옥에 가게 될 것이다.

이 교수가 저주스럽게 한마디 하자, 돌중이 수표를 꼬깃꼬깃 접어 주머니에 넣고는 히히히 웃었다.

-그러잖아도 지옥에 갈라 그래. 뭔 재미로 극락에 가나. 지옥 중생이 고통받고 있는데 혼자 극락 가면 진자(眞者)가 아니지잉. 어젯밤에도 천사들이 날 데리러 왔더라니까. 하루속히 천상에 나시어 생사가 없는 무루한 경지를 얻어야 할 게 아니냐고. 내가 호통을 쳐 보냈지. 가고 싶다면 그대들이나 가라고. 중생의 고통이 곧 내 고통이라, 여기에 한 사람이라도 고통받고 있다면 그 세계를 포기하겠다고.

-흥, 잘났어! 정말.

발톱으로 끓인 차

1

졸업반 학생 하나와 종일 씨름했다. 학생은 국내 굴지의 광고 회사에 들어가고 싶다고 했다.

우선 문장력부터 테스트해 보았더니 제법이었다. 아니 제법 정도가 아니라 천재적 광기라고 할까, 숨길 수 없는 재주가 보였다.

-그러니까 심리학을 전공한 것이 도움이 된다. 그 말인가?

-어차피 광고는 심리 싸움이라고 생각합니다.

-그렇게 생각한다면 심리 싸움 아닌 게 어디 있나. 더욱이나 그곳은 처음 들어가면 스파르타식으로 사람을 잡는다고 하던데 이겨낼 자신은 있고?

-선배들한테서 들었습니다. 배겨내기가 쉽지 않을 것이라고.

-그럼 이렇게 해보자.

-어떻게요?

-내가 우선 그 회사의 모회사 광고를 네게 청탁해 볼게. 그것을 짜, 그 회사 광고부에 넣어 보자.

-그곳 전문가들에게 평가받아 보자 그 말인가요?

-내 생각에는 그게 결정적 지름길인 것 같은데.

-좋습니다.

이 교수가 학생에게 광고 청탁을 했다. 여러 계열 회사를 거느린 어미 회사로서의 이미지를 나타내달라는 청탁서였다.

몇 시간 안에 학생의 광고 문안이 도착했다.

광고를 보았더니 생명의 평등성과 가치관이 진하게 느껴지는 문안이었다. 미술부의 도움이 필요하다고 해서 이 교수가 부탁했더니 도움을 준 모양이었다. 그 속으로 그의 문장이 파고들었다.

어머니는 장에 갔다 오시는 길에 댕댕이 한 마리를 안고 오셨습니다. 길가에서 죽어가는 댕댕이를 지나칠 수 없어 안고 오신 것입니다.

동물 병원에서 겨우 목숨을 건진 댕댕이는 그 후 우리의 식구가 되었습니다.

올해 댕댕이는 네 마리의 새끼를 낳았습니다. 새끼를 받는 어머니의 눈가에 눈물이 어렸습니다.

저녁나절 보이지 않던 댕댕이가 돌아와 어머니의 치맛자락을 끌었습니다. 아버지의 늦은 귀가를 걱정하던 어머니는 댕댕이를 따라가 사고를 당해 쓰러져 있는 아버지를 발견했습니다.

쾌차한 아버지 곁에서 오늘도 어머니는 따뜻한 손길로 댕댕이의 머리를 쓰다듬습니다.

-됐다. 이 광고 문안을 회사로 보내 보자.

광고를 보내고 무려 다섯 시간을 학생과 두 손 모으고 기다렸다. 그동안에 긴장을 풀기 위해 사우나를 갔다 왔고, 탁구장으로 가 탁구를 했고, 교정을 두 바퀴나 돌았다.

그러나 연락의 결과는 평가보류였다. 월요일 다시 심의를 거쳐야 제대로 된 평가가 나올 것이라고 했다.

그럴 줄 알았다는 듯이 학생이 먼저 히죽히죽 웃었다. 긴장이 풀어진 탓도 있었다.

-기다려 보자.

진이 다 빠져 집으로 돌아올 힘도 없었다.

학교에서 돌아와 그대로 곯아떨어졌다.

2

다음 날 휴일이라 독서를 좀 해볼까, 하고 서재로 들어갔더니 장마철 동안 손질을 안 해서인지 곰팡내가 났다. 아내에게 서재는 그대로 두라고 했더니 청소하지 않았던 모양이었다. 여진이 생각이 났다. 유달리 여진이는 아내를 따라 서재 꾸미기를 좋아했다.

-아빠, 서재는 좀 밝고 맑게 해. 여백도 좀 마련하고. 벽에는 주렁주렁 그림 같은 것도 걸지 말고. 그냥 두어. 그냥 책장에 책만 꽂아.

아내나 여진이가 맑은 사람이라는 걸 알고 있었지만, 이 교수가, '그러면 서재 맛이 나나. 서재는 좀 어질러지고 흩어지고 지저분해야 맛이 나지.'하고 말하면 여진이는 고개를 내저었다.

-난 싫더라. 그럼 좋은 글이 머릿속에 들어가도 금방 냄새가 나 버릴 것 같애.

그러던 여진이었다.

여진이의 손길이 닿던 책들을 이 교수는 가만히 쓸어보았다.

-여보, 책 좀 뺏으면 제 자리에 꽂으면 안 돼요? 그리고 왜 꼭 거꾸로 꽂아요? 당신 눈이 잘못된 거 아니에요. 이리 봐봐요. 눈이 거꾸로 달렸나 보게.

그렇게 몇 번 당부하다 안되자 그때부터 아내는 아예 잔소리를 거두어 버렸다. 남편이 책을 빼면 으레 다른 곳에 꽂혔을 줄 알고는 찾아서 제자리에 꽂았고, 일부러 거꾸로 꽂아 놓으면 다음 날 보면 바로 꽂혀 있었다. 진롱이라는 개를 키우면서도 결코 서재 출입은 못 하게 하던 아내였다.

여진이가 살았을 때 이 교수는 여진이에게 날개를 만드는 방법을 가르쳐주고 싶다는 생각을 떨쳐 버리지 못했다. 일전에 티브이를 보았더니 물고기들도 제 자식 사랑에는 물불을 가리지 않던데 하물며 인간이 제 자식에게 날개인들 달아주지 못할까.

-그럼?

-참 나 팔자에 없는 선상질 하게 생겼네. 절에 가면 나 같은 스님이 있지? 그 스님을 비구라 그러는 거여. 그보다 한 단계 올라간 사람이 보살이여. 그 보살 위에 부처가 있지. 이제 알것는가?

-나도 그 정도는 알아.

화가 나 이 교수도 말꼬리에 힘을 주었다.

-어라, 까도 막 까네.

-먼저 막 깐 사람이 누군데?

돌중이 눈을 크게 떴다.

-난 그래도 스님이여.

-흥, 큰 출세 했다. 닭 백정이나 되었을 작자가.

-뭣이여?

-중생제도 그렇게 하면 뺨 맞아. 중들 보면 무슨 상전이나 된 듯이, 이 사람아, 이 사람아, 꼭 그런다니까. 점쟁이들도 이상하게 신(神) 핑계 대고는 말을 탕탕 까 재치더니. 머리카락 없는 것들이 부처 신이 들린 것도 아니고 뭐야.

-머리카락 없는 것들이? 어허 이 화상 막 나가니까 대책 없네. 말하는 거 좀 봐. 산으로 들어가 머리 깎겠다고 하고선 한이나 진 듯이 저주스럽게 머리카락 없는 것들이? 기가 막혀서. 왜 머리카락 없는 것들이 들이박더라도 하대?

-들이박기라도 할 힘이라도 있나. 나물만 먹는 것들이.

-것들이? 이 사람 인제 보니 머리카락 없는 것들에게 감정이

많구만.

　-나 자신에게 화가 나서 그런다, 왜?

　-왜 화가 나?

　-몰라도 돼.

　그가 또 으흐흐 웃었다. 한참을 웃다가 문득, '산에 가봐라.' 하고 말했다.

　-산엔 왜?

　이 교수가 그를 노려보며 물었다.

　-호랑이가 제일 좋아하는 게 뭔 줄 알어?

　-갑자기 호랑이는? 모르겠다. 왜?

　-바로 중놈 인고기여.

　-뭐?

　-왜냐하면 털이 없잖냐.

　-뭐어?

　이 교수는 그제야 피식피식 웃었다. 참으로 웃기는 돌중이었다.

　그는 실실 웃다가, '그런데 왜 납작이를 찾아?' 하고 물었다.

　-납작이라니?

　-왜 여자를 찾느냐고?

　-보살이 있어야 공양도 짓고….

　-우리 그런 거 안 키워. 냄비들 안 닦으면 냄새나거든.

　참 어이가 없었다. 나이가 위는 아닌 것 같은데 말솜씨가 젊은 건달 저리 가라였다. 그래도 이놈에게만 오면 편안해지니 참으로 묘한 일이었다. 아니 묘한 인연이었다. 예전 같으면 내가 그래도 명문대 교수임네 하고 상대도 안 했을 사람이었다. 그런데 이상하게 말이 통하고 묘하게 사람을 끄는 힘이 있었다. 이 사람에게는 눈치 볼 것이 없을 것 같았다. 속을 드러내고 솔직해도 괜찮을 것 같았다. 분명히 이것은 본능적인 느낌 그 무엇이었다. 오늘날까지 누구에게 이렇게 말을 함부로 해본 적도 없었고 고삐를 풀어본 적도 없었다.

냄비라니? 하고 물으려는데 애들 몇이 대문으로 들어서면서, '학교 다녀왔습니다.' 하고 인사를 하였다. 이제 열 살 정도나 되었을까. 고만고만했다.

-내 새끼들 인자 오네. 어서 씻고 밥 먹어라. 부엌에 상 차려 놨다.

-알겠습니다.

하고는 애들이 공양간으로 달려갔다.

-누가 보면 마누라 있는 줄 알겠네.

이 교수의 말에 돌중이 웃었다.

-마누라 같은 소리하네. 안 그래도 하나 들여앉혔으면 해.

-냄비 안 키운다메?

-교수라는 사람의 말솜씨 봐라. 부끄럽지도 않아?

그러고는 하하 웃다가 뚝 멈추고는, '방금 보살 찾았제?' 하고 물었다.

-그래.

-바로 저 애들이 보살이다.

-뭐?

-보살이 뭔데? 위로는 위없는 진리를 구하고 아래로는 고통받고 신음하는 중생을 구하는 이를 보살이라 한다. 알았냐?

-야 이 중놈아. 도대체 네놈의 정체가 뭐냐?

그가 또 기분 나쁘게 흐흐흐 웃었다.

-니 방금 정체라 했나? 그래 정체가 뭔데?

-정체가 뭐길래 사람 무시하느냐 이 말이다. 스님이라면 스님답게 점잖게 신도들을 제도할 일이지 반말에다, 상말에다 네 정체가 의심스럽다 이 말이다.

-어떻게 봉새가 봉황의 마음을 알랴. 소인배는 대인의 마음을 모르는 법. 어떻게 그대가 내 마음의 정체를 알아? 나도 모르겠는데.

그 말을 듣는 순간 왜 전기 같은 것이 찌르르 흘러갔는지 모를 일이었다. 꼭 감전된 것처럼. 그때 분명히 이 교수는 비전이란 단어를 떠올리고 있었다. 왜 그 단어를 떠올렸는지 모를 일이었다. 아무튼 떠올랐다.

-손님이 왔는데 차도 한 잔 안 주는 거냐?

이 교수는 비전이란 말을 머릿속에서 굴리며 딴전을 피우듯 말했다.

-목마르면 샘에서 물을 떠 묵던가, 차를 마시던가 해라.

찻상 위에 그가 생각나면 마시는 찻잎 풀어놓은 찻주전자가 놓여 있었다.

이 교수는 엎어놓은 찻잔을 바로 놓고 차를 따랐다.

그가 일어나더니 안방으로 들어가 손톱깎이를 가지고 나왔다. 한 모금 마시려고 하는데 탁하는 소리와 함께 손톱이 어디론가 튀었다.

잠시 후 그는 발톱을 깎기 시작했다. 한 모금 다시 마시려고 하는데 탁 하는 소리와 함께 그의 발톱이 찻잔 속으로 떨어졌다. 얼마나 발을 씻지 않았든지 발톱이 새까맸다.

이 교수는 차를 마시려고 하다가 멀거니 찻잔 속의 발톱을 내려다보았다. 한참 내려다보다가 도로 놓았다.

돌중이 눈치를 채고는 찻잔을 건너다보았다.

-아이고, 내 발톱이 거 빠짓네. 와? 디럽나?

-기가 막혀서.

이 교수는 찻잔을 놓고 돌아앉아 버렸다.

-그라믄 내 거 하고 바꾸자.

그가 이 교수의 찻잔을 자기 앞으로 놓고 자기 것을 이 교수 앞으로 놓았다. 그러고는 발톱이 빠진 찻물을 후루룩하고 마시고는 도로 놓았다.

-내 재미있는 이야기 하나 해 주까?

그는 그대로 발톱을 깎으면서 입을 놀렸다.

또 이상한 소리나 할 것 같아 이 교수는 아무 대꾸도 하지 않았다.

-살인마가 한 놈 있었거든. 어떻게 살인하느냐 하믄 침대를 하나 가지고 있었는 거라. 그런데 피곤한 이들이 와 그 침대에서 쉬어가기만 하면 그는 그들을 죽잇다 이 말이야. 침대 길이

보다 사람이 커 다리가 침대 밖으로 나오면 크다고 하여 죽이고, 침대 밖으로 다리가 나오지 않으면 짧다고 하여 죽이는 기라.

자신만의 기준과 견해에 사로잡혀 모순된 행동을 보이고 있었다는 말인 것 같았다.

-그게 무엇 때문인지 알아?

이 교수는 가소로워 대답하지 않았다. 흔히 듣던 이야기였다. 그 이야기를 제 것인 양 써먹든 꼴이 시답잖았다.

-그게 바로 고정관념이란 놈인 기다.

그렇게 고정관념은 비합리적이며 사실적 근거 없이 행동한다. 그 말이 하고 싶은 모양이었다.

-가만히 보니 그대는 너무 고정관념에 사로잡혀 있는 것 같애.

돌중의 말에 이 교수는 어이가 없었다. 그의 본심이 나오고 있다는 생각이었다.

-무슨 근거로?

이 교수는 좀 심통스런 어조로 물었다.

돌중은 여전히 발톱 깎는 데 열중하면서 입만 놀렸다.

-지금도 출가의 염을 끊지 못하고 있는 거 같아서….

-내가?

-그래.

-네놈 말대로 학생들 믿고 산다. 내 딸 여진이라 생각하고 열심히 살고 있어. 하지만 가끔 그 애가 생각나면 미칠 것 같아.

모두 잊고 산으로 들어가고 싶을 때가 있기는 해.

-그래서 말이다. 내가 보니까 위태위태해. 그래서 하는 말이야.

-그래서라니?

-그대가 한 번씩 꿈꾸는 그것, 꼭 절간으로 가 머리를 깎아야 중이 된다는 생각, 바로 그것, 그것이 고정관념이란 말이지.

내기 이번에 확실히 너의 미련을 끊어 수마, 하는 표정을 지으며 그가 말했다.

이상하게 반발심이 솟구쳤다.

-아니 그럼 형식이나 규범이나 규칙을 무시하고 살자는 말이야?

-누가 그러래?

-그럼?

-그대에게는 세속 자체가 바로 수도장이 될 수도 있지 않은가? 이 말이다.

-오호! 이제 본심이 나오네.

-와? 정신이 바짝 드나? 언젠가 생활선이 이러쿵저러쿵 잘만 떠들더만. 생활선이 뭐꼬? 생활선이 바로 그것 아니야. 수행승이 산중 절간에서 공부하는 것만 수행이 아닐진대. 그 세속 자체를 수도장으로 인식하는 것. 그것이 생활선이 아니냐 이 말이다. 그렇다면 그들 역시 수행승이다. 그러므로 우리들의 일상생활 자체가 선이 된다. 행주좌와. 행동하고 앉고, 눕고, 먹고, 자고, 그 모든 것이 선인 것이다. 그렇게 선은 이미 우리 곁에 와

있다는 말이다. 그런데 여기는 안되고 저기는 된다? 그게 고정관념이 아니고 뭐란 말이냐?

이 교수는 돌중을 노려보았다.

-그러니까 내가 그렇게 자기만의 인습에 사로잡혀 있다?

-그래.

돌중은 대수롭지 않게 대답했다.

-정말 통렬하군.

-그렇지. 장군은 통렬하게 전사하고, 이 돌중은 그대를 통렬하게 꼬집고…. 으하하.

이 교수는 웃고 있는 그를 노려보다가, '그럼, 그대는 어디에 서 있는데?' 하고 물었다.

그가 시선을 들어 이 교수를 그제야 마주 바라보았다.

-이거 왜 이러나. 몰라서 묻나? 그대가 그렇게 소승의 경지에 있다면 이 어른은 대승의 경지를 헤매고 있지 않은가.

-내가 보기엔 준치도 되지 못한 미꾸라지 새낀데 뭐라 대승? 대승이 씨 말라 죽었구마.

-독 품지 마라. 원래 소승은 속이 좁아서 쓴 약은 못 삼키는 법이다.

-그럼, 그대는 왜 여기 와 있나?

그제야 그가 손톱깎이를 후후 불며 고개를 들었다.

-뭐?

-왜 여기 있느냐고?

이 교수가 그를 쏘아보며 다시 물었다.

-몰랐으니까.

그의 대답은 간단했다.

-어릴 때 뭘 알았어야지. 내 어미가 날 절에다 맡겼다고 안 하든. 한 입이라도 덜려고. 무지 가난했다 이 말씀이야. 지금 같으면야 어림도 없지. 나 출가 안 해.

-그럼, 지금이라도 법복 벗지 그래. 장가도 가고 세속에서 한번 살아보시 그래.

-안 그래도 그럴 생각이었는데 이제는 자신이 없어져 버렸어. 흔들릴 것 같거든. 여자의 그것 속에 내 근본을 밀어 넣고 얼마나 견딜지. 수미산에 걸쳐놓았던 발이 금세 세속으로 옮겨질 것 같거든. 금강승의 경지를 아직은 못 얻었단 말이야. 병이지. 병통이 되어 버린 거야. 출가해서 얻은 병이. 그건데 지랄한다고 출가를 해.

-그럼, 대승적 경지는 어떻게 얻어?

-몰라. 하지만 그대가 세속에 있으면서 흔들리지 않는 경지를 얻는다면 그게 대승적 경지 아니겠는가?

-정말 돌중이 따로 없군. 세상에 너 같은 돌중은 본 적이 없다.

-그런 소리하지 마라. 부처도 여자 다리 밑에서 나온 사람인 기라. 이거 왜 이러나. 그래서 부처는 다리 밑으로 자신과 같은 애새끼 안 빼내려고 안달복달하던 사람이었다는 걸 모르는 건 아니 것제. 왜냐고? 그게 바로 대승적 경지거든. 아니 고마 말을 바꾸자. 금강승의 경지거든. 그것은 바로 소승적 경지의 반

대 개념인 기라. 그 차원에서 한 발짝 앞서나가는 사고의 경지거든. 그렇다면 막연히 소승적 경지에서 탈피해야 한다고 하는 구호만 가지고는 그 경지를 벗어날 수는 없을 것이구만. 왜냐하면 그것을 붙들고 있는 고정관념이란 놈이 그만큼 지독하기 때문이거든.

그러면 어떻게 그 고정관념이란 놈을 떨치고 대승적 경지로 나아갈 수 있을 것인가 하는 생각을 문득 하며 이 교수는 눈을 감았다. 그러자 문득 이런 생각이 들었다.

그렇다면 진정한 지혜는 어떻게 얻을 수 있나?

이미 주입된 생각을 고정관념이라고 한다면 고정관념이란 놈이 한 번 주입되면 사고는 진공화되어 버릴 것이 뻔하다. 그것은 그만큼 고정관념에서 벗어나기가 힘들다는 말이 될 것이다. 그러므로 고정관념에 사로잡힌 자의 행동은 지극히 제한적일 수밖에 없다. 어떤 일에 있어 가능한 한 그 상태를 보존하기 위하여 원형질을 응고시키려는 요소가 내부에는 언제나 도사리고 있기 때문이다. 그러므로 사실적 근거 없이 비합리적인 모순된 행동을 보일 수밖에 없게 되는 것이다. 자신만의 기준에 사로잡혀 있기 때문이다.

-그럼 내 아주 상식적이며 기초적인 질문을 한번 해보자.

이 교수가 조금은 오기 섞인 음성으로 말했다.

-뭔데?

그가 또 발톱 빠진 차를 후루룩하고 마셨다. 이 교수가 보았더니 여전히 시커먼 발톱이 찻잔 속에서 흔들리고 있었다.

-그럼, 고정관념으로 인한 소승적 경지에서 빠져나올 방법을 도통 군자께서 알고라도 계신단 말인가?

이 교수는 그를 비꼬듯 그렇게 물었다.

그러자 그가 흐흐 웃었다.

-있지.

-있다고?

-간난하지. 사실 대답은 하나밖에 없거든.

-하나밖에 없다?

-참 거 보기보다 둔하네. 생각해 보라구. 너 학생에게 작은 마음 큰마음을 가르치고 있다메. 바로 그거야.

-뭐가?

-그것이 바로 소승과 대승 아닌가.

-그러니까 그게 뭐?

-애들에게 가르치고 있다며? 작은 마음을 버리고 큰마음 먹고 살면 될 거 아니냐고. 그것이 대승이요 소승의 경지라고.

-그래서?

-그러나 대승과 소승 속에는 네가 모르는 또 한 가지가 있다 그 말이다.

-그게 뭔데?

-개념이 확실치 않다는 것은 그럴 수도 있다고 쳐도, 대승은 진공 속으로 묻어 버린 사고를 가져오는 큰마음이 분명하지만, 그 속에는 우리로서는 가늠할 수 없는 서원이 있지.

-서원?

-바로 보살 정신.

-보살 정신?

-이게 대승 정신의 키포인트야. 바로 희생정신.

-희생정신?

-내가 지옥에 머물더라도 중생을 극락정토로 보내겠다는 희생정신. 이게 대승의 궁극이요 큰마음이지. 물론 그게 쉬운 일이냐고 할 테지만….

-그래 맞아.

대답은 그렇게 했지만, 이 교수는 뒷머리를 한 대 얻어맞을 것 같았다.

돌중이 새초롬하게 눈을 치뜨고 이 교수를 노려보며 갑자기 입술에 침을 튀겼다.

-뭐가 맞아? 이제 대승을 알겠다고?

-그러니 당장에 한 번 큰마음을 내어 보라 그 말 아니냐?

곧 죽어도 질 수는 없다는 생각에 이 교수가 그렇게 말하자 돌중이 고개를 끄덕였다.

-맞아. 그거라고. 실천적 경지. 큰 수레, 큰마음의 경지로 들어가 보면 될 거 아니냔 말이야.

이런!

이 교수는 별로 기분이 좋지 않은 모습으로 돌아왔다. 그놈의 돌중에게 한 방 오지게 얻어맞은 기분이었다.

돌중은 정작 그렇게 외치고 있었지만 그렇게 그게 쉬운 문제는 아니라는 생각이었다.

학생들에게 무엇을 가르쳤나 싶었다. 작은 마음을 큰마음으로 바꾸어야 한다고 외치면서 정작 그 희생정신을 가르쳤던가 싶었다. 보살의 서원? 내가 지옥 세계에 남더라도 너를 극락정토로 보내겠다는 그 보살 정신. 이것은 이해의 가르침이 아니다. 작은 마음이 큰마음으로 돌아서기 위해서는 이해가 필요하다는 가르침이 아니다. 나를 위한 큰마음이 아니라 너를 위한 큰마음이다. 이것이 보살 큰마음의 정체라면 보살의 서원이 큰마음의 궁극이라는 말이었다. 결코 그 궁극의 세계를 가르치지 않았다면 그건 사기라는 말이었다. 그 세계조차 내가 정작 모르고 있었다면 사기가 맞았다.

돌중은 그 사실을 깨닫고 있었다는 말이었다. 그리하여 나를 깨닫게 한 것이었다. 그래서 그 세계를 알기 위해 그 속으로 직접 들어가 보라고 외쳤던 것이다. 그러면 그 정체가 무엇이고 해결점이 어디에 있는지 알게 될 것이라고.

그렇다는 생각이 들었다. 큰마음을 가르치려면 내가 스승이 되고 내가 학생들의 제자가 되어 배워야 한다는 생각이 들었다. 그 길이 보살의 대승심이라는 생각이 들었다.

황금 바리때

|

1

　언젠가부터 도둑고양이 한 마리가 담을 타고 시찰을 다니더니 새끼를 낳은 모양이었다. 밤새도록 앙칼지게 울어대더니 얼마 후 아주 귀여운 새끼 고양이 세 마리를 데리고 나타났다. 어미를 졸졸 따라다니며 담 타는 연습도 하고, 나무 타는 연습도 하고는 했다. 어미는 시범을 보이고 순서대로 담을 건너가게 하는가 하면, 나무 위로 올라간다. 먹을 걸 놓아주면, 어미는 담 위로 올라가 망을 보고 어린 새끼에게 먹인다. 그걸 보면서 이 교수는 사람이나 짐승이나 생존본능은 어쩔 수 없다는 생각이 들었다. 자식 생각하는 것이 사람과 하나도 다를 바 없다. 아니, 사람보다 더 지극해 보였다. 자식새끼 놔두고 샛서방 얻어 도망가는 세상, 그에 비하면 짐승이 오히려 났다는 생각이 들었다.

　어느 날 보니 새끼 한 마리가 다리를 절고 있었다. 뒷다리를 영 쓰지 못했다. 담벼락에서 떨어진 모양이었다. 아니면 지붕 추녀 끝에서 떨어졌거나. 큰일이다 싶었다. 어떻게 잡아 동물병원에라도 가야 할 것 같은데 어미가 새끼를 잡지 못하게 했다. 그래도 어떻게 새끼를 잡아 보려고 했더니 새끼는 더 앙칼졌다. 칵하고 이빨을 드러내는 바람에 뒤로 물러섰는데, 어미가 그사이에 재빨리 새끼를 물고 도망가 버렸다. 그 후로 잘 나타나지 않았다. 이제 오지 않으려나 했는데 하루는 새끼 세 마리를 데리고 나타났다. 그런데 다리를 다친 놈이 맨 뒤에 섰는데 많이 나아 있었다. 거의 정상이었다. 어찌나 다행스럽고 반가운지 생선 도믹과 우유를 내다 주었더니 어미는 역시 망을 보고 새끼들을 먹인다. 아직도 교육 중인지 먹을 걸 먹이고는 이리저리 새끼들을 끌고 다녔다.

이 교수는 그 모습을 보면서 인간이나 사람이나 어쩌면 저렇게 똑같을까 하는 생각을 했다. 그리고 보면 종족 본능은 가장 우선하는 본능이라고 할 수 있다. 두 사람이 만나 사랑하고 애를 낳고 자식을 교육한다. 그런데 교육이 문제다. 가르침. 배우는 이가 있으니 가르치는 사람이 있을 터인데 글자 그대로 가르침이란 스승이 제자를 가르치는 것일 터이고, 배움이란 제자가 스승에게 무엇을 배우는 것을 말하는 것일 터이다.

문득 언젠가 돌중이 하던 말이 생각났다.

-수도장이 어디 따로 있나. 내가 사는 곳이 수도장이제.

그러니까 돌중의 말을 바꾸어 보면 이곳에 와 보니 비로소 세속이 치열한 수도장이더라, 그런 말이었다. 자신이 여기에 와 깨달은 것이 수도장은 따로 없더라, 그 말이었다. 자기가 있는 자리. 그 자리가 바로 수도장이더라, 그 말이었다. 산중 절간도 수도장이고, 교회도 수도장이고, 피붙이가 살고 있는 세속도 수도장이더라, 그 말이었다.

이런 제길. 그 얼어 죽을 놈의 돌중.

이 교수는 이유 없이 그가 밉다는 생각이 들었다. 그러면서도 돌중의 말이 맞다면 하는 생각이 꼬리를 물었다. 출가 병이 이제 완전히 고개를 숙이고 있었다.

어리석었구나.

이제야 뭔가 조금은 알 것 같았다.

돌중은 그날 무슨 생각에서인지 이런 말을 이어서 했다.

-저 물줄기가 끊어진 곳에 진리가 있다.

저 물줄기가 끊어진 곳에 진리가 있다니?

하루는 돌중에게 놀러 간 김에 그 말의 뜻을 물었더니 돌중의 본전이 또 나왔다. 참 더러운 돌중이었다.

-참 보기보다 정말 둔하네. 아직도 무슨 말인지 모르겠다, 그 말이여?

-그려.

-그려? 허허 참? 그 머리로 으떻게 학생들을 가르칠까이.

-사람 모욕 계속하려면 관둬.

-어라, 잘하믄 사람 치겠네.

그냥 일어나려고 하자 그가 그제야 입을 열었다.

-무슨 말이냐 하면 남을 가르칠 때는 어떤 가르침이든 오로지 올바른 마음으로 사견 없이 그대로 전해져야 한다, 그 말이야. 진리에 사견이 따른다면 어떻게 되겠냐. 그건 사족에 지나지 않는다 이 말이다. 사족이 지나치면 사견이 되고, 사견이 지

나치면 거짓이 된다 이 말이다. 인제 뭐가 이해가 가나? 바른 말, 그 자체로 물길이 끊어졌는데 뭐가 또 필요하단 말이냐?

이 교수는 할 말이 없었다. 이 교수는 고개를 숙이고 더욱 눈을 꼭 감았다.

바른 사유, 바른 행동…. 바른 생활, 바른 정진, 바른 마음….

그러다가 그는 눈을 번쩍 떴다. 바른 가르침이라는 단어가 비수처럼 뇌리를 스쳐갔기 때문이었다.

2

-교수님, 됐습니다. 됐어요.

고함에 놀라 돌아보았더니 일전에 광고 문안을 소망하는 대기업에 내었던 그 학생이었다.

-이사회에서 결정까지 났답니다.

-뭐가?

무슨 소린가 하고 그렇게 물었더니 학생이 환하게 웃었다.

-전에 보낸 광고 말입니다.

-광고? 어 그래!

-통과 되어 이사회까지 올라갔는데 결정이 났답니다. 이미지 광고로 쓰기로.

-뭐?

학생이 울먹울먹하다가 교수님 하면서 달려와 안겼다.

-고맙습니다. 교수님.

이 교수도 그만 눈물이 터졌다.

-잘했다. 잘했어.

학생들 하나하나 상담해도 그 길이 보이지 않더니, 세상에 이런 일이.

그동안 풀리지 않던 매듭이 이렇게도 풀리구나! 하는 생각에 학생을 더욱 끌어안았다.

그래. 이렇게 풀어가는 거야. 이렇게.

모처럼 학생과 둘이 앉아 축하주를 나누어 마셨다.

3

근무처인 교정으로 들어서니 역시 학교는 내 삶의 활력소라는 생각이 든다. 지상 4층의 학생회관이 북적거린다. 학생복지처도 북적거리고, 학생상담실도 북적거린다. 총학생회는 무엇을 꿈꾸고 있는가?

학생 식당을 지나 편의점으로 들어가 음료수 하나를 사 나왔다.

빵을 하나 살 것을.

그리고 보니 아침을 못 먹었다는 생각이 든다. 어제저녁 늦게까지 제기를 닦느라 아내는 힘을 쓰더니 아침에 일어나지를 못했다.

-어떡해요? 아침 차려 드려야 하는데….

-해열제 먹어. 미열이 있는 거 같은데.

-어서 출근하세요. 근처 식당에서 아침 챙기고요.

-알았어.

벤치에 앉아 물을 마시면서 이 교수는 하늘을 올려다보았다. 햇살은 저리도 찬란한데….

갑자기 대학 다닐 때 이강무 주임교수 생각이 났다.

-저 학생들을 봐. 모두가 내 스승이야.

-그럼, 내가 교수님의 스승이네요?

그날의 이상준이 웃으면서 그렇게 묻자, 이강무 교수가 허허거리고 웃다가 고개를 끄덕였다.

-그래 네가 내 스승이다.

젊은이들을 만나면서 느낀 것이지만 그 말이 맞았다. 자신이 나이를 먹었다고 해서 그들의 스승이 아니었다. 그들이 나의 스승들이었다.

그들과 무릎을 맞대면서 이상준 교수는 자신 역시 배우고 있다는 사실을 언제나 실감했다. 그들의 수준이 되어 그들을 알아가는 것이 자신의 배움이었다.

퇴근해 들어가면 이 교수는 그들에게서 배운 것들을 기록하고는 했다. 기록하다 보면 그들과 하나가 되었다는 일체감이 들었다. 그들과 무릎을 맞대고 이야기를 나누다 보면 자신이 그들이 된 것 같았다. 있는 집안의 자식이나, 없는 집안의 자식이나 싱싱하다는 것은 축복받은 일이었다. 내게도 그런 세월이 있었고, 그들에게서 이 교수는 옛날의 나를 만날 수 있어 젊은 날이 그리웠다.

어른과 청년이 아니라 벗이었다. 벗들과 만나면 그들의 희망과 절망을 알 수 있었다. 왜 이 시대에 전환의 이법이 필요한지 절감할 수 있었다.

때로는 젊은 혈기를 못 이겨 여지없이 이 교수가 가지고 있는 맹점들을 지적하거나 공격하기도 한다. 지적과 공격이 이 교수에게는 힘이었다. 나를 지탱하게 하는 힘이었다. 그 힘으로 하여 오늘의 자신이 있었다.

겨울이 되면 아르바이트하는 학생들의 고충도 말이 아니라고 한다. 등록금과 생활비 벌기 위해 알바를 한 곳도 아니고 두 곳 심지어 다섯 곳까지 뛰는 학생도 있었다.

-힘들어서 어떡하지?

-청춘이잖아요.

그러면서 씩 웃는 모습이 여간 믿음직하지 않다.

식당, 삼겹살집, 심지어 유흥업소 구인 광고에 홀려 술집으로 나가는 학생도 있다. 그래도 학비가 모자란다고 했다. 그래서 홍대 앞, 신촌 등 대학 주변 유흥가 등에서 밤에 담배 심부름 나가는 모습을 보면 측은하기까지 하다. 있는 집 자식들은 연애하고 술을 마시고 흥청망청할 나이.

경마장에서 경기마의 약품 검사 테스트를 위해 소변을 채취하는 알바 학생도 있다. 목장에서 젖소나 돼지들의 똥을 치우고 먹이 주고, 젖 짜고 그래도 안 되면 저축은행에서 돈을 빌렸다가 신용불량자가 된 학생도 한둘이 아니다.

그렇게 사연도 각가지다.

"

미국을 보라고?
앞서가는 나라도 그렇게
돌아가고 있다고?

"

제3장

우리는 지금
어디에 서 있는가?

눈먼 자의 피

|

1

나이가 들어갈수록 시간이 참 빨리도 흐른다 싶다. 아무리 재주가 좋아도 시간을 돌릴 사람은 없다. 나이 들어가는 인간의 모양, 참 허망하다. 양적 시간과 질적 시간, 객관적 시간과 주관적 시간이 젊은이에게는 차이가 날지 몰라도 늙은이에게는 차이가 나지 않는다. 이미 늙어 버렸기 때문이다. 모양은 그렇게 허망한 것이다. 아직 늙은이 소리 듣기에는 이른 나이지만, 우리의 삶과 죽음 또한 그렇다. 삶의 시간이 줄고 죽음의 시간이 가까워지면 비로소 외면을 가꾸기보다는 내면의 아름다움에 다가서게 된다. 현자는 그 사실을 일찍 깨달았을 뿐이고 범부는 늦게 깨닫는 것뿐이다.

더욱이 한국은 1960년대 이후 경제 성장을 이룬 나라다. 과학 발전도 마찬가지다. 외적으로나, 양적으로나 삶의 가치를 높이는 시간이 그리 길지 않았다. 이제 선진국 대열에 합류하는 마당이다.

그래도 국민행복지수는 경제협력개발기구(OECD) 회원국

중 최하위권이다. 자살률은 2003년 이후 14년째 1위다. 내적, 질적 가치를 소홀히 한 결과다. 국민 행복도가 낮고 자살률이 높은 것은 그만큼 내적 성장에 공들이지 않았다는 증거다. 영혼의 성숙이 그만큼 이루어지지 않고 있다는 말이다.

이를 책임져야 할 곳이 어디인가? 정부다. 정부가 정책적으로 그런 사회를 만들어 나가야 한다. 눈 가리고 아옹식의 정책들. 그것은 독재자들이나 하는 수법이나. 사신의 정책을 관철하기 위해 국민의 시선을 돌리는 무지막지한 위정자의 수법이다. TV만 틀면 오락 프로그램 천국이다.

세상이 그렇게 돌아가고 있다고? 미국을 보라고? 앞서가는 나라도 그렇게 돌아가고 있다고?

문제는 못된 것만 배우고 있다는 사실이다. 그 바람에 우리의 것이 망가지고 있다. 미국이 선진국이라고 해서 그 나라가 망하면 우리도 망할 것인가? 그러나 지금, 이 나라가 그렇게 돌아가고 있다. 그런데도 공영 방송국이라고 해서 다를 것도 없다. 우리 것을 찾는 교양프로그램을 찾아보려고 해도 찾아볼 수가 없다.

그러니 위정자들의 주도하에 울고 웃는 대학이 제 기능을 펼칠 수 없는 것이다.

대학이 뭐 하는 곳인가? 위정자들의 눈치나 보며 돈벌이하는 곳인가?

아니다. 학생들의 지식욕을 채워 주는 곳이다. 한 마디로 사람 만드는 곳이다. 젊은이들의 손에 이 나라의 미래가 달렸다.

그 사실을 왜 망각하는가. 다 제 잇속 때문인 것이다.

계속 서재에나 틀어박혀 있을 수는 없다는 생각에 이 교수는 다시 현장으로 나가보았다. 현장으로 나가 보니 역시 말이 나오지 않았다.

입시 지옥이란 말이 무색하게 2000년 이후 문 닫는 대학교가 전국에 20곳이 넘었다. 아이러니한 일이 아닐 수 없었다. 대학이 문을 닫으니, 주변은 유령도시가 되고 학교는 폐가처럼 방치되는 실정이었다. 도회지 유명 대학으로만 진학하려는 학생들의 마음을 이해하면서도 예삿일이 아니었다. 봄바람에 벚꽃이 지듯 '벚꽃엔딩'은 이제 '지역대학의 위기'를 의미하는 상용구가 되어가고 있다.

원인을 찾아보았다. 그랬더니 학령인구 감소와 수도권대학 선호 현상 때문이라는 걸 알 수 있었다.

그러면 정책적으로 어떤 대안이 나와야 하는가?

무슨 정책?

정부는 웃기지 말라는 식이다.

그럼, 지방대학들이 한꺼번에 무너질지도 모른다. 그렇게 되면 단순하게 지방대학의 문제만이 아닐 수도 있다. 지역 소멸의 문제임이 분명하기 때문이다.

새 정부에서는 지역과 상생하는 대학을 만들어 나갈 것이라고 뒤늦게야 약속했다고 하였다.

그럴까? 벚꽃엔딩은 여전히 계속되고 있는데.

2

다음 날 늦은 아침을 먹고 돌중에게 갔다. 돌중이 애들 학교에 보내고 돌아오다가 흠칫 놀랐다.

-왜 또 왔냐?

-잘 잤어?

-왜 왔냐고?

-잠이 잘 오디?

-오메, 머리 검은 놈은 결단코 구하지 말란 말이 하나도 틀린 것이 읎네. 사람 같잖아서 상대를 해줬더니 요것이 낫살이나 꼬불쳐서 개기려고 들어야. 너 학교는 왜 안 가냐? 아, 벌써 방학인가. 너 혹시 나한테 구라 치냐? 교수고 뭐고, 다 거짓말이지? 아니시. 그런 놈이 우째 부처님 옷은 입혔을꼬?

-너 만날 때부터 젊잖음은 네놈 버전대로 꼬불쳐 부릿다. 너 왜 중생제도를 그따우로 하냐?

-이것이 정말 내 버전대로 놀아야.

-너 언젠가 일 기억하지? 뭐라고 그랬냐?

-뭐?

-변명을 한 번 해볼 테면 해보던가.

-글쎄 뭐?

-내가 발걸음을 끊는다. 다시는 네놈 상종 안 해.

오메, 이것이 공갈 협박을 하네.

-정말이다.

-좋다.

그는 비로소 생각이 나는 모양이었다.

찻상이 마주 놓이자 갑자기 돌중이 정색을 했다.

그가 이 교수를 똑바로 바라보며 소리쳤다. 칼날처럼 서슬 푸른 어조였다.

-눈을 뜨지 않는다면 그 피는 영원히 푸르다!

이 교수는 순간 정신이 번쩍 들었다.

이놈의 돌중이 사기를 치더니 또 무슨 수작을 부리려고.

솔직히 정신이 없었다. 어이가 없어 그를 멍하니 쳐다보았다. 시퍼런 칼날 끝이 가슴에 와 푹 하고 꼽히는 기분이었다. 그러면서도 지기는 싫었다.

-아무리 내가 그 뜻도 모를까?

-그 의미를 아냐고?

돌중이 짜증을 내며 물었다.

-요즘은 눈면 사람을 위해 신호등이 있는 건널목도 건너가라고 안내 방송을 한다.

-그래. 그거야. 대학교수 헛것은 아니네. 그래 너 말대로 여기 눈 감은 소경이 한 놈이 있다고 하자. 그럼 어쩔래?

-어쩌다니?

-눈을 감았는데 그는 세상의 실상을 보고 있다. 그렇다면 눈이 먼 것은 누구냐?

돌중의 말에 이 교수는 웃었다. 그러고는 허망한 어조로 이렇게 말했다.

-그렇다고 눈 감은 소경은 어떨까?

돌중이 이 교수의 말에 고개를 홰홰 내저었다.

그의 비수 같은 말이 자신을 향한 말이라고 생각되면서도 사정없이 자비심을 보이지 않는 것을 보면 진리 앞에 동정은 없다는 말이 실감이 났다. 동정은 사실 비정보다 더 상대를 비참하게 만들고 추악하게 만드는 속성을 가지고 있다. 그걸 알기에 진리를 옹호하는 자는 비정한 법이다.

물론 돌중은 인간의 피가 붉다는 걸 몰라서 하는 말이 아니었을 것이다. 진리는 냉엄하고 잔인한 것.

이 교수는 그게 진리를 수호하는 자의 자세라는 것을 다시 한번 확인했다. 그래야만 한다는 생각이었다. 그래야만 발전이 있다는 생각이었다. 왜 스승이 제자의 종아리에 회초리질하겠는가. 깨닫고 깨치라고 매질하는 것이다.

-너 말이야 왜 내가 이런 말을 하는지 아냐?

잠시 생각에 잠겼는데 돌중이 물었다.

이 교수는 눈을 감았다.

눈을 뜨지 않는다면 그의 피는 영원히 푸르다?

그렇겠지. 비록 눈은 감았으나 세상의 실상을 바로 보라는 말이렷다. 세상을 보는 것은 눈이 아니라 마음이라는 말이렷다. 바로 보려거든 오늘 눈을 감아보라는 말이렷다. 그러고는 가만히 주위를 둘러보라는 말이렷다. 세상은 바로 우리들의 마음속에 있는 것이라고. 이 세계의 실상을 마음으로 느끼라는 말이렷다.

-안다.

뒤늦게야 이 교수가 대답했다.

-뭔데?

-대답 못 한다.

-왜?

-대답하면 사구가 되어 버리거든.

-어쭈. 진리란 문자를 세울 수 없다?

이 교수는 고개를 끄덕였다.

-그럼, 뭐가 진리인데?

이 교수는 침묵했다.

돌중이 흐흐흐 하고 웃었다.

-내 가르쳐 줄까?

-?

-부처는 지옥이 있습니까 하고 물으면 대답하지 않았다. 천상이 있습니까 하고 물으면 역시 노였다. 그렇게 그는 핵심을 물으면 침묵이었다. 왜? 있다면 어떻게 되었겠나? 근기가 약한 인간들은 천상에 나기 위해 노력할 것이고 근기가 강한 인간들은 더 수행에 힘쓸 것이다. 그걸 알고 있었거든. 그런데 진짜 이유는 진리를 내뱉으면 그것은 이미 진리가 아니었거든. 그래서 사구를 만들지 않기 위해 침묵할 수밖에 없었다 이 말이다.

-그 정도는 나도 안다.

-좋다. 그러면 진리가 뭐냐? 그걸 알면 그대가 했던 질문의 진실과 거짓과의 차이가 드러날 것 아닌가.

이 교수는 침묵했다.

-침묵. 좋지. 침묵이라. 그게 진리다 이거지?

이 교수는 역시 침묵했다.

돌중이 일어나더니 그대로 이 교수를 발로 차버렸다. 이 교수는 벌렁 뒤로 넘어졌다.

-봐라, 이 어리석은 중생아, 이게 진리다. 진실이다, 사물의 실상이다, 우주의 본체다, 우주의 이치다, 침묵의 모가지를 쳐 없애는 것. 침묵을 처단했을 때 그때 볼 수 있는 것. 그것이 바로 진리다. 어떻게 부처 모가지를 끊어 버리지 않고 진리를 볼 수 있단 말이냐. 해탈은 대자유다. 모든 구속으로부터 자유로워지는 것이다. 어떻게 부처가 너를 구속하고 있는데 대자유를 얻을 수 있단 말이냐. 부처 모가지를 베 너로부터 내몰아야 자유로울 수 있을 거 아니냐.

2등의 중심

1

이 교수는 돌중에게서 돌아와 울었다. 무서워 울었다. 정말 무서워 울었다. 머리가 희끗희끗한 어른이 그래도 대학교수까지 하는 사람이 거지나 다름없는 돌중에게 차이고는 방구석에 처박혀 눈물을 흘렸다. 아랫사람들이나 학생들이 보았다면 기가 막힐 일이었다.

어디선가 본 무쟁삼매란 말이 자꾸만 이 교수의 머릿속을 맴돌았다.

그래서 무지한 중생을 누가 불쌍히 여기라고 했는가.

부처다. 그렇다면 부처마저도 처 없애야 한다. 부처의 가르침이 정보였다면 그 정보에 사로잡혀 있어서는 안 된다는 말은 성립된다. 한발 더 나아가 진공 속으로 날려 보낸 사고를 찾아오지 않고서는 결코 이 문제를 풀 수 없다는 돌중의 말은 설득력이 있다. 그래서 부처도 보지 말고 그의 변도 듣지 말라고 소리치며 이제는 발길질까지 했다. 얼어 죽을 놈의 중놈. 모름지기 자신보다 성공한 이를 봐도 높이 여기지 않고, 자신보다 못

한 이를 봐도 낮게 여기지 않고, 그 성품을 같이 보아야 한다고
했다.

하지만 그게 쉬울까, 하는 생각이 들었다. 그러면 내 이놈의
중놈을 그냥 하다가도 모래성이 무너지듯 주저앉고는 하였다.
이 교수는 오늘날까지 옳다 그르다고 판단하고 행동하면서도
때로 그르다 쪽으로 행동할 수밖에 없을 때가 한두 번이 아니었
다. 사업이란 것이 그랬고, 비인산적인 짓도 서슴없이 저지를
수밖에 없는 게 그곳 생리였다. 무엇이 옳다는 걸 알면서도 언
제나 망설이다가 실천할 기회를 놓치기가 일쑤인 것이 세상살
이였다. 그만큼 어려운 것이 그것이었다. 아니면 왜일까? 안다
는 것과 이해한다는 것과 그리고 체득하여 깨닫는다는 것과 그
것을 실천한다는 것의 차이가 그렇게 무섭기 때문일까?

항상 우리들이 얻고자 하는 지혜는 후발성을 지닌다고 하지
만 이건 정말 너무 하는 게 아니냐는 생각이 들었다. 사람들은
말한다. 왜 인간은 결과 뒤에 깨닫는 동물일지 하고.

2

돌중에게 걸어 채인 후로 이 교수는 완전히 식욕을 잃었다.
만사가 귀찮았다. 그에게 걸어 채여서 서러운 게 아니었다. 그
의 경지였다. 이 교수 자신이 학생을 가르치는 위치에 있다고
하여 거들먹거리는 사이, 그는 남이 낳은 오갈 데 없는 애들을
키우며 자신의 인생을 살찌우고 있었다는 사실이었다. 도대체

무엇이 그를 그런 인간으로 만든 것일까, 하고는 이 교수는 가끔 생각하고는 하였다.

인간의 만남과 헤어짐은 각각의 원을 달리다 만나는 일식과 월식 같은 것이다. 인간은 결코 홀로 살아갈 수 없는 존재다.

이 교수는 연구실로 들어서기가 무섭게 커튼부터 걷었다. 그때 결정을 잘못한 것이 지금까지 병폐였다. 그날 커튼 업자가 와서 물었다.

-이 교수님이시죠?

-그런데요?

-커튼을 달려고 하는데요. 요즘은 블라인드가 인깁니다. 커튼은 따뜻하긴 하지만 위에서 아래로 아래에서 위로 열지를 못합니다. 가로 세로로만 열리지요.

그러니까 블라인드로 달지, 커튼을 달지 선택하라는 말이었다. 처음 생각은 커튼이 좋아 보였다. 분위기가 날 것 같았기 때문이다.

그런데 한 2년 지나니까 때가 탔다. 색도 바래고 무엇보다 위아래로 열지 못하니 여간 불편한 것이 아니었다.

아래위로도 열리고 양옆으로도 열리면 얼마나 좋아.

그러나 세상사 생각대로 되는 것이 없다.

연구실 문을 열기가 무섭게 명성이란 학생이 상담을 신청했다. 그의 신상을 보았더니 아버지가 공무원이었다. 상담실로 들어서는 그를 보니 키가 컸다. 잘생긴 청년이었다. 입성도 깨끗했다.

고민이 뭐냐고 물었더니 잠시 뜸을 들였다가 입을 열었다.

-고등학교 다닐 때까지는 천지를 몰랐어요. 대학에 들어오니까 정신이 좀 들더라고요. 곁의 친구들도 마찬가지였어요. 태어날 때부터 금수저 문 애들이 아니고 보면 집도 없는 애들이었죠. 엄청나기만 한 등록금, 생활비를 도와줄 능력 있는 부모가 얼마나 되겠어요. 촌에서 올라온 애들은 더하지요. 농사를 뼈가 빠지게 지어 놓으니, 천재지변에 날려버리는가 하면, 구제역이다, 뭐다 해서 가축들이 생매장당하고, 외환위기 당시 실직한 가장은 지금도 직장을 못 구했다고 난리거든요.

그래도 대학은 나와야겠기에 알바라도 해서 마쳐 보려고 하다 보니 외톨이가 되었단다. 알바하느라 친구를 사귈 시간이 없었다는 것이다.

-아버지는 어디에 근무하시나?

이 교수는 학생을 이리저리 살피다가 물었다.

-전매청 부장이세요.

-그럼, 학비 걱정은 하지 않아도 되잖아?

-다른 분하고는 좀 다르세요.

-왜?

-고등학교까지 교육시켰으니까, 대학은 알바라도 해서 학비 벌어 다니라는 거예요. 당신도 그렇게 공부했다면서.

이외였다. 부모 대부분은 대체로 대학까지는 마치게 해주겠다고 하는 경우가 많은데 고등학교까지?

-그러면 네 힘으로 들어왔니?

-네. 입학금도 고3 때 알바 해서 모아 놓은 돈으로 냈어요.

-입학금도 대주지 않았었다?

-네.

너무 하는구나! 하는 말이 나오지 않았다. 사실 이 땅의 부모들, 자식한테 기대를 너무 거는 것이 탈이었다. 아득바득 모은 돈 자식에게 물려주지 못해 안달하는 부모들이 대부분이었다. 그런 모습을 볼 때면 하기야, 싶었다. 제 속으로 낳았으니, 눈에 넣어도 아프지 않으리라.

그러나 자식은 아까울수록 대범하게 교육해야 한다는 옛말이 있다. 부모들이 귀한 손일수록 이름을 험하게 짓는 이유가 그 때문이다. 개똥이, 소똥이 그렇게 키움으로서 귀함에 동티날 일을 미리 막았던 것이다.

명성의 아버지는 자식의 교육을 어떻게 시켜야 하는지 알고 있는 사람 같았다. 이 험한 세상. 자식을 오냐오냐 키우다 보면 망나니가 되기 마련일 테고, 일찍부터 자립심을 심어줌으로써 앞길을 열어주겠다는 신념이 뚜렷한 사람 같았다.

-앞으로 졸업하려면 이 년이나 남았는데…?

이 교수가 중얼거리자, 명성이 무슨 말을 하는지 금방 알아챘다.

-그나마 2학년 올라오면서 딱 한 번 장학금 받았어요. 이번에도 될 줄 알았는데 비껴가더라고요. 천상 학비 대출받고 알바 뛰어야죠.

-고3 때도 알바를 뛰었다는데 입시 공부를 어떻게 했어?

-그러잖아도 엄마가 펄펄 뛰었어요. 고3인데 애 입시 공부는 해야 할 것이 아니냐고. 그런데 아버지가 돌아앉았어요. 대학 시험을 치든, 깡패가 되든 마음대로 하라고. 될 놈은 되고 안 될 놈은 안 된다고. 정말 오기가 나더라고요. 두고 봐라. 꼭 대학에 들어가고 말리라고. 어머니가 많이 도와주셨어요. 그걸 안 아버지가 일체 어머니에게 돈을 맡기지 않았어요. 경제권을 빼앗아 버린 거죠. 문제는 대학을 졸업한 후예요.

-취직?

-네. 대학을 졸업하고 취직이 바로 되는 것도 아니잖아요. 취직하기가 하늘의 별 따기라는데.

하기야 주위에 대학을 졸업하고도 취업을 못 한 학생이 한둘이 아니다. 그뿐이면 괜찮다. 대학 다닐 때 생활비 빌린 돈을 갚지 못해 대출 이자에 쫓기는 학생도 허다하다. 여전히 취직 시험 준비는 하고 있지만 언제나 쫓기다 보니 공부가 제대로 될리 없다.

-그렇다고 제대로 된 상담소가 있나, 친구가 있나, 졸업한 선배들도 그런데 벌써 대학 3학년이에요. 좋아하는 야구 구경도 이번 학기에는 한 번도 못가 봤어요.

이 교수는 마음이 아팠다.

대학 다닐 때 전공은 심리학이었다. 심리학을 전공하다가 심리학 개론이란 책을 내었는데 이것이 베스트가 되었다. 대학원 졸업하던 해에 책을 내었는데 그게 인연이 되어 지금의 대학과 인연을 맺게 되었다. 하지만 그때까지도 강단에 설 생각은 없었었다. 대인공포증이 있어서 지방대학에서 부교수 자리 제의를 한 적이 있었지만 한마디로 거절했다.

-저 그런 재주 없습니다. 그냥 글이나 열심히 쓸랍니다.

강의하려면 강의 준비도 해야 할 테고 그럼 글도 욕심껏 못 쓸 테고…. 더욱이 강의가 어설퍼 무시라도 당하면?

세월이 좀 흐르고 두 번째의 책이 나왔다.

다시 특강 초청이 있어 어쩔 수 없이 강단에 섰다.

그런데 강의하다가 깜짝 놀랐다. 걱정하던 일이 눈앞에 나타난 것이다. 눈이 초롱초롱 듣고 있는 여학생 옆자리에 남학생 하나가 넌 강의해라 난 자겠다는 듯이 책상에 엎드려 자고 있었다. 드라마나 영화에서 보았던 장면 그대로였다. 자는 학생을 나무라거나 분필을 던져 깨우던 심정이 이해되었는데, 당황한 그는 자는 학생을 깨워 물었다.

-내 강의가 그렇게 재미가 없나?

학생이 졸음이 채 가시지 않는 눈길로 멀뚱멀뚱 바라보았다. 꼭 당신이 쓴 심리학만큼 재미가 없어 잠을 잘 수밖에 없다는 표정이었다.

세 번째 책도 성적이 좋았으므로 그에 고무되어 심리치료라는 책을 네 번째로 내었다. 이 책 또한 판매가 괜찮았다. 운이 좋은 편이었다. 작품마다 베스트에 오르자 여러 곳에서 강의 요청이 쇄도했다. 그때마다 손사래를 쳤는데, 출판사의 요청이 끈질겼다. 그 요구를 거절하지 못한 것이 탈이었다. 하는 수 없이 허락하고 말았다. 그런데 너는 씨부려라, 나는 자겠다고 하는 학생을 만났으니 낭패일 수밖에 없었다. 섣부른 실력으로 그의 관상을 보았더니 장사나 해 먹고, 살상이었다. 그렇다고 크게 부를 이룰 관상도 아니었다. 포부도 없고 생에 의욕도 없고 모든 게 흐리멍덩한 친구였다.

그날 뒤풀이 자리에서 강의 내내 자던 학생에게 물었다.

-내 강의가 그렇게 재미가 없던가?

-저 취미 없어요. 심리학 같은 거.

취기 때문인지 그의 대답은 거침없었다.

그를 잘 보았구나 싶었다.

-그런데 왜 이 학과를 선택했어?

그가 픽 웃었다.

-어쩔 수 있나요. 아빠와 엄마가 수능 점수에 맞춰서 들어가라는데…….

그는 그만 눈을 감고 말았다.

누구의 잘못일까?

일등이 되지 못해 원하는 대학, 원하는 학과에 들어가지 못할 걸 알자, 적성에도 맞지 않은 학과에 들여보내야 하겠다는 부모들?

2등의 성적표를 들고 이 대학 저 학과를 기웃거리다가 결국에는 자신의 꿈을 접고 에라 대학이나 들어가고 보자고 작정해 입학해서는 잠이나 자야 하는 학생?

그날 그 자리에서 확인한 것은 그뿐만이 아니었다. 학생들은 자신들이 지금 다니고 있는 대학을 나가봤자 성공이나 하겠나 하는 생각들을 하고 있었다. 대기업의 벽은 높기만 하니 더욱 그럴 터였다.

그러면 자신이 원하는 대학, 자신이 원하는 학과에 다니는 학생들은 어떨까, 싶었다. 그들은 일등생들이므로 이들보다는 나을 것이 아닌가.

그런데 아니었다. 그들을 만나보았더니 그들 역시도 마찬가지였다. 그들은 그들 나름대로 오늘날의 한국 실정에 절망하고 있었다. 아무리 노력해도 '괜찮은 일자리'를 구하기 어려울 거 같다는 것이다.

그러니까 진정한 1등이 되려면 마지막 1% 속에 들어가야 한다고 했다. 그 1%가 진정한 1등 인간이라는 것이다.

그럼 99%에 달하는 2등의 젊은이들은 어떡하나? '이류'라는 열패감에 빠진 패자의 불행은 어떡하나?

아무튼 그 후 이 교수는 그 대학의 교수직을 수락하고 말았다. 이미 그때쯤에는 심리학에 관한 책이 일곱 권이 나온 뒤였고 심리학 박사 학위를 이수한 뒤였다.

-그래 내가 뭘 도와주면 되겠나?

상담하러 온 학생에게 자기 이야기나 흘려 놓는 꼴이어서 이 교수는 얼른 당황해하며 물었다.

-사실 제 생활이 그렇다 보니 전공에 대한 흥미가 떨어지고 공부하고 싶지 않아요.

-그렇겠지.

-학습 동기가 크게 떨어져 솔직히 공부하기가 싫습니다. 그

러다 보니 운동권에 몸담게 되었어요. 사회가 썩어가고 있다면 바로 잡아야지요. 하지만 썩어가고 있는 것은 너 자신일지 모른다는 선배의 말에 제 분수를 알았어요. 당장 살기가 바쁘고 내 배가 고프니까 저 같은 풋내기는 주먹도 흔들지 못하겠더라고요. 가난하고 고통받는 내 이웃 학생들 대부분이 정작은 살기 바빠 운동도 하지 못한다는 걸 그때 알았어요. 농사짓는 아버지가 일어나지 않고 농사지은 돈으로 공부하는 아들이 일어나는 이치가 거기 있더라고요. 하지만 여전히 공부하기가 싫으니.

학생이 공부하기가 싫다?

-그래서 전과할까 해요.

잠시 생각에 잠겼던 이 교수는 이윽고 고개를 들었다.

-그 생각은 잠시 유보하는 것이 좋을 것 같다. 먼저 학습 동행 프로그램에 참여해서 한 학기를 열심히 보내 보는 게 어떨까, 싶거든.

-예?

-그 학기에 점수를 잘 받게 되면 생각이 달라질 거야. 전공에 대해 흥미가 떨어진 것이라면 그것은 공부를 못해서라는 생각이 들거든. 잘하게 되면 흥미가 붙고 재미있어지겠지? 이것을 심리학적으로 분석해 봐도 잘하면 재밌어지고, 재밌으면 잘하게 되는 선순환 과정에 비유할 수 있을 것 같아. 그걸 한번 경험해 보았으면 싶네.

-그럴까요?

학생이 고개를 갸웃했다.

-물론 극복하는 과정은 힘들 것이야. 하지만 한 번 극복하면 좋은 성적으로 졸업하게 될 테고, 졸업 이후에도 그것이 동기가 되어 자신을 움직이게 하는 힘을 얻게 될 테니까 말이야.

학생은 역시 그럴까요? 하는 표정을 지으며 상담실을 나갔다.

이 교수는 그의 뒷모습을 바라보며 팔짱을 끼고 미소 지었다. 그는 지금 고개를 갸웃거리고 있지만 제 분수를 아는 학생이었다. 곧 전공에 대한 흥미가 생길 터이고, 졸업 이후에도 그것이 힘이 되어 자신을 움직이게 될 것이었다.

알바의 하루

|

진이는 이제 대학 3학년인데 지난 학기 학부생 모두가 참가하는 MT에 참가하지 못했다. 학비를 벌려면 학기 중에도 알바를 계속 해야 하기 때문이다.

과 대표가 인상부터 썼다. 그녀는 과 대표로부터 한동안 싫은 소리를 들어야 했다. 벌금까지 3만 원 냈다.

알바에 시달리는 바람에 성적도 좋지 않았다. 대학에 입학하고 제대로 쉬어보지를 못했다. 겨우 한 학기를 빼고는 모두 알바 하면서 지냈다. 자연히 성적이 좋을 리 없었다. 그래도 1학기에는 학자금을 받았다. 생활비 대출도 신청했다. 2백만 원이나 하는 큰돈이었다.

그러나 알바를 그만둘 수 없는 건 매달 내야 하는 이자 때문이었다. 1~2학년 때 받은 일반 학자금 대출이 언제나 그녀의 목을 조였다. 막노동하는 아버지. 식당에서 불판을 닦는 어머니. 그나마 대학 졸업한 오빠가 대기업에 들어가는 바람에 한 달 백만 원씩 보조해 주고 있었다. 부모에게 등록금은 딱 한 번 받았다. 1학년 1학기 입학금과 등록금이 전부였다.

그 후 안 해본 일이 없었다. 강남에 있는 '토킹바'라는 곳에서도 일했다. 옛날의 이야기꾼과 같은 역할이었다. 술을 마시는 손님들 곁에 앉아 말동무가 되어주는 역할이었다. 술은 마셔도 되고 마시지 않아도 되었다.

그런데 문제는 술이었다. 손님들이 술에 안 취했을 때는 점잖게 굴다가도 술이 들어가면 행동이 거칠어지고 성추행하기가 예사였다.

겨우 한 달을 채우고 그만두었다. 시급이 괜찮았는데 그것마저 그만두니 일거리가 시원찮았다.

며칠 쉬다가 중소기업에서 급사생활을 했다. 심부름하거나 간단한 문서 작성과 커피를 타다 날랐다. 역시 두 달이 안 돼 그만두었다. 상사의 의도된 신체접촉 때문이었다.

그러다 교정에서 용근이를 만났다. 그 역시 알바로 등록금을 버는 학생이었다. 편의점에서 알바하다가 그를 만났다. 용근이 알바를 끝내고 편의점으로 오면 함께 라면을 먹고는 했다.

용근이의 일상도 진이와 다를 바가 없었다. 지방에서 사립대를 나온 그는 대형 음식점에서 알바를 했다. 홀 서빙과 일손이 바쁠 때면 주방으로 들어가 그릇을 씻는 일이었다.

저녁 여섯 시 출근, 열두 시 퇴근이었다. 용근이는 진이를 만나 라면을 먹으며 미래를 설계했다.

-힘들지?

-괜찮아.

-군대 문제는 어쩌기로 했어?

-휴학해야지 뭐.

-군대 갔다 와 언론사 해외 특파원으로 나가면 되겠다.

-꿈이지. 군대 갔다 와 대학 졸업하고 어디든 들어가야지. 안정적인 직장을 찾는 것 말고 뭘 바라겠어.

알바 하느라 형편없이 떨어진 학점. 일반학자금 대출….

-입대 기간 유예되는 이자 납부가 그나마 다행이다.

-견뎌보자.

두 젊은이는 그렇게 오늘도 만나고 헤어진다.

지해와 지혜

|

　돌중이 물었다. 참으로 오랜만에 그를 찾아갔는데 이 교수는 서먹한데 그는 아무 일도 없었던 것처럼 대했다. 눈치나 보며 멈칫거리는데 돌중이 차를 끓여 내고는 대뜸 물었다.

　-물고기는 눈을 뜨고 잠은 자겠는가? 눈을 감고 자겠는가?

　이 교수는 얼른 대답하질 못했다.

　-글쎄, 잠을 자려면 눈을 감겠지.

　이 교수의 대답에 돌중이 웃었다.

　-천만의 말씀. 물고기는 일생을 눈뜨고 있다는 걸 아셔야지.

　다시 정신이 번쩍 들었다. 부처가 따로 없었다. 만날 때마다 이 돌중은 미운 소리는 골라 가면서 하지만 자신을 정신 들게 하는 묘한 재주가 있었다.

　그의 말은 물고기처럼 언제나 깨어 있으라 그 말인 것 같았다.

　돌중은 그것을 증명이라도 하듯 이내, '일상일여 몽각일여 (日常一如 夢覺一如)라는 말이 있지.' 이제는 아예 묻지도 않았다.

　얼른 한문 뜻풀이를 해보니까 우리가 참된 인간으로 일어나려면 늘 의식을 잃어서는 안 된다는 뭐 그런 말 같았다. 깨어 있을 때나, 잠을 잘 때나, 꿈을 꿀 때나, 언제나 의식은 잠들어 있어서는 안 된다는 그런 말이었다.

돌중은 이미 이 교수가 그 정도는 뜻을 알고 있다는 걸 아는 것 같았다. 대답도 하지 않았는데, '큰스님 성철 알지?'하고 돌중이 물었다.

-그럼.

-산은 산이고 물은 물이라고 했던 사람 말이야?

-안다니까!

-이 시대의 스승. 성철 큰스님이 지혜의 장군죽비를 메고 새벽마다 가야산 큰 호랑이가 되어 눈 시퍼런 수좌들을 깨우던 모습이 지금도 선해.

-그곳에 있었던가?

뜻밖이라 이 교수는 그렇게 물었다.

-그곳 강원을 나왔지. 하루는 술에 취해 곤드라졌는데 장군죽비를 메고 나타났더라고. 나더러 하는 말이 요 도적놈 새끼야, 나가거라. 네놈에게 줄 밥 없다. 에이 밥 도둑놈!

-그래 쫓겨났단 말인가?

돌중이 고개를 끄덕였다.

-그래도 그 양반이 밉지는 않나 보지? 욕하지 않는 걸 보믄.

돌중이 웃었다.

-거 이상한데. 나한테 화를 내는데 꼭 자기 자신한테 화를 내는 것 같더라고.

무슨 말이야? 하고 물으려다가 이 교수는 꼴깍 목으로 삼켜 버렸다. 더 듣지 않아도 무슨 말인지 알 거 같았기 때문이었다.

덧말을 늘어놓고 있지만 눈을 감지 않는 물고기처럼 늘 우리들의 의식은 깨어 있어야 한다, 그 말이었다. 이 세상을 살아내려면 잠은 필수적이고 잠을 안 자고 세상을 살아내는 도깨비는 없다. 적당한 휴식은 오히려 내일을 준비하는 데 없어서는 안 될 삶의 활력소다.

-그대는 어느 곳에 사는가?

돌중이 다시 물었다. 이제는 아예 선문답하자는 식이었다.

이 교수는 씩 웃다가 다시 장난기가 발동했다.

-깨달은 곳에서 왔노라.

좀 전의 서먹함도 지울 겸 해서 시침 뚝 떼고 그렇게 일갈했다. 그러자 돌중이 한 수 더 떴다.

-그 깨달은 곳이 어딥니까?

눈 한 번 깜짝하지 않고 돌중이 물었다.

-정직한 마음의 자리가 곧 깨달은 곳이니라.

이 교수도 지지 않고 들어갔다.

-그런데 왜 이렇게 이 장소가 이렇게 조악합니까?

-일체유심조.

그의 발길에 걸어 채이고, 밤새워 불교 서적을 읽었다.

그래서인지 오냐, 이번에는 그런 생각이 있었고 그래서 더 그에게 지고 싶지 않다는 오기 발동했다.

-그래도 좋은 장소를 놔두고 하필이면 이런 그곳에서 수행하

십니까?

능구렁이처럼 돌중이 흔들리지 않고 다시 물었다.

-나의 도량이 조악하다고 비웃지 말라. 바로 이 도량에서 내 마음을 바로잡는 중이니라. 이 조악한 도량은 곧 내 마음이요. 그 마음을 일으켜 수행하는 일도 바로 이 도량이다.

책에서 읽었던 대로 멋지게 한마디 했다. 그런데 그 말을 듣고 난 돌중이 깁자기 눈을 시퍼렇게 치뜨고 소리쳤다.

-잡놈, 헛소리다.

-헛소리?

-너 그따위 헛소리 어디서 들었냐? 누가 그러디? 이놈아, 알려면 제대로 알아라? 그 소리 어떤 중놈이 주장자 짚고 통시간에서 똥 푸는 놈보고 지껄인 소리다. 그 소리를 고대로 해? 그런 것을 사구라 하는 거야. 죽은 소리. 이미 남들이 써먹은 소리라는 말이다. 말이야 맞지. 하나도 버릴 게 없지. 하지만 염라대왕이 어제의 염라대왕인 줄 알아? 어림도 없는 소리. 이놈아, 그런 말이 적힌 경전은 이제 줘도 밑도 안 닦는다.

-허어.

기가 막혀 이 교수가 말은 못 하고 입을 벌렸다.

-허어? 왜 기가 차냐? 아가리나 닫아라. 똥파리 들어가겠다. 이놈이 이제는 네놈의 어미 자궁으로 도로 들어가고 싶은 게 아닌가.

-뭐?

-뭐 정직한 자리? 웃기고 자빠졌네. 그곳이 어딘데? 네 어미

자궁 속만큼 정직한 장소가 어디냐? 네 마음? 좋아하네. 나뭇잎보다도 자주 흔들리는 신념. 그것을 품은 것이 네 마음자리다. 조석이 아니라 시시때때로 변한다. 그 마음을 어떻게 믿어? 부처는 악마야. 악마와 부처는 어깨동무하고 있다. 이놈아, 내가 바로 부처요 악마다. 네 일찍이 네놈의 도량을 알아보았다. 네놈의 도량에는 헛바람만 불고, 먼지만 날리고 있어. 진정한 도량에는 헛되고 거짓이 없다. 분별이 없는 자에게는 그가 서 있는 곳, 그곳이 도량이다. 분별과 망상에 찌들어 머릿속에 알음알이만 키워가는 놈. 어디서 들은풍월은 있어서…. 일체유심조? 말은 근사하지. 모든 것은 마음 하나의 장난? 웃기지 말라 그래.

-너 터진 입이라고 잘도 씨부렁거리는데 야 이놈아, 뭐가 달라. 너 도량이나 내 도량이나 뭐가 달라?

악을 쓰듯이 이 교수가 말했다.

-왜 그럼, 빌빌거리며 돌아다니냐? 학생들 제대로 가르칠 생각은 안 하고. 왜 비럭질이냐고. 에라이 네놈이 찾는 극락이 내 똥구멍이요, 네놈이 신봉하는 십이부경이 내 밑씻개다. 중생이 부처의 스승이라는 것을 알아야지. 그 마음을 잡는 곳이 사원이면 어떻고 이 저잣거리면 어떠한가. 네놈의 사업장이 곧 도량이요. 근무처가 곧 도량이다. 중에게 수도원이 도량이라면 네놈이 학생들을 가르치는 바로 그곳이 도량이다. 어느 곳이나 마음만 볼 수 있다면 그게 곧 도량이라는 말이다. 네놈은 틀린 것이야. 다른 절에 가니까 그러지? 스님 되기는 틀렸다고? 왜? 알음

알이를 버려야 성도를 하든지 말든지 할 텐데 선생질하고 있으니 어떻게 성도를 할 것인가. 이제는 제발 찾아오지 말아. 나는 너 같은 얼충이들이 제일 골치 아파. 뭐 출가가 멋인 줄 아냐? 나도 싫어. 이제는 얼씬도 하지 말아. 돌아가. 돌아가서 네 할 일이나 해. 그곳이 네놈의 도량이야. 그 도량에서 도를 통해. 알 것냐?

그가 말을 끝낼 때까지 이 교수는 멍하니 바라보고만 있었다.

그는 고함을 지른다고 목이 말랐던지 마른 입술을 혀로 핥았다.

-할 말 있으면 다 해라.

이 교수는 물사발을 그에게 밀어놓으며 말했다.

그가 물사발을 들더니 벌컥거렸다.

-시부랄 놈 드럽게 말 많네.

이 교수의 말에 그가 물사발을 탁 놓았다. 채 마시지 못한 물이 사방으로 튀었다.

-오죽했으면!

-넌 방금 죽었다 깨어나도 단순해질 수가 없을 것이라고 했는데 도가 꼭 단순해져야 이루어지는 것이냐?

-뭐라고?

-그렇잖냐. 알아보니까 스님네들도 두 종류가 있더라. 학승이 있고 선승이 있는데 네가 말하는 건 선승이지 않으냐. 한 마디로 아는 것도 없이 묵연히 앉아 우주를 관상하는.

-그래서?

-그런데 이상하지 않으냐. 아무리 도가 그런 구석이 있다고 하더라도 성도를 하려면 최소한도 불교가 뭔지는 알아야 할 것이 아니냐. 경 줄이라도 읽어야 불교를 알 것이 아니냐는 말이다. 네놈이 그렇게도 싫어하는 알음알이, 즉 정보 말이다. 정보가 있어야 불교가 뭔지 알 것이 아니냔 말이다. 어떻게 정보도 없이 성도할 수 있단 말이냐?

-그러면 부처가 경을 읽고 성도 했냐?

-그렇지는 않지만, 성도 하기 위해 여러 성자를 찾아다니며 성도의 참뜻을 일깨웠다고 알고 있다. 그러면 그것은 알음알이가 아니냐?

-그래서 그 알음알이를 지워내는 데 오랜 시간이 걸린 것이다.

-그러면 왜 경전을 공부하는 학승이 존재하는 것이냐? 그들도 성도 하기 위해 스님이 되었을 텐데 왜 학승이 되었느냐는 말이다?

-아무튼.

-아무튼 이라니? 넌 분명히 이 질문에 관해 대답해야만 할 것이다. 그토록 나를 모욕했으면 대답은 그만큼 충분해야지.

그가 어이가 없는지 허허 웃었다.

-이 화상아, 불교를 모르기에 경을 읽는 것이라고 네 입으로 말하지 않았느냐. 그래서 출가하면 먼저 강원을 졸업해야 하는 것이다. 강원에서 부처의 가르침을 읽으며 기초를 닦고 비구가

되어 참수행하는 것이다.

-그럼 내게도 희망이 없는 것은 아니지 않느냐?

-네놈은 배운 것이 너무 많아 단순할 수가 없으니 하는 말이다. 네 평생을 닦아도 알음알이가 지워질 수 없어. 아마 내게 저장된 정보를 지우려면 그 시간만큼 지워야 할 거다. 그렇지 않고는 지해(知解)를 지혜(智慧)로 바꿀 수는 없을 테니까 말이다.

그러니까 흘러넘치는 정보에 의해 너무 많이 썩어버렸다는 말이었다. 세상의 지해는 얼마든지 자기화할 수 있어도 그것을 단시간에 지혜화 할 수는 없다는 말이었다. 전자는 앎 즉 정보로 인해 생겨나는 것이고 후자는 슬기로움에서 배어나는 것이기에 그렇다는 말이었다.

이 교수는 그날도 아무 소리도 더하지 못하고 돌아올 수밖에 없었다.

배가 고프다고!

밖을 내다보자, 새벽안개가 아직 물러가지 않았다. 신발 공장에서 야근을 마친 공원들이 부산하게 집으로 돌아가고 있었다. 회사 정문으로 출근하는 사람, 퇴근하는 사람이 뒤섞여 누가 누군지 모르겠다.

창밖을 내다보는 것이 일과가 되었다. 대학을 졸업하고도 취직이 어렵다는 말을 들을 때마다 성화는 가슴이 덜컹거렸다. 학자금 대출금이랑 밀린 월세 갚으려면 알바를 더 늘려야 할 텐데 일거리가 마땅치 않다. 그 바람에 요즘 들어 늦잠을 포기했는데 공원들의 출퇴근을 내다보노라면 온갖 생각이 다 든다. 차라리 고등학교를 졸업하고 공장이나 들어갔으면 저렇게 직장인이 되었을 터인데.

실력도 없으면서 공순이는 될 수 없다는 생각에 무리하게 대학에 들어갔고 그러다 보니 빚만 늘어났다. 데모하느라 알바를 빼먹기 일쑤였고, 자기 딸이 운동권이 되어 버렸다는 걸 안 부모는 그나마 몇 달에 한 번씩이라도 보내 주던 학비를 끊어버렸다. 더욱이 돼지 막에 전염병이 돌아 기르던 돼지 2백 두를 산 채로 묻었다. 구제역이니 뭐니, 골머리를 앓는 걸 보다가 울며 올라와서는 운동을 더 열심히 했지만, 이제 입에 풀칠도 못 할 판이었다.

입에 풀칠이라도 하고 학비를 벌려면 일찍 일어날 수밖에 없었다. 일찍 일어나는 것이 싫지만 새벽부터 서두르지 않을 수 없었다.

그녀는 서둘러 가방을 챙겨 집을 나왔다. 도서관에 가기 위해서가 아니었다.

학교 근처 아침 일찍 문을 여는 패스트푸드점으로 간 그녀는 친구들을 불러내었다. 얼마 전까지만 해도 함께 전단을 돌리던 친구들이었다. 그들과 어울려 음료 하나를 시켜놓고 알바 인터넷 검색을 했다. 운동권 선배들은 그럴수록 치열하게 싸워야 한다고 하지만, 지리멸렬해도 고픈 배를 채우는 것이 우선이었다. 그러다 선배에게 발에 챈 동료도 있었다. 그녀는 엎어지면서 돌에 부딪혀 부러진 이를 내뱉으며 악을 썼다.

-씨발, 배가 고프다고!

인터넷 검색이 시원찮으면 친구나 언니, 오빠에게 전화를 넣는다. 그러다 마땅한 곳이 걸리면 찾아가기까지 한다.

그런데 대부분 거절당하고 만다.

-방학 중에만 한다는 건 곤란한데요.

커피전문점도 그렇고 패스트푸드점이나 패밀리레스토랑 같은 곳, 알바 구하기가 쉽지 않다.

결혼한 언니가 생활비를 보태주지 않는다면 학교도 그만둬야 할 마당이다. 어떡하든 대학은 졸업해야 하지 않겠느냐는 언니의 뜻에 따라 대학에 다니고 있지만 한 푼이라도 벌어 생활에 보태고 싶은데 그게 쉽지 않다.

알바 소개를 전문으로 하는 인터넷 포털을 전세 낸 것이 아니고 보면 차례가 쉽지 않다. 종일 검색해도 마땅한 일자리가 쉽지 않다.

더욱이 공공기관의 알바 자리는 하늘의 별 따기다. 보통 경쟁률이 10대1이나 된다.

결국 피시방이나 편의점, 호프집 알바가 안 되면 마루타 알바로 넘어가야 한다.

시체를 닦습니다

|

매점 알바를 하는 기석이 어느 날 이 교수를 찾아왔다.

-응석이 아버지를 한번 만나 보세요.

-이응석이?

이 교수가 되물었다.

-네.

-왜?

-만나 보시면 알아요.

이 교수는 이응석 군의 아버지를 만났다. 이응석 군의 아버지는 이제 오십 대의 사내였다. 이 교수가 신분과 이름을 밝히자마자 알고 있다고 했다. 응석이가 말한 적이 있다는 것이다.

이 교수는 그날 이응석 군의 아버지와 이런저런 말을 나누며 술을 한잔했다. 알고 보니 이응석 군의 아버지는 보험회사 국장까지 지낸 사람이었다.

-지방 고등학교를 나와 19살에 서울에 올라왔지요.

술이 몇 순배 돌자, 술기운 때문인지 스스러움이 없어졌다. 이 교수가 묻지 않아도 그가 술술 자신의 과거를 내뱉었다.

서울로 올라온 그는 재수해 명문 사립대학에 입학했다. 아버지는 농사꾼이었다. 사립대학의 등록금은 예나 지금이나 장난이 아니었다. 고생 고생하면서 어떻게 학업을 마쳤다. 졸업하고 들어간 곳이 보험회사였다.

나이 마흔에 뒤늦게 아들 하나를 보았다. 애지중지 길렀다.

-그놈이 응석이입니다.

-그렇군요.

-공부만 잘하면 대학 아니라 유학까지 시킬 작정이었습니다. 그런데 아들 대학 보내고 구조 조정에 걸렸지, 뭡니까. 별수가 없었어요. 명퇴해야 했고 이걸 해야 하나 저걸 해야 하나 하다가 사기를 당했지, 뭡니까.

그러니 집안 꼴이 제대로 돌아갈 리 없었다. 애 학비도 벌지 못하자 체면 딱 접고 고깃집에서 숯불 피우는 일을 해 아들 학비를 대었다. 학비 대고 남은 돈으로 입에 풀칠하기도 빠듯했다. 지금 사는 집도 자기 소유가 아니었다. 사글세였다. 애 공부 시킨다고 집 팔아 전셋집으로, 사글세 집으로 옮기는 바람에 집 한 채도 없었다.

일용직이라도 알아볼까, 하고 직업소개소를 찾았다. 공사판 인부로 나갔는데 빗물받이 작업이었다. 모래와 시멘트를 나르고 토관이 들어갈 자리 파는 작업이었다.

하루 일하고 7주일을 앓았다. 그날 번 돈이 약값으로 다 나갔다. 그래도 그만둘 수 없어 소개소로 다시 나갔는데 그날따라 대학생들로 보이는 젊은이 둘이 서 있었다. 그들 곁에 앉아 차례를 기다리고 있으려니까 두 학생의 말소리가 들려왔다.

-전에 말하던 마루타 알바 말이야.

-응.

-내일 연락해 주겠대. 삼십에서 칠십까지 온다니까.

-그래?

-연락해 주기로 했으니까 내일 그리로 가자.

그날 공을 쳤는데 마루타 알바라는 말보다 삼십에서 칠십까지 온다는 말이 신경이 쓰였다.

학생들로부터 내막을 알게 된 것은 돌아오는 길에서였다.

-학생들 마루타 알바가 뭔가?

눈치를 살피던 학생들이 사정 이야기를 듣고 나더니 공손하게 나왔다.

-'마루타 알바(Maruta arbeit)'란 생물학적 동등성 시험을 말합니다.

-그게 뭔데?

-제약회사 복제약 효능 시험에 참여하는 건데요. 보수가 비교적 많아요. '꿀알바'죠. 그런데 아저씨는 못 해요.

-왜?

-나이가 있잖아요.

-이제 쉰다섯인걸.

-우리 아버지하고 나이가 같네. 우리도 짧은 기간 상대적으로 많이 벌 수 있어서 좋긴 한데요. 배가 아프거나 설사, 구토 등에 시달려요. 부작용이죠.

그 정도면 견딜 수 있겠다 싶었다. 학생들에게 매달렸는데 다음 날 그들을 만나 서울의 한 병원 임상센터로 가보니 20대로 보이는 학생들이 꽉 들어차 있었다. 복제약 효능 시험에 참여한 학생들이었다.

간호사가 오더니 학생들을 점검하다가 그에게 물었다.

-몇 살이세요?

-쉰다섯.

-어떤 시험하는지 알고 오셨어요?

-고지혈증약 시험한다고….

-전에 해보셨어요?

안 해보았다고 한다면 돌려보낼 것 같아 그는 해보았다고 거짓말했다.

-혈압 측정하시고 옆에서 서류 받으시면 돼요.

복제약의 성분과 투약 후 나타날 몸의 상태에 관한 설명을 들었다.

-동의서에 서명하세요.

아침에 한차례 약을 먹은 뒤 채혈이 있었다. 그로부터 꼬박 2박 3일간 24차례나 채혈에 임했다. 정확히 5분, 10분, 15분, 30분 간격으로 뽑았다. 피의 총액은 600ml 종일 침대에 누워 피 뽑는 것이 일이었다.

피를 많이 뽑아서인지 어지러웠다. 어지러워도 어지럽다고 말할 수가 없었다. 어느 한순간 병실 안이 소란스러웠다. 피를 뽑던 간호사가 주사기를 들고 벌벌 떨었고, 피를 뽑히던 학생이 눈을 뒤집었다. 주삿바늘 쇼크라고 했다.

받은 보수는 3박 4일 해서 9십만 원.

같이 시험에 참여한 학생들은 수입금으로 등록금에 보탤 것이라고 했다.

그 후 동맥경화증 개선제, 우울증 치료제에 참여했다. 돈은 벌었지만, 위장염과 결장염을 얻고 말았다.

그러다 피를 팔기 시작했다. 부작용 때문에 시험에 더 이상 참여할 수 없었기 때문이었다. 아들을 위한 아버지의 피 팔이가 시작된 것이다. 그러다 회장실에서 어지러워 넘어지고 말았다. 눈을 떠보니 병원이었다.

아들은 그제야 아버지가 피를 팔고 있다는 걸 알았다. 사정 뻔히 아는 아들이 가만있을 리 없었다. 아들은 그때 닥치는 대로 알바를 뛰다가 시체를 닦으러 다니고 있었다.

-시체를 닦으러 다니다니요?

이 교수는 처음 그 말을 잘 알아듣지 못했다. 응석이에게서도 그런 말을 들어본 적이 없었기 때문이었다.

응석 군의 아버지가 한숨을 폭 내쉬었다.

-대학에 가기 위해 그놈이 등록금 벌겠다는데 내가 무슨 염치로 말리겠습니까. 처음엔 많이 싸웠습니다. 그래도 말릴 수가 없더군요. 그래 알바 하는 거 그냥 두었더니 세차도 아니고 시체 닦는 일 하는 줄 우째 알았겠습니까.

-시체 닦는 일이라니요?

이 교수가 다시 물었다.

-모르는 모양이군요?

-그게 뭔데요?

그가 또 한숨을 쉬었다. 그는 잠시 생각하다가 어차피 알게 될 일 숨겨 봐야 뭐 하겠느냐는 표정을 지으며 말을 이었다.

-그 일 하기 전에 매점 알바를 했던 모양인데 악덕한 주인을 만났던 모양입니다. 알바비 월말에 받아 가라 해놓고는 가계 정리하고 도망가 버렸다고 하더구먼요. 아들 알바비 떼먹으려고 그랬겠습니까만 당한 사람이 한둘이 아니었다고 해요. 그 주인도 오죽했으면…. 제 딴에는 등록금 낼 날이 가까워져 오니까 장의사를 따라다녔던 것 같습니다. 아들놈이 본시 좀 겁이 많은 편이었는데 첫날 교통사고를 당한 시체를 닦으러 갔던 모양입니다. 찢어지고 터진 몸을 바늘로 깁는 걸 장의사 곁에서 본 모양인데 나중 시체를 씻기려 하니까 하늘이 노래진 모양입니다. 더욱이 사후 경직이라나 뭐라나 그런 것이 나타나 시체가 움직이니까 그만 놀래서 정신이 헛가닥 해 버린 거지요. 한동안 헛것을 보고 놀라고 하다가 어떻게 진정되는가 했더니 이번에는….

응석 군의 아버지가 말을 잇지 못했다.

이 교수는 어이가 없어 그를 멀거니 바라보다가 고개를 숙였다. 언제나 얼굴이 어둡던 응석 군의 모습이 눈앞을 스쳤다. 그래서 그렇게 말이 없었던가. 그의 아버지를 만나보라던 k군의 저의가 비로소 이해되었다.

그는 한참이 지난 후에야 마음을 진정시키고 말을 이었다.

-아마 마루타 알바를 시작했던 모양입니다.

-마루타 알바요?

고개를 숙이고 있다가 이 교수는 다시 놀라 물었다.

-제 전철을 밟고 있었던 겁니다.

-제약회사나 병원의 임상시험에 참가했다는 말이군요?

-그렇습니다. 아들도 자기 몸을 시험 대상으로 제공하고 있었던 겁니다.

이 교수는 그만 입을 딱 벌리고 말았다.

이용석 군의 아버지 눈에서 눈물이 주르륵 흘러내렸다.

-하기야 마루타 알바 하는 학생이 내 아들뿐이겠습니까. 제약회사나 병원의 신약 개발 등을 위한 임상시험에 참가한 애들이 수두룩하니까 말입니다. 자기 신체 가운데 일부를 제공하기도 하고, 약물 시험에 참여하기도 하고…. 문제는 학교 측은 그걸 알면서도 방관하고 있다는 겁니다. 마루타(まるた통나무)라고 한다면 제2차 세계대전 때 일본군이 중국인에게 가했던 만행이다. 중국 하얼빈에 주둔했던 731부대.

맞다. 일본의 세균전 부대. 그리고 지남에 주둔하면서 세균전 시험을 하던 1,857부대.

그에 대해 글 쓸 것이 있어 자료 조사를 하다가 치를 떨던 생각이 이 교수는 났다. 그때 생체실험에 희생된 숫자가 4,000여 명이나 된다고 했던가?

-어느 날 아들이 돌아왔는데 보니 머릿밑에 흰해요. 머리카락이 심하게 빠졌다는 생각이 들더군요. 제약회사 시험에 나도 참여해 보았지만 탈이 났다는 생각이 들었습니다. 애를 잡아 억지로 머릿밑을 살펴보았더니 머리에 온통 주삿바늘 자국이더군

요. 아들을 줄로 묶고 억지로 백호를 밀어 보니 머릿밑이 멍투성이였습니다. 그때 죽으려고 했습니다. 죽자. 죽자. 이놈의 질긴 목숨. 함께 시험에 참여한 학생들을 만나보았더니 기가 막혀 말이 나오지 않았습니다. 내가 참가했던 제약회사 시험은 아무것도 아니었습니다. 엉덩이에 장시간 자외선을 쬐고 난 후의 인체 반응을 살피는 시험에 참여했다는데 결국 어떤 치료제도 들지 않아 자외선을 쬔 부위를 몇 군데씩 도려내 병신이 된 학생들도 있었습니다. 진통제 시험 한 달 동안 계속했는데 혀가 굳고, 불면증에 시달리고, 위장이 터지고…. 힘들이지 않고 짧은 기간 목돈을 만질 수 있다는 생각에….

　-도대체 그렇게 해서 받는 돈이 얼마던가요?

　-기십만 원 정도 된답니다.

　-정말 엽기가 따로 없네요. 어쩌다 이렇게까지….

　이 교수는 더 할 말이 없어 응석이 아버지를 와락 껴안고 말았다.

마루타 알바의 비애

|

1

그날 응석이 아버지는 이 교수의 품속에서 어깨를 떨다가 더 말하지 못하겠다며 일어나 비칠거리며 가버렸다.

그때 이 교수는 생각했다.

현장에 한 번 가보자. 직접 내 눈으로 살펴보자.

그래서 알음알음 알아보기 시작했다. 마침, 종합병원에 아는 사람이 있어 그에게 연줄을 놓았다.

그의 말을 들어보니 마루타 알바를 받는 곳이 한두 군데가 아니었다. 대덕단지, 국내 유일의 대학병원, 제약회사….

이 교수는 그를 따라 먼저 제약회사로 갔다. 직원을 따라가 보니 '생물학적 동등성 시험'이 한참이었다. 그러니까 2가지 이상의 약물을 대상으로 생체이용률의 효과를 시험하는 것이었다.

-학생들에게는 생물학적 동등성 시험 군에 선발되면 대박이 터졌다고 하지요.

같이 간 교수가 이 교수에게 소곤거렸다.

-대박?

이 교수는 그의 말이 이상하여 되물었다. -생물학적 동등성 시험은 적어도 몇 개월 걸리거든요. 그러니까 그 인기가 폭발적입니다. 스스로 시험 대상이 되겠다는 예약이 감당할 수 없을 정도로 인기니까요. 보통 시험 군과 대조군으로 나누는데 각각 다른 약을 투약하지요. 그리고는 일정한 기간이 지난 후 그 반응을 검사하는 겁니다.

-어떤 방법으로?

-주로 채혈이지요. 약의 효능을 입증하는 시험이 이루어지는 겁니다. 사실 제약회사 측을 생각해 보면 애로점이 많아요.

-애로점?

-그들에게는 그들 나름대로 자부심이 있거든요. 말이 임상이지 한 약품이 제품화되어 국민 건강에 이바지하려면 여간 까다롭지 않습니다. 먼저 동물실험부터 시작하는데 동물실험이 끝나면 임상시험은 보통 3단계로 이루어지지요. 동물실험에서 얻은 결과들이 사람들에게 적용되는 단계입니다. 작용물질의 흡수, 변이, 거부반응 및 수용 가능성 등을 시험하지요. 처음에는 작용물질을 소량으로 투입 임상 1상, 임상 2상, 임상 3상. 그렇게 나아가지요. 갈수록 난관이 어렵고 복잡합니다. 임상 1상 2상에 성공했다 하더라도 임상 3상에 돌입하면 보통 그 기간이 5년은 걸립니다. 제품에 따라 기간이 달라지겠지만 10년이 걸리는 것도 있어요. 그러니 그 비용을 감당하지 못하고 상장이 폐지되는 회사도 있습니다. 그래서 여기서는 임상 3상을 죽음

의 계곡으로 부르지요. 성공을 확신할 수 없지만, 그 비용이 천문학적으로 들거든요. 약효뿐만이 아니라 약물이 인체에 미치는 영향을 줄곧 테스트해야 하니까요. 물론 항암제처럼 중증 환자를 상대로 하는 경우는 환자 중심이 되겠지만 보통 1상 2상에서는 500명의 시험자를 중심으로 임상시험이 이루어지는 데 반해, 3상에서는 그 곱인 1,000명 정도를 대상으로 진행됩니다. 세계 시장을 목표로 할 때는 외국인까지 수입해 시험하는 일도 있습니다. 인종별로 말입니다. 그러니 그 비용이 어떻겠습니까?

　-그러면 시험이 진행되는 동안 합숙을 하나요?

　그의 말을 들으며 놀란 표정을 숨기지 못하다가 이 교수가 물었다.

　-그렇습니다. 약효를 시험하는 거니까 노동은 무노동이지요. 그러니 더욱 인기가 있기 마련입니다. 하지만 임상 기간이 긴 것은 경쟁이 심하고 설령 걸렸다, 하더라도 학생들이 무료함 때문에 원칙을 무시하고 음식을 먹는다거나 술을 먹거나 담배를 피웠다, 하면 바로 제거되지요.

　-그렇군요.

　-그런데 담배를 피우던 학생이 당장에 담배를 피우지 못하면 그것도 예삿일이 아니지요. 술도 그렇고요. 그러니 학생들의 이중고 생각하나 마납니다. 더욱이 금식이라는 조건이 붙으면 사흘 나흘도 굶어야 하니…. 더욱 웃지 못할 건 석사나 박사의 논문을 쓰기 위해 알바생을 쓸 수도 있다는 겁니다. 별의별 게 다

있어요. 이를 뽑는 시험에서 고통의 정도를 측정한다며 마취의 양을 얼마로 했을 때 고통의 정도가 어느 정도였다 등등…….

-그렇군요!

-문제는 재시험을 감행할 때입니다.

-재시험?

무슨 말인가 하고 이 교수는 되뇌며 그를 바라보았다.

-재시험이란 기존의 학설을 뒤엎는 시험을 말하는 겁니다. 예를 들어 염증 제거에 있어 어떤 부위를 어떻게 집도 했을 때 어떤 부위를 절개하는 것보다는 훨씬 효과적인 임상을 얻을 수 있었다. 그런 주장을 얻기 위해 생사람의 배를 절개하는 겁니다. 우리의 젊은이들이 돈 몇 푼에 그들에게 생몸을 맡겨 놓는 거지요. 더욱 웃기는 건 꼭 의학에 관계된 곳에서만 마루타 시험이 이루어지는 것은 아니란 겁니다.

-그건 또 무슨 말입니까?

-일반 기업에서도 학생들을 쓰고 있다는 말입니다. 벽지 만드는 회사에서는 불이 났을 때 벽지의 화학적 반응을 보려고 일부러 벽지를 태우는 곳에 학생들을 동원해요. 벽지의 유독가스에 취해 지금도 깨어나지 못하는 학생이 있습니다. 소화기의 효능을 알아보기 위해 방화복을 입혀 놓고 불을 붙입니다. 실제로 전신 화상을 당한 학생도 있어요. 더 화나는 건 좌변기 시험이에요.

-좌변기 시험요?

이 교수가 이건 또 무슨 말인가 하고 되물었다.

-배변 자세 연구지요.

-그건 또 뭡니까?

-기존의 배변 자세는 다리를 벌리고 앉아 보는 자세이지요. 그러다가 좌변기가 나왔어요. 그래서 재래식 변기와 좌변기를 비교하고 분석하는 겁니다.

-그러니까 배변의 장, 단점을 비교 분석한다는 말인가요?

-그 정도면 뭐 말할 게 있겠습니까.

-그럼요?

이 교수가 이해되지 않아 되물었다.

-재래식 배변 모습을 화면으로 찍어 관찰하는 것입니다. 좌변기도 마찬가지고요. 몰래카메라가 따로 없어요. 그럼 어떻게 되겠습니까. 감추어야 할 부분들이 그대로 드러나지 않겠습니까. 정말 수치스러운 일이지요. 그것도 젊은이들 아닙니까. 하지만 새로운 배변 자세를 개발해야 한다는 겁니다. 거창하지요. 뭐 자연스러운 배변을 위한 자세 연구라고 하던가….

-인간 모르모트 아니, 기니피그(guinea pig)가 따로 없네요.

-그뿐이면 다행이지요. 촬영 시 직장과 항문 간의 변화를 그냥 관찰하는 게 아니라는 겁니다. 대부분 방사선을 사용하거든요.

-방사선? 그러니까 방사선을 통해 촬영한다는 겁니까?

-그렇습니다. 엽기적인 시험의 대가는 고작 5만에서 십만 원 정도입니다.

-5만에서 십만 원요?

어이없어 이 교수가 묻자, 그가 웃으며 대답했다.

-그래도 저 죽을 줄 모르고 인기가 좋습니다. 시험 시간이 짧다는 게 그 이유지요. 수분이면 끝나니 말입니다.

이 교수는 어이가 없어 할 말이 없었다. 이 나라 최고가는 대학에 다니는 학생 하나가 뒤늦게 참석했길래 그를 만났다.

-말만 듣고 왔는데 이렇게 엽기적일 줄은 몰랐네요.

이곳저곳 다녀 보았지만 좀 심하다는 듯이 아연한 표정을 지으며 그가 말했다. 하지만 그는 이내 체념하고는, '어쩔 수 없네요.'하고 전의를 꺾었다.

-어쩔 수 없다니?

이 교수가 물었다. 눈치를 보니 그는 이미 무릎을 꿇은 상태였다. 항문에 이물질을 주입하고 촬영해야 할 것 같다고 했다. 수치스러워도 어쩔 수 없다는 것이다.

-등록금 납부 기한이 얼마 남지 않았거든요.

-그래도 방사선이….

이 교수가 해로울 텐데 해야 하겠냐는 듯이 말을 얼버무리자, 그가 고개를 내저었다.

-방사선이 나쁜 것이라는 걸 왜 모르겠어요. 오히려 수치스러운 게 더 지랄이지요. 하지만 내일 죽는다고 하더라도 등록금을 마련해야 하니….

-등록금을 모아두었나 보네?

이 교수의 말에 그가 피식 웃었다.

-모자랍니다. 턱없이요. 여기 끝나면 다시 대덕단지나 다른

제약회사로 가봐야 할까, 봐요. 아니면 종합병원으로 가든지요. 그곳 역시 위험은 하지만 인기가 있거든요. 이번에 예약해 두었는데 마침 연락이 왔더라고요.

잘 됐다는 듯이 말하는 그의 말을 들으며 이 교수가, '그건 며칠 짜린 데?'하고 이제 알만큼은 안다는 투로 물었다.

그리자 그가 고개를 끄덕이다가 대답했다.

-그렇지요. 뭐. 긴 거는 내 복에 걸릴 리 없고요. 이틀짜립니다. 1박 2일이에요. 합숙해야 한다는데 준비를 그래도 좀 해야 할 것 같아요.

-부작용으로 인해 받는 고통은 평생을 갈 수도 있다던데⋯. 그래서 받는 돈이 얼만가?

-시험 군에 따라 다르지만 1박 2일이니까 기십만 원은 돼요. 금식하고 오라고 했으니까 종일 굶어 배가 고프네요.

-자네가 다니는 학교에서도 그런 학생들이 더러 있나?

그가 씁쓸하게 웃었다.

-사실 마루타 알바 리포트는 우리 학교에서 맨 처음 쓴 거예요. 우리 학교 병원에서 알바하는 학생이요. 아마 전국에서 우리 학교 학생들이 제일 많을걸요. 쥐지요. 쥐. 기니피그들. 한국 최고의 대학에 다니는 대학생들이 학생이 아니라 이제 쥐가 되어가고 있는 겁니다. 누가 알겠어요. 우리나라 대학생들이 이렇게 학업을 끌어나가는 줄. 저 무능한 정치인들이 알겠어요? 그것도 모르고 저들끼리 배를 불리고 싸우느라 정신이 없으니. 문제는 그들이 이렇게 만들어 놓고 그걸 정작은 모르고 있다는 겁

니다.

　그렇게 말하고 그가 갑자기 상의를 가슴 위로 끌어올렸다.

　-보세요. 이게 우리들의 현실입니다. 내 몸에 현재 21군데의 흉터가 아물지 않고 있어요. 여기저기 다섯 개는 얼마 전 우리 학교의 종합병원에서 생긴 것이고요. 이것은 제약회사에서…. 대학병원 명의의 광고가 우리를 구원하지요. '시험 지원자 모집, 초보수 대우' 얼마나 달콤합니까. 많은 돈을 준다는데. 그래 대학병원 피부과로 가니까 그러더라고요. 자외선이 인체에 미치는 영향을 시험한다나요. 인체에 자외선을 쬐어 그곳을 도려낸다는 겁니다.

　-그래서?

　묻는 음성이 떨렸다.

　-그래서 자외선을 쬐고 도려내었지요. 이것을 보세요.

　이번에는 그가 엉덩이를 깠다. 이 교수는 그의 엉덩이를 보다가 비명을 지를 뻔했다. 엉덩이는 엉덩이가 아니었다. 여기저기 가재가 붙었고 시퍼런 멍과 빨간약투성이였다.

　-엉덩이 네 군데에 30분간 자외선을 쬐었어요. 그러고는 그 부위의 살을 도려내었지요. 그리고 나서 얼마를 받았는지 아세요? 한군데 당 4만 원. 합이 12만 원. 두 군데는 조금 도려냈다고 하데요. 그래 2만 원을 깎자더군요. 그러라 했어요. 그 대신 살이 좀 차면 또 오겠다고 했죠. 그러라 하더군요. 다시 가니까 이번에는 허벅지에 하자데요. 허벅지를 내밀었지요. 모두 8만 원. 털 뽑는 기계 광고에도 나갔어요. 털 하나에 얼마인지 아

세요? 그거 괜찮더군요. 무려 3십만 원을 받았으니까요. 그래도 불법 저지르는 알바보다야 떳떳하잖아요. 하루 3시간씩 광고 불법 스팸메일을 보내면 쉽게 돈도 벌 수 있긴 해요. 하지만 그래도 이 나라 일류 대학생이 어떻게 불법을 저지를 수 있겠어요.

이 교수는 장의자에 주저앉고 말았다. 도대체 뭐가 뭔지 모르겠다는 생각이 들었다. 대학교 주위의 그 수많은 상점. 그 즐비한 술집들. 옷 가게들, 가방 가게들…. 보석상들….

어항 속의 물고기들처럼 책에서 해방되면 마냥 그 속을 헤엄쳐 대고만 있을 줄 알았는데.

이 더러운 생존경쟁의 틈바구니에서 이 나라 최고가는 대학생이 그렇게 살고 있었다. 그렇게 번 돈을 털어먹기 위해 나는 무얼 하고 있었나. 학생들을 가르친다고 하면서 도대체 그들이 그렇게 사는 사이 나는 무엇을 하고 있었나.

자신의 육신을 던져 공부하는 학생이 있는가 하면, 빽 하나에 수백만 원 나가는 것을 들고 다니는 이놈의 나라.

그들의 살과 뼈로 이루어진 대학 교정의 저 엄청난 위용, 그 속에서 청운의 꿈을 품고 열심히 공부하는 줄만 알았던 학생들. 그들의 대부분이 학업에 시달리며 정작은 기니피그가 되어가고 있었다는 사실. 이 사실을 어떻게 이해해야 하나.

이 나라의 최고가는 대학생이 마지막으로 한마디 했다.

-더 자세히 알고 싶으면 학교 홈페이지로 들어가 보세요. 아니면 종합병원으로 들어가 보시던지요. 광고에 흘려 기니피그

가 되시지는 마시고요.

이 교수는 절뚝거리며 사라지는 학생을 멍하니 바라보았다.

2

이 교수가 시사저널이란 주간지에서 그에 관한 기사를 찾아
낸 것은 최근이었다. 무단 목재 금지라는 경고문이 붙어 있었
다. 그 내용이 참으로 적나라했다. 요즘 대학생들의 마루타 알
바에 대한 관심사로부터 병원 관계자들의 인터뷰가 실려 있었
다, 기자는 요즘 헌혈이 매혈로 바뀌는 현상, 세계에서 임상시
험이 가장 많은 도시가 서울이라고 기술하고 있었다. 식품의약
품안전처(식약처)에 따르면, 2000년 한해만 해도 33건이던 한
해 임상시험 건수가 650건을 넘었다는 것이다. 이 가운데 361
건은 다국적 제약사가 한국에 의뢰한 임상시험. 그리고 무엇보
다 대학생들이 학비를 벌기 위해 응하는 임상시험이 자행되고
있다고 했다.

다음은 뉴데일리 양원석 기자의 기사.

"등록금 벌이에 목맨 대학생들. 마루타도 상관없다."

아르바이트 소개 전문 인터넷 포털 알바몬(albamon.com)
이 최근 대학생 712명을 대상으로 벌인 설문조사를 보면 응답
자의 78.5%가 '3D 알바'로 불리는 공사장이나 유통업체 상차
작업과 같은 아르바이트도 돈만 많이 준다면 할 수 있다고 답했

다.

온라인 사설 경마장이나 사행성 경품 게임장과 같이 형사처벌의 위험이 있는 불법적 아르바이트를 할 의사가 있느냐는 질문에 대해서도 응답자의 32.2%는 '할 수 있다'라고 응답했다.

신약 개발을 위한 임상시험을 뜻하는 '마루타 알바'를 할 수 있다고 응답한 비율은 40.6%였다. '마루타 알바' 지원자 모집 경쟁률은 평균 수십 대 일이 넘는다. 약의 종류에 따라 짧게는 며칠에서 길게는 2~3개월 동안 병원이 정한 대로 약을 먹고 정기적으로 병원에 들러 혈액검사를 해야 하지만 생계형 알바 구직자들에게는 없어서 못 하는 선망의 대상이다. 잘하면 100만 원이 넘는 돈을 벌 수 있는 고소득 직종이기 때문이다.

......

기자는 요즘 들어서 특히 고위험 알바들의 약물 중독에 대한 기록은 더욱 적나라하다고 보도하고 있었다. 습관성 약물 시험군으로 들어갔다가 그 약물의 피해자가 되어 버릴 수밖에 없는 것이 마루타 알바생들의 비극이라고 보도하고 있었다. 마약성 약물을 복용하다가 끊어 버리면 중독 증상이 일어날 수밖에 없는 것은 자명한 사실.

그런데도 정부는 나 몰라라 고개를 돌리고 있다는 것이다.

TV조선 소비자탐사대 안혜리 기자의 2023.11.28. 21:33 리포트를 보면 더욱 분명해진다.

서울의 한 병원. 접수대 앞에 긴 줄이 생겨났습니다. 한 제약 회사가 개발한 고지혈증 치료제 임상시험에 참여할 66명을 뽑는 자린데, 최고 290만 원의 참여비 지급 조건에 20, 30대 지원자들이 몰린 겁니다. A 씨 / 임상시험 지원자"(왜 지원하신 거예요?) 돈 벌려고. 위험한 건 아니라고 해가지고." 대학생 커뮤니티나 구직사이트엔 '건당 500만 원' '편한 단기업무' '꿀알바' 등 위험성보다 대가를 강조하는 임상시험 홍보 글이 상당수였는데요. 직접 문의하면 내용이 달라지는 경우도 있었습니다. 임상시험 중개 업체"(500만 원짜리 공고는 뭐였어요?) 문의하시는 내용에 대해서 정확한 답변 드리기 어렵습니다." 문제는 약효 검증을 위한 시험이다 보니 부작용이 적지 않다는 것.B 씨 / 임상시험 경험자 "피를 계속 뽑으니까 휘청휘청하는 분들도 많고 쓰러지는 분도 많고 그래서 코 부러지시고, 완전 마루타죠." C 씨 / 임상시험 경험자 "코로나 걸린 것처럼 발열이랑 그런 게 심했어요. (의사가) '약 때문은 아닐 거다.' 이러셔서 흐지부지 넘어갔는데." 부작용이 발생해도 약물과 인과관계가 없다고 판단되면 보상이 거절되기도 하고. 임상시험 참여비도 고성, 폭언 등 다양한 이유로 지급하지 않거나 줄일 수 있게 돼 있었습니다. 임상시험 병원 관계자 "(이상 반응 보상은) 인과관계에 따라 달라지거든요. 이게 시기적으로 예를 들어 한 달 뒤 갑자기 뭔가 됐다 이러면 시기적으로 안 맞을 수 있잖아요." 전문가들은 임상시험 이후 6개월이 지나야 다시 참여할 수 있게 돼 있지만, 돈벌이 수단으로 전락해선 안 된다고 경고했습니다. 김이연 / 대한의사협회 대변인 "사람의 몸을 시험 대상 삼는 것이 이렇게 수월해지는 분위기는 의학계에서 굉장히 경계해야 하는 분위기고요." 지난 5년간 국내 임상시험 참가자는 약 16만 명으로, 약물 이상 반응을 겪은 1,822명 중 165명이 사망했습니다. 소비자탐사대 안혜리입니다.

늘어난 생활비 때문에 돈 더 벌어야 하는 고액 임상시험 알바생들. 그들이 목숨 걸어놓고 임상시험에 임하고 있는데도 정부는 여전히 고개를 돌리고 있다. 몰라서 그렇다는 것은 말이 안 된다. 알든 모르든 결국 정부는 국민의 안전보다 제약사의 배 불리는 일에 앞장서고 있는 것 같으니 한심한 일이 아닐 수 없다.

이 교수는 학교와 교육 당국에 자료를 정리하여 올렸다. 반응이 없었다. 다음 정기회에 다시 상정하기로 하고 자료 조사를 빈틈없이 했지만 역시 반응이 없을 것을 생각하니 자괴감이 일었다. 내가 이렇게 한다고 해서 근본적인 어떤 대책이 나올 것 같지는 않지만 그렇다고 손 놓고 있을 수만은 없는 일이었다. 이 모든 것이 누구의 책임인가, 하는 생각이 들었다. 말할 것도 없이 기성세대의 책임이다. 그들에 의해 오늘의 젊은이들은 악귀의 손톱 같은 현실과 마주하고 있다. 그들에 의해 젊은이들이 사지에 내몰리고 있는데도 그것이 자신들의 책임임을 모른다면 그들이 악귀다.

피 좀 사 주세요

|

이 나라의 대학생들이 어떻게 살고 있는지를 알려다가 받은 충격 때문일까?

이 교수는 아침에 신문 들추기가 겁이 났다. 세상이 어쩌다 이렇게 되어가나 싶었다. 이놈의 세상을 벗어나 보려고 해도 마음대로 되지 않고 그렇다고 학교를 그만둘 수도 없고, 그만둘 수 없다면 사명감을 가지고 학생들을 알아가야 하는데 학생들의 기사를 볼 때마다 마음이 이렇게 편치 않으니. 아니 솔직히 편치 않다

오늘도 어김없이 대학생들이 벼랑 끝에 내몰렸다는 기사가 약속이나 한 듯이 올라와 있었다.

이미 알고 있는 사실이지만 어째 볼 도리가 없으니. 등록금 마련을 못 해 등록을 포기한 대학생이 무려 44%나 된다는 건 그리 놀랄 일이 아니었다. 그리고 등록금 걱정에 휴학을 고민해본 학생이 무려 68%나 되는 실정이다. 1등에게든 2등에게든 그렇게 현실은 지독하다는 말이다.

한해 대학 등록금이 천만 단위의 시대가 되었고 보면 그럴 수밖에 없다. 예전에는 상아탑을 우골탑이라고 불렀다. 소의 등

골을 뽑아 자식 공부시키다 보니 나온 말이다.

그런데 이제는 지식의 전당 상아탑이 우골탑(牛骨塔)을 넘어, 부모의 등골을 팔아 공부해야 하는 부골탑 모골탑(父母骨塔)도 모자라 자기 살과 뼈를 발라야 하는 육골탑(肉骨塔) 에 이르러 있다.

있는 집 자식이야 말해 무엇하랴만 이 문제를 어떡할 것인가. 학생들의 진로를 상담하는 멘토라고 해서 무엇을 어째 볼 수가 없으니 참으로 기가 막힐 현실이다. 더욱이 세상 물정 모르다가 멘토 역할을 맡고 보니 그럴 수밖에 없다. 그동안 학생들만 가르칠 줄 알았지, 그들의 실정을 어떻게 알 수 있었을 것인가.

어느 날 학생들의 입장만 살펴볼 것이 아니라 그들을 책임진 학부모 쪽으로도 좀 알아봐야겠다는 생각에 이 교수는 시선을 그들 쪽으로 옮겼다.

오죽했으면 자신의 새끼들이 기니피그가 되어가게끔 놓아두었을까 해서였다. 역시 그들 삶의 풍경은 상상 밖이었다. 현대판 허삼관 매혈이 이 땅에서 버젓이 역사도 깊게 자리 잡고 있었다.

아들을 공부시키려고 아침마다 인력시장을 기웃거리는 종섭이 아버지는 이제 나이가 60이다. 나이가 나이이다 보니 오야지(현장 십장)들이 잘 데려가지 않았다. 하루 벌어 하루 먹고 살면서도 자식 공부는 시켜야겠기에 사업체가 망하자, 노동일이라도 해보려고 했지만, 그마저 쉽지 않았다.

그는 어느 날 집으로 돌아오다가 이상한 광경을 목격했다. 새벽 인력시장에 인부를 구하러 오는 오야지들의 발길이 끊어지자, 사내들이 어딘가로 뛰기 시작했다.

저 사람들이 왜 저러나?

첫날은 그런 생각을 하며 집으로 돌아왔다.

다음 날도 그랬다.

-저 사람들 새벽마다 왜 저럽니까?

어느 날 궁금해서 옆 사람에게 물었다.

-가보려오?

느닷없이 옆 사람이 그렇게 말했다.

-어딜요?

-허허 아직 배가 덜 고팠구먼.

그날 그 사람을 따라가 보니 혈액원이었다. 사람들이 줄을 서서 피를 팔고 있었다. 그것도 아무나 파는 것이 아니었다. 먼저 온 사람들이 줄을 서서 기다려야 하는데 그것도 신체 건강한 사람의 피만 샀다.

그날 피를 팔지 못하고 돌아온 그는 피를 파는데도 요령이 있다는 걸 알았다. 자기 피를 판 돈에서 10%를 줄을 세우는 어깨에게 받치면 앞줄에 설 수 있다는 걸 안 것이다.

그는 그렇게 해서 앞줄에 섰다. 그나마 전염병이나 성인병이 없어서 다행이었다.

나이가 조금 걱정된다면서도 의사가 채혈했는데 피를 뽑고 나자 빵 한 봉지와 피 판 돈을 주었다.

그는 그 돈을 아들의 학비로 모았다. 이튿날도 사흘째 되는 날도.

닷새째 되는 날 의사가 고개를 내저었다.

-나이도 있는 데다 무리입니다.

의사의 말에 눈물이 왈칵 쏟아졌다. 그는 괜찮으니 제발 피를 사달라고 애원했다.

의사는 고개를 갸웃거리면서 피를 뺐다.

그는 그들이 주는 빵 봉지를 물고 화장실에서 소변을 보다가 그대로 변기에 머리를 처박았다.

종섭이 소식을 듣고 병원으로 달려왔다. 아버지는 자기 몸에서 흘러 나간 피를 도로 수혈받고 있었다.

종섭은 그날 집으로 돌아오며 울었다. 아버지가 그에게 피 판 돈을 내어놓았을 때 그는 이를 악물고 울며 약국에서 비타민과 소고기 한 근을 사 아버지에게 구워 드렸다. 아버지가 자기 피가 소고기가 되어 버린 것을 보며 노발대발 화를 냈다. 상이 엎어지고 두 부자는 밤새 얼싸안고 울었다.

종섭은 다음 날로 대학을 그만두었다.

그날 이 교수는 이게 한국의 현실이라는 생각을 했다. 꼭 이렇게 해서라도 대학을 나와야만 하는 나라. 그에 대한 대책은 뒷전이고 정권 잡기에만 골몰하는 나라. 이 나라가 잘난 사람들의 나라가 아닌 이상 직업의 가치관 하나 똑바로 세워주지 못하는 나라. 판 검사가 되어야만 사람인가. 교수가 되고 장군이 되어야만 사람인가. 그들을 효도케 하는 제사상의 소고기는 누가 잡는가. 소백정이다. 그럼, 소백정은 사람 아닌가. 짜장면집 사장을 만들지 않기 위해 오늘도 부모는 냄비를 달구지만 직업의 가치관이 바뀌지 않는 이상 그들은 천직(賤職)의 너울 속을 벗어나지 못한다. 그 책임이 누구에게 있는가? 직업의 가치관을 바꾸어 줄 사람들에게 있다. 그러나 그들은 오늘도 자신의 사명을 잊고 싸움만 하고 있다. 그 속에서 조금의 힘도 되지 못하는 자신의 처지가 서글퍼 이 교수는 머리를 싸안았다.

이 나라 교육에서 제일 시급한 것은 직업의 가치관이다!

그렇게 천만번 부르짖어도 싸우는 사람들은 오히려 웃기지 말라고 한다. 자신들이 좋은 세상을 만들어 주었는데 요즘 세상 그렇게 사는 사람이 어딨느냐고 오히려 호통친다.

그렇다면 정말 세상 물정 모르는 사람이다. 오늘도 내 어머니, 내 아버지, 내 누이, 오빠들이 뛰고 있다. 그들 같은 고관대작을 만들기 위해서 눈을 비비며 뛰고 있다. 만원 버스에 시달리며, 전철에 시달리며 그렇게 동으로 서로 뛰고 있다. 상사의 구박을 받으면서도 오로지 쥐꼬리만큼 가져다줄 수 있는 월급, 그 행복감에 겨워 뛰고 있다. 이 세상은 그렇게 그들이 흘리는 피로 돌아가고 있는 것이다.

그런데 이상하다. 자식 등록금 걱정 없이 끼리끼리 모여 골프나 치러 다니는 사람들. 권력을 잡기 위해 피 터지게 싸우는 그런 사람들이 이 사회를 지배하고 있다. 그러니 그런 사람이 되라고 오늘도 아버지는 피를 파는 것이다. 그러나 세상은 그대로다, 그들 위주로만 돌아가고 있으니 말이다.

그럴수록 잘 되어야지. 그럴수록 이 악물고 공부해야지.

그게 효행이라고 생각하는 자식들. 피 판 돈으로 공부시켜야 직성이 풀리는 내 아버지.

그들 위에 누가 있는가?

내가 있다. 내가 있다!

거창한 꿈속에
숨어 있는 허무맹랑함은 본
시 그 속이 보이지 않는다

제4장

거창한 꿈속의
허무맹랑함

비전의 속엣말

|

1

오랜만에 이 교수는 한동안 교정을 거닐었다.

벤치에 앉아 멀거니 교정을 둘러보자 무겁던 마음이 점차 싱그럽다. 햇살 속에 드러난 교정이 참으로 아름답다. 형용할 수 없는 설렘이 가슴 속에 인다. 오가는 학생들 누구 하나 활기차 보이지 않는 이가 없다. 희망 차 보이지 않는 이가 없다. 저마다 사연 하나씩을 간직하고 살 태지만 하나 같이 싱싱해 보이고 희망 차 보인다.

젊은 시절의 꿈들이 서럽게 떠올랐다. 밤새우던 번민들….

치열하게 세상사는 방법을 언제 배워 보았던가?

저 중에 비로소 세상의 꽃을 볼 인간이 몇 명이나 될까? 그 꽃들의 이야기를 쓰기 시작할 인간이 몇 명이나 될까? 모진 풍파를 이겨낸 꽃들의 역사를 장엄하고 아름답게 써낼 인간이 몇 명이나 될까?

정답게 사라지는 연인들의 등 뒤로 피어난 꽃들이 아름답다. 아름드리 저 나무들. 나뭇잎 사이로 터져 나오는 햇살. 어찌 이곳에서 학문의 정도를 걷는 젊은이들이 희망차지 않으랴. 누구나 이 속에 있는 한 거창한 꿈속에서 헤매고 있으리라.

그러나 저 교문만 나가면 무엇이 기다리고 있는가?

그런 생각이 들자, 이 교수는 정신이 번쩍 들었다.

거창한 꿈속에 숨어 있는 허무맹랑함은 본시 그 속이 보이지 않는다.

언젠가 써놓았던 한 줄의 글을 생각하다가 이 교수는 교정을 나섰다. 어금니를 지그시 물었다.

거창한 꿈속의 허무맹랑함을 보려면 순서를 기다려야 한다. 그래야 그 속을 제대로 볼 수 있다. 그 속을 보기 위해서는 먼저 우리가 어디에 서 있는가를 생각해 보아야 한다.

그렇다. 일에는 순서가 있다. 우리는 업대로 살아간다. 약대를 나오면 약사를 해서 먹고살고, 공대를 나오면 그에 관계된 일을 하며 먹고 산다. 아버지는 농사꾼이었으니까 농사를 지어 먹고 살고, 아들은 농사짓는 것이 싫어 열심히 공부한 끝에 사시에 붙어 검사질 해서 먹고산다. 검사가 농사를 짓지 말란 법은 없지만, 농사는 농사를 짓는 사람이 지어야 하고, 법조계 일은 그쪽의 전문인이 해야 한다.

그래서 배움에도 형편이 있고 등차가 있다. 형편과 등차가 어우러져 이 사회를 형성한다. 초등학교도 제대로 나오지 못한 사람은 그에 맞게 살아가고, 사정상 고등학교 밖에 나오지 못한 사람은 그에 맞게 살아가고, 좋은 대학을 나온 사람은 배운 사람답게 살아간다.

그런데 일선을 담당하는 이들의 말을 들어보면 걸작이다. 지난 정부는 이미 10년 전에 이런 장담을 했다는 것이다.

-우리나라 사람 모두를 대학생으로 만들어 주겠다. 그렇게 멀지도 않다. 2024년에 고졸자가 현재보다 40%로 줄어들 것이다.

2024년이라면 올해다. 정말 고졸자가 40%로 줄어들 희망이 있는가?

이 말은 곧 고졸자 자리를 대학생들이 다 차지해 버리겠다는 말이었다. 40%로 줄어든 고졸자. 그만큼 늘어난 대학생. 꿈 같은 소리지만 그들이 약속한 해가 바로 올해다.

분명히 뭔가 이상하다. 2024년이 올해가 분명한데 고졸자가 어떻게 40%로 줄어들 수 있다는 것인지 이해가 되지 않는다.

올해 초등학교 입학 학생이 한 명도 없는 곳이 천군 데가 넘었다고 한다. 세월 탓에 아이를 낳지 않아 그렇게 될 것이라고 했다면 차라리 세월을 내다보았다는 소리나 들었을지 모른다. 벚꽃엔딩이라고 해서 2000년 이후 문 닫는 대학교가 전국에 벌써 20곳이 넘어가고 있다. 기가 막힌다. 새 정부는 대안을 내놓겠다고 하지만 아직도 감감무소식이니 답답한 노릇이 아닐 수 없다.

2

젊은 시절 왜 노인네들이 춤을 추면서 그런 노래를 부를까, 싶었다. 그때는 젊었었고 늙음의 애환을 알 필요가 없었다. 아니 늙음의 애환이 느껴질 리 없었다.

젊었을 때는 그렇게 가지 않던 시간이 사십을 넘기면서부터 화살처럼 빠르더라고 했다. 사십인가 했더니 금방 오십이 되었고, 오십인가 했더니 육십이더란다. 그 뒤는 어떻게 칠십이 되었고 팔십이 되었는지 모르겠다고 했다. 그처럼 싱싱했던 심신은 말라 죽어가는 고사목처럼 변해 가고 섬섬옥수는 갈고리처럼 변해 버렸다는 것이다.

청춘.

꽃처럼 좋은 나이. 벌떡거리는 심장의 박동 소리처럼 성스럽고 벅차고 힘찬 시절.

그 시간이 입시다, 취직이다, 군대다, 그렇게 멍들어 간다. 싱싱한 육체 속에 잠 안 오는 약을 털어 넣어야 하고, 그렇게 밤을 새우고 학교로 간다. 알바도 해야 하고, 취직 시험 준비도 해야 하고 그러다 보면 군대에서 오라고 한다.

시험에 떨어져 절망하고, 취직을 못 해 절망하고, 사랑에 절망하고, 그러면서 청춘은 시들어 간다.

그나마 좋은 대학을 나온 이는 내로라하는 회사에 들어가 어깨에 힘을 주기도 한다.

그러나 좋은 대학 나왔다고 제대로 된 직장인이 모두 되는 건 아니다. 좋은 대학을 나오고도 백면서생이 되어 오십이 넘도록 빌빌대는 사람이 한둘이 아니다. 그런 마당에 별 볼 일 없는 대학을 나온 이는 어떻겠는가. 하루가 멀다고 오늘도 이력서를 넣고 시험 보러 다닌다.

그렇기에 뜻있는 이들은 하나 같이 입을 모은다. 이번 기회에 잘못된 대학 교육을 바로잡아야 한다고.

이 교수는 이대로 있을 것이 아니라 우선 조사해 보자고 생각했다.

조사를 해보니 입학정원도 못 채우는 대학이 일흔 개가 넘었다. 교과부 경영진에서 강제 퇴출 필요 등급을 받은 대학이 이십여 개.

하나 같이 겉은 멀쩡해 보였는데 속은 장마철에 곯아버린 참외 속이었다. 대부분 재단 쪽에서 불법, 비리로 다 빼먹어 버린 빈껍데기 학교.

이 교수는 대학구조개혁위원회를 찾아갔다. 그들이 조사한 자료를 살펴보았더니 이 나라의 썩은 대학이 13%였다. 철저한 현장 실사(實査)를 통해 15% 정도의 대학을 가려내었다고 하였다.

정말일까, 싶었다. 아니 가려낼 수나 있었을까 싶었다. 고작 15%? 필요하면 50%가 아니라 과감하게 100%까지라도 걷어낼 용기는 왜 없는 것일까?

학교로 돌아와 그 실정을 알렸더니 동료 교수 하나가 버럭 했다.

-대학을 아예 없애 버리겠다고 해라.

-이 땅에서 썩은 대학이 그들에 의해 사라진다면 그동안 정부에서 무분별하게 부실대학에 나눠주던 재정 지원은 자연히 가능성 있는 역량 있는 대학에 집중된다는 말입니다.

이 교수의 말에 동료들이 고개를 끄덕였다.

-그러면 그들의 말이 맞다는 거 아니오?

누군가 물었다.

-등록금은 내려갈 것입니다.

이 교수의 대답에 버럭 하던 교수가 한마디 했다.

-반면에 역량 없는 대학의 양적인 팽창이 멈추어야 질 높은 교육이 이 나라에 뿌리 내리게 된다는 말이로다.

-그런데 여기서 끝나지 않는다는 데 문제가 있습니다.

-그게 무엇이오?

이제 학과장까지 관심을 보였다.

-문제점을 새삼스럽게 들먹이지 않아도 대답은 뻔하고 간단하더군요. 이 나라는 아직도 관치 교육이 판치고 있다는 사실입니다. 우선 그것부터 고치지 않고서는 현재의 문제점들이 절대 해결되지 않는다는 생각이 들더군요.

-그게 무슨 말이오?

이번에는 센터장이 물었다.

-대학구조조정 작업을 보면서 이 나라의 교육 현실을 알 수 있었으니까요.

이 교수는 동료들에게 교과부의 예를 들어주었다.

-아시다시피 톡 까놓고 교과부 사무관 한 사람이 대학 총장들을 골라잡는 세상 아닙니까.

-맞아. 그들이 총장을 오라 가라 하지.

누군가 맞장구를 쳤다.

-그렇습니다. 이것은 먼 옛날얘기가 아닙니다. 지금도 그러고 있다는 걸 이 눈으로 똑똑히 보았으니까요.

-그들에 의해 대학의 구조 조정이 이루어지고 있다?

-그러니 개혁이 되겠습니까? 무슨 개혁? 이 문제점이 해결되지 않고 있기에 국민을 속이고, 젊은이들을 죽이는 모순적 발언이 진행되는 것입니다.

이 교수의 말에 교수들이 하나 같이 고개를 끄덕였다.

이럴 수가!

-사실 부끄러웠습니다. 어째 볼 수 없는 현실이. 그들에 의해 피를 파는 부모들과 썩어버린 대학에 다닐 것이라고 아득바득 제 살을 깎아대는 저 젊은 청춘들. 그렇게 어렵게 대학을 나와 오늘도 취직 시험을 보기 위해 이리저리 뛰고 있는 저 피 끓는 청춘들.

-이대로 보고 있을 수만은 없을 것 같습니다.

버럭질 하던 교수가 일어나면서 말했다.

-그렇습니다. 우리들이 나서야 합니다.

이 교수가 주먹을 쥐면서 말했다.

교수들이 일어나기 시작했다.

그런데도 고개를 숙이는 교수들이 있었다. 학과장도 센터장도 고개를 숙이며 한숨을 물었다. 알고 있는 것이다. 대학 당국의 처신과 당국의 간교함을. 시시때때로 바뀌는 정책. 학생들은 죽어 나가든 말든 조금의 죄책감도 없는 사람들…. 바위에 달걀 던지기라는 것을 알고 있는 것이다. 한강에 돌 던지기라는 것을.

그러나 던져야 한다. 저 바위가 깨어질 때까지. 저 강물이 넘칠 때까지.

3

잠시 졸았는데 꿈이 계속되었다. 이 교수는 기를 쓰고 어느 좁은 동굴 속으로 들어가기 위해 온 힘을 다했다. 그 끝에 돌중이 서 있었다. 이 교수는 주춤했다. 잊을 만하면 꼭 나타나는 놈이 저놈이었다.

저 인사가 왜 저기.

-또 너냐?

돌중이 말했다.

-왜 거기 있어?

이 교수가 물었다.

-여긴 내 자리니까.

-기다려라. 내가 갈 테니까.

-여긴 네가 올 자리가 아니야.

-무슨 소리. 내가 가마.

-아니라니까.

그렇게 말하고 돌중은 사라져 버렸다. 사라지는 걸 보니 그는 이 교수보다 더 좁은 바늘귀를 통과하고 있었다. 그러면서 놀리듯이 말했다.

-넌 죽었다가 깨어나도 바늘귀는 통과 못 할 것이다. 그곳도 통과를 못 하고 있잖냐.

-어떻게 된 거야?

-어떻게 되긴. 가. 돌아가면 알 수가 있어.

-넌 되는데 왜 난 안 된다는 거야?

-난 늘 이것만 생각하고 공부했거든. 가수가 말이야. 왜 노래를 잘 부르는지 아냐?

-갑자기 가수는? 그야 목소리가 좋아서겠지.

-그렇기도 하지만 그만큼 연습을 많이 해서 그런 것이야. 천 번, 만 번 그렇게 연습하고 부르는데 댓 번 부른 신출내기가 그 실력 따라가것냐. 그러니 네 노래 부르던 대로 가. 그러면 이 바늘귀도 통과할 비법이 나와.

깨고 보니 꿈이었다.

무슨 꿈인지는 알 것 같았는데 엉뚱한 생각이 들었다.

'부자가 천국의 문을 통과하는 것은 낙타가 바늘구멍을 지나가는 것보다 어렵다.'라는 말이 문득 떠올랐다.

부자가 천국의 문을 어떻고 하는 말은 사실 거짓말이다. 왜냐하면, 아니 왜냐 하면이라는 사족을 달 것도 없이 그 말에 속아서는 안 된다. 물론 성직자나 신앙인이나 부를 중요시하다 보면 그 마음이 탁해지기 마련일 테지만.

아마 본 자리로 돌아가라고 그런 꿈이 꾸어진 것인지 몰랐다. 돌아가면 부자가 되기 위해 남의 등을 때려야 한다. 성공하기 위해 남을 속여야 한다. 가슴에 못을 박아야 하고 그러다 보면 심성이 더 더러워질 것이다. 그게 이 사회를 사는 인간이란 동물이다.

그러나 생각을 한번 바꾸어 보자. 전환. 그래 전환. 그걸 한번 생각해 보자.

그런 생각이 들자, 이 교수는 부가 꼭 그렇게 해서 이루어지는 것은 아니라는 생각이 들었다. 깨끗하게 부를 이룬 이들도 얼마든지 있다. 부처도 말씀하셨다지 않은가.

'가난한 사람이 되지 말라. 부를 이루어라. 가난하여 남을 도울 수 없는 것보다 부를 이루어 남을 돕는 것이 바로 나의 정신이다.'

그렇다면 부를 이루지 못하고 스스로 청빈하다고 자위하는 것, 그것이 바로 고정관념이 아닌가 싶었다. 바보 같은 생각. 소아적 발상. 소승적 유산.

이 교수는 아무튼 싫었다. 물질적으로 가난하지 않아도 좋고, 심적으로 가난하지 않아도 좋다. 우선 가난하지 않다는 것만 해도 얼마나 행복한 일인가.

돌중. 그 망할 놈의 돌중이 생각나 미칠 지경이었다. 발톱 밑에 새까맣게 때가 끼도록 시주 밥 얻어 부모가 버린 남의 자식 먹여 살리는 그놈. 그 썩을 놈. 적어도 진정한 종교인이라면 극락이나 천상을 원할 것이 아니라 중생이 고통받고 있는 지옥으로 가 그들을 구하겠다는 서원을 세워야 한다. 그게 진정한 베풂이라고 말하던 그놈.

4

높은 학점을 찾아 중국까지 갔다 온 여학생의 방문은 뜻밖이었다. 대학생의 실태를 알기 위해 다니다가 알게 된 여학생이었다. 고등학교 때는 문학반에 있었다며 정을 붙였다. 그렇다고 그녀가 습작한 논문 한 편 읽어본 적이 없고, 취업을 위해 학점 세탁하고 다니는 모습만 보았었는데, 요즘 대학생들이 처한 상황을 제법 상세히 알려주는 바람에 이제 스스러움이 많이 없어진 사이였다.

-언제 왔나?
-어제요.
-부모님 모두 안녕하시고?
-예.
-갑자기 어쩐 일인가?
-인사드리려 왔죠. 뭐.
-들어와.

차를 들면서 그동안의 안부를 물었다.

-함께 간 학생 중국에서 들어왔나?
-아직요.

−전에 만난 봉숙이는 이제 나간다고 하던데…….

−그 애만 나가는 거 아니에요. 몇 명 더 있어요.

학점 세탁. 몇 년 전에 유행병처럼 번지더니 요즘 들어 다시 번지고 있다는 말이었다.

학생들 간에 학점 세탁이 만연한다는 건 바로 이 여학생을 통해 알았다. 취업을 위해 꼭 해외까지 나가야 하나 하는 생각에 그 방면으로 알아본 것이지만 요즘 대학생들의 학점 올리는 방법들 참으로 다양했다. 점점 진화(進化)하고 있다고 할까. 취업하기 위해 성적이 낮은 과목을 재수강하는 것은 예사였다. 삼수강하는 학생들도 있었다. 학점을 잘 받기 위해서라면 국경(國境)은 문제가 아니었다. 이 여학생처럼 중국으로 교환학생을 두 번 다녀온 학생도 여럿 있었다. 중국 대학에서는 60점 이상이면 과목을 통과할 수 있다. 거기에다 교환학생에겐 점수를 후하게 주는 이점이 있으므로 인기가 있을 수밖에 없다. 어이가 없는 것은 점수가 생각했던 대로 나오지 않으면 담당 교수에게 차라리 F 학점을 달라고 사정하는 이메일을 보낸다. 그러면 재수강할 수 있기 때문이다.

방학 중에 계절학기를 집중적으로 공략하는 방법도 있다. 그러기 위해 알바로 번 돈을 쏟아부어야 한다.

그러다 보니 학생들의 대다수가 졸업할 때쯤에는 B 학점 이상이 90% 넘고 C 학점 이상은 무려 99.2%나 된다. 웃어야 할지 울어야 할지.

그렇게 좋은 성적을 얻어 취직 전선에 나가면 어럽쇼, 정작

기업들은 그렇게까지 할 필요가 뭐 있느냐는 듯이 대한다. 비정규직, 그리고 백수가 매년 수십만씩 늘어가는 이유가 거기 있다. 이해될지 모르겠다며 웃던 학생이 한둘이 아니다.

－한국 자본주의 그 자체가 폭탄이에요. 말로는 무슨 약속인들 못 하겠어요. 청년을 일하게 하자고 정부는 외치지만 현실은 그렇지 못하다는 것을 그들이 모르겠어요?

이 교수는 곤혹스러운 얼굴로 고개를 끄덕였다. 학생들이 찾아와 이런 말 할 때가 제일 곤혹스럽다. 그 책임이 자신에게 있는 것 같기 때문이다. 그들을 가르치는 교수들이 조금만 잘했어도 그들이 그렇겠느냐는 생각이 들기 때문이다. 그렇다고 학점도 안 나오는 학생에게 분수에 넘치는 학점을 줄 수도 없다. 또 그래서는 안 된다. 하지만 잘 가르쳤다면 그들의 짐을 가볍게 해줄 수 있을 터인데 그런 생각이 자괴감이 되어 전신을 옥죄는 것이다.

큰 그릇의 음식을 작은 그릇에 막무가내로 쏟아부을 수는 없다. 그러려면 그들의 수준에 맞게 가르쳐야 한다. 그것을 불교에서는 대기설법이라 하던가? 암튼 그릇을 봐가면서 가르침도 펴야 할 것이었다. 그것이 올바른 가르침일 테니까.

그러면 오늘날까지 그렇게 가르침을 펴왔던가?

그렇게 물으면 할 말이 없다. 초등학생에게 미적분을 못 가르쳐 안달했다는 생각이 들기 때문이다.

찾아온 여학생의 친구도 중국까지 가 학점을 따왔다고 알고 있다. 학점을 따오면 뭐 하나. 대기업에 들어가 하청받은 회사의 용역 일이나 맡아 하다가 일이 끝나면 그 길로 백수가 된 학생이 수두룩하다. 200만 원도 안 되는 월급. 그것으로는 아파 누운 어머니 병원비도 모자란다. 그 바람에 아예 취업을 포기한 청년들이 한둘이 아니다. 거기에다 대학 다니느라 돌려막기 빚은 늘어만 가니….

일해도 먹고살 수 없는 사람이 사는 세상 속에서 젊은이들은 하나 같이 이대로 간다면 한국 자본주의는 절망이라고 부르짖고 있었다.

-일을 해도 더욱 가난해질 수밖에 없으니, 희망이 어딨겠어요. 그런 희망은 곧 절망이 되고 말지요.

그래서 젊은이들은 정부의 정책을 믿지 않는다고 했다. 국회의원들은 제 잇속 차리기에 바쁘고 그래서 정치가들을 협잡꾼들쯤으로 치부해 버리고 만다고 했다.

-거짓과 진실은 거리가 얼마나 될까요?

학점을 찾아 중국까지 갔다 온 그녀가 물었다. 다분히 정부에 원망기가 베인 음성이었는데 이 질문은 언젠가 돌중에게 자신이 했던 질문이다.

-한 뼘도 안 되지.

이 교수는 매우 아는 체하며 대답했다.

-이해할 수가 없네요. 한 뼘도 안 된다니, 좀 쉽게 말해주세요.

이 교수는 그녀의 마음을 헤아려 보다가 씩 웃으며 말했다.

-귀로 듣는 것은 모두 거짓이고 눈으로 보는 것만이 진실이

다.

그럴까?

지금도 그 생각을 하면 귀뿌리가 화끈거린다. 어떻게 그런 대답을 할 수 있었는지 아무리 생각해도 모를 일이다. 눈과 귀의 거리가 바로 진실과 거짓의 거리다. 묘한 거짓말이라는 걸 모를 리 없다. 그러나 현실은 누구에게나 절망적인 것을 어떡하랴.

귀로 듣는 것은 모두가 거짓이 아니며 눈으로 보는 것 또한 모두가 진실은 아니다. 우리가 보지 못하는 것이 더 많기 때문이다. 인간의 귀와 눈으로 듣지 못하고 보지 못하는 세계. 오히려 그것이 진실이다.

그래서인지 모르겠다. 이 교수는 자신도 모르게 옛날 알겠다고 해도 때리고 모르겠다고 해도 때리던 선생님을 떠올렸다. 선생님이 왜 그랬는지 이제야 좀은 알 것 같다는 생각이 들기 때문이다.

그런데도 그 이유를 그녀에게 설명할 수가 없다. 그 속에 대답이 있음이 분명한데 그것을 설명할 수가 없다.

답답한 것이 어디 그것뿐이랴.

그렇다. 이 세상의 모든 의혹을 명쾌하게 이해하고 살 수는 없다. 그게 인간이다. 이 세상 모든 것이 그와 같다. 마찬가지다. 존재의 실상, 즉 이 세상이 어떤 세상인지를 먼저 알지 않고는 결코 성공할 수 없다. 매우 관념적이고 사색적인 생각일지 모르지만 이게 현실인 것을 어떡하랴.

현실. 그렇다. 바로 현실이 문제다.

5

　물론 현실적인 생각을 해본다고 해서 앞서 거론했던 문제점들이 해결되는 것은 아니다. 우리가 지금 당면하고 있는 과제의 문세는 비단 오늘날의 문제가 아니라는 것쯤은 누구나 알고 있다.

　이 교수는 생각해 본다. 젊은 날도 그러했고 앞으로도 그럴 것이라는 생각이 들었다.

　그런 장애는 언제나 존재하는 것이므로 모순된 사회 구조 속에서 살아남으려면 그에 대비하는 방법부터 먼저 익혀가야 한다.

　지금까지 우리 학생들이 이 사회에 어떻게 적응하며 살아가고 있는가를 살펴보긴 하였지만 문제는 그것이 전부가 아니라는 사실이다. 그런 단편적인 면을 살펴본다고 해서 현재 젊은이들이 처한 현실을 제대로 알게 되었다고는 말할 수는 없다. 그들의 사회는 훨씬 더 냉혹하고 부조리할 것이기 때문이다.

　오늘도 청년들은 일거리를 찾아 방황하고 있다. 올해 대한민국 청년들의 실업률을 살펴보다가 이 교수는 다시 할 말을 잃었다.

　청년 실업률이란 15세~29세까지의 경제활동인구 중 실업자 비율을 말한다. 한국은 2023년 7월 기준, 청년 실업률이 6%

정도였다. 6월 중국 청년 실업률은 21.3% 정도.

한국의 현재 전체 실업률이 선진국에 비해 그리 낮은 편은 아니었다. 그런데 왜 청년 실업률이 전체 실업률의 몇 배에 달하는 것일까? 그 이유가 무엇일까?

대답을 찾아보았더니 채용에 그 답이 있었다. 우리나라 기업들이 청년들을 채용하지 않는다는 데 문제가 있었다. 리크루트의 조사 내용을 살펴보니 100대 기업체용 인원이 지난해보다 오히려 감소했다는 걸 알 수 있었다. 그들은 최대의 청년 실업이 예상된다는 예측까지 한 상황이었다.

이게 무슨 말인가. 그렇다면 어렵게 대학을 졸업하고도 올해 졸업자의 상당수가 취업하지 못하고 백수 신세를 못 면한다는 말이다.

그럼 어떡해야 하나?

반죽 속의 소

|

　자료를 찾기 위해 이 교수는 서점으로 갔다. 요즘 나온 경제 서적들을 들춰보았다. 잠시 살펴보노라니 참으로 희한한 세상이라는 생각이 들었다. 대개가 부자가 되는 법, 돈을 버는 법, 투자하는 법, 법, 법 그렇게 법을 가르쳐주는 데 혈안이 된 듯한 느낌이었다. 나도 그렇게 돈을 벌었나 하고 생각하면서 이 교수는 좀 좋은 내용의 것이 어디 없나 하고 이곳저곳 찾아보았더니 별로 공감할 만한 것이 없었다.

　막 문고를 나서려고 하는데 길가 쪽에 세단 하나가 와서 섰다. 차창이 스르르 열리더니 시커먼 선글라스를 낀 얼굴이 쓱 나왔다.

　-어이 이 교수.

　누군가하고 보았더니 출판업을 하는 노 회장이었다. 작년에 협회장 선거를 한다고 하더니 어떻게 된 것인지 결과를 알 수가 없었는데 반가웠다. 그래도 문화 쪽으로 신경을 쓰는 사람이라 지우들 쪽에서는 점잖기로 소문난 사람이었다. 이 교수를 확인한 그가 차 문을 열고 내렸다. 말쑥한 차림이었다.

　-아니 어쩐 일인가?

그는 이 교수가 후줄근한 옷을 걸치고 책이 든 비닐봉지를 들고나오는 모습이 가당찮게 보였던 모양이었다.

두 사람은 마주 손을 잡고 흔들었다.

-신세가 훤하네! 그려.

이 교수가 말했다.

-말은 들었지만 어쩐 일이야. 서점에 다 들르고?

이 교수는 어색하게 웃음을 흘렸다.

-정말 뜻밖일세, 이런 곳에서 자네를 만날 줄은.

-가세. 어디 들어가 차나 한잔하세.

마침, 서점 옆에 커피숍이 있어 두 사람은 앞서거니 뒤서거니 그리로 들어갔다. 자리를 잡고 차를 주문하고 나서 이 교수가 물었다.

-방금 내가 나온 문고 그대가 하는 것이지? 들어가면서도 그런 생각을 하긴 했는데, 소문에는 문고를 세 개나 인수했다는 말이 있던데…?

-말도 말게. 대형 문고를 계획할 때마다 부딪친다네.

-그렇겠지. 대형 문고가 들어서면 영세 서점들이야 살아남을 길이 없을 테니….

-건강은 어떤가?

그가 말머리를 돌렸다.

-뭐 늘 그렇지.

-이상은 없고?

-아직은. 자네도 건강해 보이는데?

-요즘에는 등산에 취미를 붙였다네. 다리 힘이 붙으니까, 정력도 좋아지고.

그가 말끝에 웃었다.

-애들도 잘 크지?

-그럼. 큰애는 미국에서 학교 다니고 있고 막내는 이제 고2야.

이 교수는 고개를 끄덕거렸다.

-그래도 여편네 잘못되고 나서 내 마음 알아주는 게 그것뿐이라네. 그 맛에 살지.

-그래. 고개 원래 어릴 때부터 애살맞았지. 살갑고. 날 더러 아저씨 아저씨 하며 따르던 때가 어제 같은데….

감회가 깊어 이 교수는 약간 들뜬 음성으로 말했다.

그랬다. 그 친구 딸이 초등학생이었을 때만 해도 회사 사정이 말이 아니었다. 출판업을 하면서 고전을 면치 못하던 때였다. 애를 데리고 집으로 자주 놀려오고는 하였는데 어느 날, '나 출판사 치웠네.' 하고 말했다.

-왜?

이 교수가 물었더니 도대체 못 해 먹겠다고 했다.

-사람들 심리를 알다가도 모르겠어. 솔직히 출판업에 뛰어들 때야 세상 사람들이 모두 읽을 수 있는 좋은 책을 낸다는 신조였는데 몇 번 실패하고 나니까 이제는 투자하기도 겁이 나.

-학생들 참고서 쪽으로 표적을 한 번 맞추어 보지 그래. 이 세상 사람들이 모두 읽을 수 있는 책이 어디 있겠나.

-그러게.

-목표가 정확해야 한다는 생각이야. 초등학생을 겨냥했다면 정확히 초등학생 수준에 맞는 책을 내야지. 그들 수요가 적다고 아이들이나 어른들이나 다 함께 읽을 수 있는 책을 구상한다면 글쎄….

-아무튼 더할 마음이 없다네.

-그럼 뭘 할 건가?

-나이트클럽을 하나 인수했네. 강남 쪽에. 이왕 출판으로 털어먹은 거 물장사나 해서 채워 볼지 하고.

어이가 없었다.

출판업자가 나이트클럽?

-그 장사도 쉽지 않다고 하던데….

이거 뭐가 잘못되어도 한참 잘못되었다고 생각하며 중얼거렸다.

-해보는 거지 뭐.

그는 술장사를 석 달도 하지 못하고 접었다. 출판업이나 하는 사람에게는 애초부터 무리였다.

술좌석에 어지간히 다니면서 그곳 생리를 전혀 모르는 것은 아니었겠지만 정작 손을 대보니 어안이 벙벙해 말도 나오지 않더란다. 요즘 들어 부비댄스라는 게 유행인데 현란한 조명 아래 젊은 애들이 몸을 바짝 붙이고 마주 비벼대는 춤이 유행이란다. 그러다 눈이 맞으면 호텔로 직행하고, 저녁 10시까지 아가씨들한테는 술값도 받지 않았다고 했다. 여자들이 많이 모여들어야 남자들이 물이 좋다면서 몰려들기 때문이었다. 그래야 부킹(즉 석만남)인가 뭔가가 잘 이루어져 매상이 올랐다는 것이나. 만취해 해롱대는 여자들을 골뱅이라고 부르는데 하룻밤 즐기려는 남성들에게 종업원들이 기를 쓰고 붙여 주는 게 성공의 비법이라고 했다.

어느 날 취해서 해롱대는 여자들을 룸으로 밀어 넣는 종업원들을 보고 있노라니까 딸이 생각나면서 내가 꼭 이렇게 장사해 돈을 벌어야 하는 생각이 들어 그만둬야겠다는 생각이 들더란다. 커나가는 아들딸을 보면 혹시 물이 들까? 겁이 더럭 나더란다. 술 먹고 해롱대는 여자애들도 집에 들어가면 귀여운 자식들일 텐데 내가 들어 버려 놓는다는 죄책감이 들더라는 것이다. 그 최전선에 자신이 서 있다는 사실이 실감이 나지 않아 다시 출판 유통 쪽으로 가닥을 잡았다는 것이다.

그러면서 그는 왜 자신이 이렇게 하는 일마다 안 되는지 모르겠다고 생각해 보았단다. 가만히 생각해 보니 잘못된 것들이 한둘이 아니었다. 자신도 모르게 자신을 망치고 있었던 습관들이 있었고, 하늘이 무너져도 지켜야 할 성공에 대한 어떤 법칙이 없었다고 했다. 그런 기준이 없다 보니 밥 먹듯이 직업을 바꾸게 되고, 돈이 될 것을 찾아 헤매는 사람이 되고 말았다는 것이다.

-타. 데려다줄게.

찻집을 나와 자가용 앞에서 노 회장이 말했다.

-아니야. 걸어갈게.

-타 그냥. 차 놔두고 걸어갈 거 뭐 있어.

-아니 다른 볼일도 있고.

-그래? 다음에는 술이나 한잔하자.

-그래.

이 교수는 그와 헤어져 걸었다.

어느 여름날

봄이 가고 여름이 오고 있는데도 왜 오고 있다는 생각이 들지 않는지 모를 일이다.

지난해 그 덥던 여름날. 산새와 매미가 자지러지고, 환장하게 덥던 더위가 기세를 꺾어서야 아, 가을이 오고 있다고 하던 때가 어제 같은데. 다시 여름이 오고 있다. 그 뜨거운 여름 햇볕을 견디기가 그렇게 힘들었을까? 산하를 할퀴던 태풍과 비바람.

학생들을 데리고 농촌 사랑 어쩌고 하면서 농촌 마을로 봉사를 나갔다.

현장에 도착해 이 교수는 솔직히 당황했다. 폭우에 쓰러진 벼포기들. 그것을 거머리에 물어뜯기면서 일으켜 세웠다. 모깃불을 피우고 평상에서 나누는 농주와 파전의 고소함.

경기도 상황마을. 김갑수 씨는 이제 나이가 쉰아홉이었다. 그런데 짐을 많이 져 어깨가 굽었다. 커가는 자식들 뒷바라지하느라 건강을 돌볼 사이가 없었던 것이다. 부인도 마찬가지였다. 허리가 아파 얼굴이 땅바닥에 닿을 듯했다. 그래도 아들 대학 공부는 시켜야겠기에 고추밭을 매고 돼지를 길렀다.

그 집에도 자식 농사의 시름이 있었다. 아들 하나가 지방대학에 다니고 있는데 말썽꾸러기라고 했다. 서울에 있는 대학에 시험 쳐 떨어지는 바람에 지방대학에 다니고 있는데 그곳이라도 보낼 수 있어서 다행이라고 했다.

그날 농주를 마시다가 혼쭐이 났다. 돼지 막에 전깃불을 넣은 것이 이상했었는데 밤 열 시쯤 수의사가 왔다. 돼지가 출산 기미를 보인다고 주인아주머니가 핸드폰으로 부른 것이다.

새 생명의 탄생을 보고 난 후 감격하여 농주 여섯 병이 모자랐다. 하필이면 그날 밤 그 집 아들이 집으로 왔다. 지방대학에 다닌다는 그 아들이었다. 이제 3학년이라고 했다. 그는 농촌 봉사를 나왔다는 서울 손님들을 노골적으로 반가워하지 않았다. 제가 시험을 쳐 떨어진 대학의 학생들이었기 때문이었다.

-뭐가 잘났다고 동정질이야. 봉사를 왔으면 곱게 할 것이지 술에 취해서 꼴 좋다.

그의 어머니와 아버지가 쉬쉬하며 말려도 아들의 성질을 말리지 못했다. 자다가 물벼락을 맞고 쫓겨나 보기도 처음이었다.

팬티 바람으로 내던져진 옷가지들을 주섬주섬 주워 들고 삿대질을 해대는 아들을 멍하니 바라보고 선 꼴이라니.

이웃에서 구경 나와 킥킥거렸다. 물벼락도 보통 물벼락이 아니었다. 설거지한 구정물이라 시래기와 콩나물을 제대로 뒤집어쓴 학생도 있었다.

요즘 대학생들이 처한 상황을 파악하고 다닌다고 하니까 한 학생이 이런 말을 했다.

-교수님, 그러니까 뭡니까? 분명한 것은 절망만 하고 있을 수 없는 게 아니냐 그 말 아닙니까?

이 교수는 고개를 끄덕였다. 그의 질문이 당연하다는 생각이 었고 그것이 우리 인생사라는 생각이 들었다.

그러자 그 학생은 무례하게도 '그렇다고 하십시다. 그러나 제가 보기엔 선생님도 뭐 특별히 성공한 것 같지는 않은데요' 하는 표정으로 바라보았다.

이 교수는 그날 슬며시 시선을 돌리고 말았다.

그렇다. 내가 누구인가? 내가 무슨 크나큰 성공을 거두었는가. 아니다. 겨우 강단에 서서 얕은 지식 팔아먹고 있고 머리를 쥐어짜 책 몇 권 낸 것밖에 없다. 그렇다면 1등 인생은 못 된다. 그런데도 왜 1등 인생들에 무엇인가를 말해주고 싶은 욕망을 지금도 가지고 있는 것인지 모를 일이다.

이 교수가 대답 못 하고 있자, 학생이 다시 물었다.

-교수님이 말하던 전환의 법칙 말입니다.

-전환의 법칙?

-도대체 어떤 전환을 말씀하시는 것인가요? 절망을 희망으로 전환하라. 그런 말씀 같은데 그게 그렇게 쉽나요? 절망을 어떻게 희망으로 전환하죠?

한 마디로 구호성 발언은 집어치우라는 말이었다. 절망을 희망으로 바꿀 비전도 제시하지 못하면서 절망을 희망으로 전환하라고 한다면 그게 입에 발린 구호성 발언이 아니고 무엇이냐는 말이었다.

학생은 그렇게 묻고는 다시 이렇게 말했다.

-아무리 선생님이 그렇게 우리에게 신경을 쓰신다고 해도 제 생각엔 선생님을 위한 헛된 공명심으로밖에는 생각되지 않는데요.

-무언가 오해를 한 것 같군.

어떻게 나온다는 말이 그렇게 나왔다.

-오해한다고요? 아닙니다. 우리들을 향한 교수님의 달갑잖은 신심이 한낱 공명심에서 비롯된 것이라는 말을 한 겁니다. 도대체 우리들의 대변자처럼 들쑤시고 다니면서 무엇을 바꾸었습니까?

조롱기까지 느껴지는 학생의 음성이 섬뜩하기까지 했다.

이 교수는 할 말이 없었다.

-물론 생각했겠죠. 현실이 지옥 같다면 그 지옥을 천상으로 바꾸면 될 것이 아닌가 하고.

그렇게 말하고 학생이 픽 웃었다. '촌스럽기는' 그의 표정이 그렇게 말하고 있었다.

-이놈의 현실 말입니다.

-현실?

이 교수가 그렇게 되뇌자, 학생이 다시 웃었다.

-이놈의 현실이 절망적이라면 바꾸면 될 것이 아니냐 그 말 아닙니까?

-분명한 것은 선택해 절망이 시작된다. 그럼 전환해야 할 것이 아닌가. 절망이 아닌 전환은 그냥 얻어지는 것이 아니라는

생각이야.

학생 또 픽 웃었다.

-여전히 입에 발린 소리를 하시는군요. 우리도 그 정도는 압니다. 그것을 얻으려면 먼저 작은 마음을 큰마음으로 바꾸어야 할 것 같다는 말이지요? 그래야 사나운 현실과 맞설 수 있을 테니까 말입니다.

그렇게 말하고 학생이 갑자기 사납게 시선을 들었다.

-당신들의 그 위선기. 그러면서 교수임네 하고, 우리들이 절망하면 잘됐다, 하고, 그 난관을 뚫고 나갈 인품과 지혜를 말씀하시고…. 세상을 똑바로 보실 양반들은 바로 당신들이라는 걸 좀 배우시죠. 우리도 압니다. 소인의 태를 벗고 대인으로 태어나야 한다는 걸. 그렇지 않고서야 일어설 수 없다는걸.

그날 이 교수는 말 한마디 하지 못하고 집으로 돌아왔다. 더위가 느껴지지 않았다. 속에서 울음보가 터져 눈으로 흘렀다. 모든 성공은 작은 마음이 큰마음으로 바뀔 때 찾아오는 것으로 생각했었다. 큰마음을 일으키는 인품이 선행되지 않고 어떻게 행복으로 이끌 진취적인 지혜의 빛이 찾아오겠느냐고 생각했다.

내가 무엇인가를 대단히 잘못 생각하고 있는가?

어려운 대학 생활. 그들의 고민이 어디에 있는지를 알고자 했다. 이곳이 지옥이라면 천상으로 전환해 보자고 생각했었다. 그러므로 그들을 만났고 피 팔이 아버지를 만났다. 그렇게 대학을 마쳐 사회로 나간 학생들. 아직도 한국 사회는 대학생들이 졸업하고 나가 곧바로 적응하기가 쉽지 않은 형편이다. 실력이 좋아 취업한다고 하더라도 제대로 된 가치관이 형성되어 있지 않고서는 제대로 사회에 적응할 수 없다.

실력이 있어 취업이 된 학생도 그러한데 취업이 되지 못하고 덜렁대는 친구들은 어떡하나?

내 생각이 정말 오산이었던가?

청년 실업 증가 원인이 대기업이 신규 채용을 안 하기 때문이라고 생각했었다. 아니 설령 취업이 되었다고 하더라도 언제 어느 때 직장에서 쫓겨날지 모른다는 사실이 경기 침체 때문이라고 생각했었다.

그런데 오산이었다?

섣부르게 우리를 재단하지 말라는 말이었다. 책임지지도 못하면서 남의 인생에 감 놔라! 대추 놔라 하지 말라는 말이었다.

그러면 왜 지도교수가 필요하고 상담 교수가 필요한가?

그렇다. 그들을 지도하고 간섭할 수는 있어도 그들의 생활 자체가 될 수는 없다. 그것이 교수와 학생 간의 한계였다. 교수가 학생의 밥이 될 수 없고 피가 될 수 없다는 것이 오늘 대한민국이 가진 한계였다. 그들의 아르바이트를 대신해 줄 수도 없고, 실험실의 쥐가 되어 죽어가도 그들이 될 수도 없고, 피를 대신 팔아줄 수도 없고, 식당의 식판을 대신 닦아 줄 수도 없다는 데 문제가 있다.

도대체 교수로서 할 수 있는 것이 무엇인가? 그들의 정신적 지주가 되어주어야 한다고? 그들의 의지처가 되어주어야 한다고?

　세간의 보살 유마 거사가 호통치고 있었다.

　저기 있는 저 힘 없는 자들이 바로 너다. 너임을 알 때 진정한 베풂이 이루어지리라. 그것이 본래면목이다.

　그렇구나! 그것을 잊고 있었구나.

"

회광반조(回光返照)라는
말이 떠올랐다.
되돌려 비춘다?

"

제5장

전환을 위한
조언

입속의 검은 혓바닥

|

1

고등학교 다닐 때 알겠느냐고 묻던 선생님이 어느 날 이런 말을 했다. 선생이 되기 전에 사법시험을 여섯 번 정도 보았다. 그런데 번번이 낙방했다. 나중 낙방한 이유를 가만히 생각해 보니 법을 공부하면서 나름의 사견이 생기더라. 아하, 이게 법이구나. 그런 생각이 들기 시작하자 이 법은 이렇게 고쳐져야 하지 않을까 하는 생각이 들기 시작했다. 그래서 시험을 칠 때마다 자신의 사견을 해답으로 제출했고 언제나 낙방이라는 고배를 마셨다.

집으로 돌아온 이 교수는 한동안 바깥출입을 하지 않았다. 자꾸 그 생각만 떠올랐다. 자기법. 나도 나의 법이 생겨 버린 것일까?

하지만 직업의 가치관이 조금씩 변해 간다면 이 세상은 어떻게 될까? 가치관의 전환이 이루어진다면 이 땅의 고통받는 젊은이들은 어떻게 될까?

그날 역사 선생님의 말씀을 곰곰이 생각해 보면 자신의 주의 주장은 때로 자신을 돋보이게 할 수도 있지만 어설픈 논쟁에 휘말릴 소지를 안고 있다는 말이었다. 그러니까 너희들은 세상으로 나가 모나게 살지 마라, 그런 말이었다.

그런데 문제는 그런다고 해서 모든 것이 해결될까, 하는 것이다. 그럼 어떡해야 이 난관을 해결할 수 있을까?

며칠을 생각해도 확실한 대답이 떠오르질 않았다. 술을 한잔하고 밤길을 걷다 보면 모든 것이 앞의 어둠처럼 막막했다. 언젠가 밤안개가 걷히고 햇살이 비칠 날이 있을 것이다.

그러리라 싶었다. 아니 싶다가 아니라 그럴 것이었다.

그러나 아직도 눈앞의 어둠은 저리도 깊다.

밤새 잠을 이룰 수가 없었다. 새벽녘에 창밖을 내다보니 햇살이 이제 일어서고 있었다. 문득 회광반조(回光返照)라는 말이 떠올랐다.

되돌려 비춘다?

학생에게 호되게 당하고 할 일 없이 떠돌다가 아는 작가와 두어 번 만났다.

작가들은 만날 때마다 울상이었다. 글쟁이들이 하나 같이 책이 안 팔린다고 야단들이란다. 어떤 이는 고향으로 봇짐을 싸는 이도 있고, 시골로 아예 거처를 옮기는 이들도 있다고 했다. 자신도 이러다가는 시골행이 되는 게 아닐지 하는 생각이 요즘은 가끔 든다고 했다.

이 사람을 만나봐도 그렇고, 저 사람을 만나봐도 학생으로부터 받은 상심이 가시지를 않았다.

2

돌중이 보고 싶어 사원 주위를 맴돌다 왔다.

무정한 놈.

돌아와 아무리 생각해도 만나지 않고는 배길 수가 없다.

다시 찾아갔다. 돌중이 문을 열고 멍하니 바라보더니 탁하고 문을 닫아 버렸다.

-정말 안 보려고 하는가?

-가서 어미 젖 더 먹고 와라. 그런 뒤 이 문고리로 들어올 수 있으면 들어오너라.

-아니 지금 그걸 말이라고 하는가?

-도가 통하면 문고리가 네 몸만큼 커질 게다. 그때 오너라. 그때까지 우리의 인연을 끊어 불자.

-에이 무정한 사람. 나 정말 마음이 아프다고. 전환, 전환 해대다가 가르치는 학생한테 한 방 맞았다고.

고소하다는 듯이 히히히 웃는 소리가 들려왔다.

-어이 무정한 인간.

그러면서 돌아섰다. 그때 문이 열렸다.

-너 방금 뭐라고 했냐?

-뭐?

-전환이라고 했냐?

이 교수는 풀썩 웃었다.

-그래.

-야, 이 용렬한 인간아.

-용렬한?

-그래. 전환이란 말을 함부로 쓰고 돌아다니더니 꼴좋다.

-그러게.

문을 열어 말을 붙여 주는 것만 해도 반가워서 맞장구를 치며 웃었더니 인상부터 썼다.

-웃기는, 웃으니 좋다. 그래 전환이 어쨌다고? 너 그럴 줄 알았다. 전환, 전환하고 똥 마려운 강아지처럼 낑낑대며 돌아다니더니. 그래. 나도 물어보자. 돼지국밥을 소고기국밥으로 바꾸는 게 전환이냐?

무슨 말이 이래 싶었다.

-말뽄새 하고는.

-야 이놈아, 돼지국밥을 소국밥으로 전환할 능력도 없으면서 전환, 전환하니까 대가리 피똥도 안 마른 것들 한데 당하는 거 아녀.

-너 지금 그걸 말이라고 하냐?

돌중이 잘됐다는 듯이 작정하고 약을 올리기 시작했다.

-왜 내가 안 할 말 했냐? 그러면 어떡해야 할까? 우선 그 화부터 삭여야겠지? 그게 전환일 테니까. 화를 바꾸면 뭐가 되겠냐? 아마 평화가 올 거다.

-이 화상이 증말.

-네놈이 전환, 전환하니까 하는 소리 아니냐. 어떻게 돼지국밥을 소국밥으로 전환 시킬 수 있겠느냐 그 말이다?

이 교수는 그만 화가 머리끝까지 뻗쳐, '관두자. 이러다 큰일 나겠다.'하고 돌아서려는데 그가 다시 비웃었다.

-하이고, 그래도 교수래. 교수가 씨가 말랐나.

이 교수가 도저히 참을 수가 없어, '더러운 화상아.'하고 갈아붙였더니, '너 대학 선생, 그만둬라.'하고는 니물니물 웃었다.

-안 그래도 그럴 참이다.

-학생을 가르친다는 사람이 돼지국밥을 소국밥으로도 못 만들면서 어떻게 교육사업을 한단 말이냐?

-치워라. 이놈. 듣는 내가 불쌍하지.

-바쁜 세상에 무슨 농담?

-아 아니 이 작자가 정말.

-거 전환이란 소릴 그렇게 흘리고 다니는 거 아니다.

-그만 못 하겠냐?

-내 그 방법을 가르쳐 줄까?

-뭐야!

-간단하지.

-뭐가 간단해?

-일체유심조(一切唯心造)!

이 교수는 집으로 어떻게 돌아왔는지 몰랐다.

일체유심조라는 말이 귓가에서 맴을 돌았다.

그렇다는 생각이 들었다. 마음을 돌리는 작업. 분별. 고정관념….

집으로 돌아와 잠을 청했는데 뒤에서 돌중이 지르던 고함이 쟁쟁거려 잠이 오지 않았다.

-그건 아메 작은 맴으로는 안 될 것이구마. 큰 매음 묵어야제 암.

작은 마음과 큰마음. 돼지국밥을 소국밥으로 전환하려면 먼저 작은 마음을 큰마음으로 바꾸어 쓸 수 있는 인품과 지혜가 필요하다. 그걸 누가 모를까? 지금까지 가르치고 또 가르쳐 오던 것이었다. 그런데 돌중의 말. 일체유심조. 그 말이 좀처럼 잊힐 것 같지 않았다. 그럴 때 소인의 태를 벗고 대인으로 태어날 수 있을 것이라는 그 망할 중놈. 진정한 전환은 작은 마음이 큰마음으로 바뀔 때 찾아온다는 그 말이 새삼스럽게 가슴을 찔렀다. 그것은 곧 큰마음을 일으키는 인품이 선행되지 않는다면 행복으로 이끌 진취적인 지혜의 빛은 찾아오지 않는다는 말이었다.

꿈을 꾸었더니 돌중이 보였다. 돌중이 느닷없이 물었다.

-참 너 출가 어쩌고 하더니 그거 뻥이였냐? 그냥 해본 소리였어? 에라이 졸장부야.

-나 정말 세상 살기 싫다. 여진이 때문에 절망하다가 학생들로부터 희망을 보았는데.

-아직도 미련이 남았다는 말이냐?

-이상하게 또 출가란 말이 떨어지지 않아.

-잡놈. 호강에 바쳐 용춤을 추는구나.

-남의 말이라고 자꾸 그러지 마라.

-너 섭할 거 읐다. 그래. 생각해 보자. 도대체 왜 또 출가의 염이 재발 됐다는 거냐? 그래, 좋다. 이유 같은 것이야 그렇게 중요치 않으니까. 그래 출가했다고 하자. 출가해서 역경을 헤치고 천신만고 끝에 번뇌를 떨치고 고요함을 얻었다고 하자. 그런데 그것이 네놈이 사회에서 성공한 것과 뭐가 다른데?

-뭐? 그걸 말이라고 하냐?

-질적으로 다르다?

-당연하지.

으하하 하고 돌중이 웃었다.

그는 한참을 웃다가 이런 말을 했다.

-너 부처가 왜 위대한 줄 아냐?

-뭐?

-왜 위대한 줄 아냐고?

-그야….

-어어어, 잡소리는 치우고, 말하자면 있는 것을 버렸기 때문이라고 대답할 참이었지?

-그래.

-그러니까 있는 것을 비우시겠다?

-그래.

-너 뭘 오해하나 본데 부처는 확실히 너보다는 큰사람이었어.

-뭐?

-안 그렇단 말이냐?

-그래. 인정해.

-뭘 인정해?

-나보다 잘난 사람이라는 걸.

-그게 아니고. 너 같은 졸장부는 아니었다 그 말이야.

-뭐?

-부처는 적어도 네가 이룩한 그만한 걸로 성에 차지 않던 분이었다 이 말이야. 그는 왕자였어. 앞으로 전륜성왕이 될 사람이었지. 그런데도 성에 차질 않았다 그 말이야. 나라 전체를 가지고도, 아니 세상 전체를 가지고도 성에 안 차더라, 이 말이야. 그래서 그 양반은 허허롭게 빈 마음을 더 채우려고 떠났다 이 말이야.

-그러니까 욕망으로 꽉 찬 마음을 비우기 위해 수행을 했던 것이 아니다 이 말이냐?

-이게 정말 계속 옛날 버전으로 나가네. 그게 아니라니까. 왜 비워. 너 아직도 공이 빌 공자니까 빈 것으로 생각하고 있나 본데 그렇다면 너 정말 신세 조지는 거다. 그거 빌 공자 아냐. 찰 공자다. 차는 공이 아니고 가득할 공자다 그 말이다.

-뭐로 그 속을 가득 채워?

-그건 내가 알 바 아니고. 아무튼 그래서 그는 마음을 채우려고 수행했는데 수년 만에 새벽에 떠오르는 별을 보고 그 마음을 가득 채웠다. 가득 채우고 나니까 그제야 '아하' 하는 생각이 드

는 거야.

　-가득 채우고 나니까 가득 채울 이유가 없다는 걸 알았다?

　-그래도 밥통은 아니구나. 말을 알아듣는 걸 보면. 그래서 도로 비워 버린 거야. 여기 모자란 놈이 하나 있어 죽기가 싫어서 수행을 열심히 했다. 그래서 죽지 않는 경지를 얻었다고 하자. 얻고 나니까 죽지 않을 이유가 없는 거야. 그래서 죽어 버린 거야. 그 경지를 알겠냐?

　-그걸 알면 내가 왜 출가할 생각을 또 해.

　-너 엄살이지? 마음대로 안 되니까 그때마다 어린양 부리듯 부처에게 투정하는 거지? 네놈이 그 이쁜 마누라 나 몰라라 하고 출가할 놈이 아니지. 그럼, 이놈아 여기가 쓰레기장이냐? 너 같은 놈이 오면 막 받아주게. 중이 되는 복도 보통 복으로는 안 되는 것이다. 내가 보기에 넌 근기가 모자라.

　-근기가 모자란다고?

　-그래. 부처가 중생을 제도할 때 근기를 봐가면서 제도했다는 말은 들어는 보았겠지?

　-그래.

　-그게 무슨 말이냐 하면 소를 잘 잡는 백정에게는 계속 소를 잘 잡는 법을 터득하라고 했다는 말이 있거든.

　-말도 안 돼.

　-뭐가 말이 안 돼?

　-아니 살생을 금기로 하는 집안에서 살생하라고 시킨다는 말이 아니냐?

-그렇지.

-그게 말이 돼?

-그러니까 넌 대승의 근기는 아니다 그 말이야.

-뭐?

-모르겠다. 하지만 잘 생각해 봐라. 왜 살생을 금기시했던 양빈이 왜 살생을 잘하는 법을 터득하라고 했는지. 그럼, 답이 나올 것이니까.

-그러니까 나보고는 너는 학생들 가르치는 것만 생각하며 공부했으니까 그 공부를 가르치는 데 주력해라. 그러면 도가 터질 테니 그때 버릴 생각이 들 것이다. 그게 바로 부처다? 그 말 아니냐?

-그래. 이제야 머리가 좀 돌아가나 보네. 그래 맞아. 더 공부할 게 뭐 있어? 그게 부처지.

-그럼 내가 부처란 말이냐?

-그래. 난 네가 부처로 보인다. 그런데 부처가 부처 공부를 왜 하러 가?

-그럼, 나는 네가 부처로 보이지 않는데 그건 어떡하냐?

-그건 내가 부처가 아니니까. 그래서 중질하잖냐. 젠장 너처럼 뭐가 있어야 버리지.

-유불여불이라고 부처 눈에는 부처만 보이고 개 눈에는 개만 보인다던데 그건 어떻게 설명할래?

-그거 거짓말이야. 부처의 경지에 들어야 부처의 마음을 알 수 있다? 그거 옛날 버전이야. 지금은 그런 버전 없어. 부처의

눈에도 개는 개로 보이고 부처는 부처로 보이는 거야. 야, 생각
해 봐라. 부처의 눈에 모두가 부처로 보였으면 팔만대장경이 왜
있냐. 왜 중생을 제도했겠어? 너 그런 뜻이 아니잖아하고 토 달
겠지만, 그거 어렵게 생각할 거 없다. 물론 그런 뜻은 아니지.
다른 상징적 의미가 있으니까.

-그게 뭔데?

-그게 분별이라는 거다. 아니다 기다.

이 교수는 할 말을 잃고 눈을 감았다.

-야 그렇다면 분별하지 말라 해놓고 분별을 제일 많이 한 사
람이 누구냐? 부처 아니냐. 넌 중생이다. 난 부처다 그렇게 말
이다. 그러니까 그럴 필요 뭐 있어.

-엄연히 다르니까.

눈을 뜨고 한다는 말이 그렇게 불쑥 나왔다.

-뭐가 달라? 그 말이 그 말이지. 다르다고 생각하는 네 사고
방식이 다른 거지. 뭐가 달라. 그러니까 거짓말이지. 비운다는
것을 안다면 그래서 비울 수 있다면 바로 그게 부처야. 부처 마
음을 이해했으니까. 부처가 가르친 게 그것이었거든. 너는 더
비울 게 없어. 비울 게 없는데 굳이 절에 들어가 닦을 게 뭐 있
어. 사랑은 그래서 위대한 거다. 때로 욕심꾸러기를 너처럼 비
워 버리게도 만들 거든.

-정말 나 출가하지 말란 말이냐?

-너 속을 내가 모를 줄 알아.

-뭘 아는데?

-너 멘토인가 뭔가 맡으면서 학생들 돌아보니까 세상 더럽지?

말하면 뭐 하냐는 표정으로 이 교수는 눈을 감았다.

-학생들은 대학을 마치기만 하면 성공한 것처럼 굴고?

-맞아.

눈을 감은 채 대답했다.

-하나 같이 판검사 같은 지위를 얻겠다고 피를 팔고 지랄을 해대니 우째 헷또가 돌지 않겠냐. 개백정도 사람이고 소백정도 사람인데 부모들은 제 자식 죽어도 그런 험한 일을 시키지 않으려 하고?

-맞다! 직업의 형평성에 문제가 있다고 생각했다.

-그래서 전환을 생각했다?

-직업의 가치관. 그 가치관이 변하지 않는다면 우리의 젊은 이들이 지옥에서 벗어나지 못한다는 생각에.

돌중이 픽 웃었다.

-웃기고 있네, 너 인간이란 동물한테 지나칠 정도로 환상을 가지고 있는 모양인데 원래 인간이란 동물은 그렇게 태어난 동물이 아니야. 서 있는 것보다 앉는 것이 편안하니까 앉으려 하고, 앉아 있는 것보다 눕는 것이 편하니까 눕는 것이 살아 있는 생물의 본능이야. 너 백정의 눈 본 적 있냐. 살아 있는 생물을 죽이는 눈 말이다. 살기가 자동차 헤드라이트처럼 뻗치는데 어떤 부모가 제 자식 백정을 만들고 싶겠냐. 그런데 그런 부모나 자식에게 직업관을 전환하라. 그게 말이 돼?

-왜 말이 안 돼?

-뭐?

-직업이니까. 그들이 없다면 우리의 밥상이 풍족해질까? 조상의 제사상에 소고기를 어떻게 올리나. 너 아까 뭐라 그랬냐? 부처가 소 잡는 백정에게 살생을 잘하는 법을 터득하라고 가르쳤다고 하잖았냐. 이제 와 왜 딴소리야?

그제야 돌중이 비싯비싯 웃으며 기세를 꺾었다.

-그거야 당사자가 아니니까 하는 소리지. 네가 자식에게 소백정질 시킬 거는 아니잖아.

너, 네 자식에게 그런 일 시킬 수 있냐? 부모 마음 다 똑같은 거야.

-그러니까 직업의 형평성이 잘못되었다고 하는 거 아냐.

-야. 어떻게 그게 네 힘으로 되것냐. 아마 동학란이 다시 일어나도 그건 못 고칠 거다. 그러니까 가서 돈이나 열심히 벌어. 대갈빼기 피도 안 마른 것들이 네놈이 직업관을 전환하라고 한다고 해서 전환할 것 같아. 그들의 부모들이 내 새끼 소백정 시킬래 할 거 같애. 그거 너 혼자 힘으로는 힘든 거다. 똥 싸지 말고 책 내서 인세 챙기고, 교수 월급이나 꼬박꼬박 받아 챙겨. 그래서 나도 고기 좀 사주고, 나보다 더 어려운 사람이 있으면 좀 돕기도 하고. 부처가 따로 있냐. 중생 구제하려고 서원 세운 사람이 부처지. 너 돈 많이 벌어 어려운 사람 돕는 거 그게 부처가 할 일 아니냐. 그럼 됐지, 나 봐라. 돈이 없으니까 부처 행세 제대로 못 하잖냐. 그래서 맨날 부처에게 목 달아매잖냐. 애들 어

떻게 구제하겠냐고. 넌 재산이 많아 아마 마음만 먹는다면 네 명이 아니라 사백 명, 사천 명도 구제할 수 있을 거다. 그게 부처지 다른 게 부처냐. 야, 부러워 죽겠다야.

눈을 뜨니 꿈이었다. 무슨 꿈이 이래 싶었다. 현실처럼 너무 생생해서 간밤에 돌중에게 갔다 왔나 싶었다.

아무든 이제 꿈에까지 나다니 호령질이었다.

내가 그대를 안을 때

|

저녁 무렵 대중탕에 다녀왔다. 힘이 없어 보였는지 아내가 걱정스러움을 나타냈다.

-약 좀 지을까요? 통 힘이 없어 보이네.

모처럼 아내가 생기를 차리고 관심을 나타내자, 기분이 묘했다.

-괜찮아.

집골목으로 들어섰는데 뜻밖에 전환 어쩌고저쩌고하며 힐문을 서슴지 않던 그 문제의 학생이 대문 앞에 앉아 있었다. 차를 주차하고 대문으로 다가가다 말고 그를 발견했는데 가슴이 쿵하고 무너졌다.

-여긴 어쩐 일이야?

이 교수가 물었다.

-아무래도 이상한 생각이 들어, 이렇게 찾아왔습니다.

-내일 학교에서 만나지.

-사실 선생님의 글을 한편 우연히 읽었거든요,

-무슨 글?

-뭐 별 건 아니었습니다.

학생이 안주머니에서 신문지 한 장을 꺼냈다.

　-여기 이 글요. 교수님이 쓰신 거 맞죠?

　이 교수가 신문을 받아보니 일전에 전환에 관해서 쓴 글이 맞았다. 이런 내용의 글이었다.

　《옆집에, 시장통에서 콩나물을 피는 아주머니 한 분이 살고 있었다. 아침마다 아들과 어머니가 실랑이하는 소리를 들어보면 이게 사람 사는 세상인가 싶기도 했다.

　-아니 없다는디 어째 그랬샤?

　-도저히 시끄러워서 공부가 안된다니까요.

　-수일 내로 맹글어 줄 텐게 참아 보더라고.

　-엄니!

　-묵고 뒈지려고 혀도 지금은 없당께.

　그녀의 아들은 이제 대학 2학년이다. 법대에 다니는데 집에서는 공부가 되지 않는단다. 그래 고시촌에 들어가 방을 하나 얻어야 하겠는데 그래서 맨날 그의 어머니와 실랑이였다. 아침마다 싸우는 통에 여유가 있으면 돈을 주고 싶을 정도였다.

　어느 날 나는 학생을 조용히 불렀다.

　-공부 잘돼?

　-그저 그냥요.

　-왜?

　-시끄러워서요.

　하긴 싫었다. 단독이긴 하지만 겨우 방 두 개에 식구가 무려 여섯이다. 어머니는 시장에서 난전 장사를 해 여섯 식구를 먹여 살린다. 남편은 제작 년인가 건설 현장에서 허리를 다쳐 운신 못 하고 누웠다. 학생 밑으로 동생만 셋. 어린것들이고 보니 여간 시끄럽지 않다.

그렇게 시끄러워 공부 못 하겠으면 학교 도서관이라도 사용하면 될 것이 아니냐고 말하려다가 그만두었다. 학생은 애초에 그럴 마음이 없어 보였다. 학생은 일찍 도서관으로 가 줄을 서서 자리 잡기가 싫은 것이다. 고시텔이나 얻어 자기만의 공간을 어떡하든 만들고 싶은 것이다. 그러니까 그 구질구질한 곳으로부터 탈출하고 싶어서 안달이었다.

한 마디로 콩나물 장사하는 어머니를 들볶아서라도 제 이익만 취하겠다는 말인데 벨이 좀 뒤틀린 내가 말했다.

-고시텔에 꼭 들어가야 공부가 될 것 같아?

-그렇게들 하니까요.

-그럼, 도술을 좀 배우지 그래?

내 익살에 학생은 남은 심각한데 웬 농이냐는 듯이 이마에 쌍심지를 세웠다.

-내가 생각하기에는 그 방법밖에 없을 것 같은데…….

학생이 그제야 비시시 웃었다. 교수님도 참! 하는 눈치였다.

-농담하세요?

-내가 왜 농담을 해.

-그럼요?

-그럼, 고시텔에 갈 방법이라도 있나?

-갈 겁니다.

-어떻게?

-엄마가 보내 준다고 했습니다.

-돈이 없는 모양이던데.

학생도 알고 있었다. 콩나물 한 줌씩 팔아 고시텔에 들어갈 돈을 마련해주기는 틀렸다는 걸. 아니 들어간다고 하더라도 매달 내는 세를 어떻게 감당하나.

-그러니까 뭡니까? 절 고시텔에 보내 줄 도술이라도 부려보시겠다는 말씀입니까?

보기보다는 꽤 맹랑한 친구였다.

-그래.

-어떻게요?

그는 아연한 표정을 지으면서 말을 받았다. 기분이 좀 상한 어투였다.

나는 그를 향해 똑바로 돌아섰다.

-간단하지.

-간단해요?

-도술을 좀 부리면 되지.

-도술요?

내가 그의 가슴을 '탁' 쳤다.

-여기 뭐가 있나?

학생이 눈을 크게 떴다. 잠시 후 학생이 노골적인 불쾌를 나타냈다.

-농담하세요? 그러잖아도 화딱지 나는 판에?

학생이 인상을 찌푸리며 고함을 질렀다.

-가슴이 있지?

-아니 정말?

-가슴이 뭔가?

-뭐라니요?

-가슴이 마음 아닌가?

-예에?

-마음 아닌가 말이다.

그제야 학생은 소금기둥처럼 얼어붙었다.

내가 흐흐흐 웃었다.

-이제 감이 좀 잡히는가 보네. 맞다. 마음만 좀 돌리믄 되지.

그날 밤 그 학생은 분해서 잠을 이루지 못했을 것이다.

-그건 아마 작은 맴으로는 안 될 것이구마. 큰 매음 묵어야제 암.

돌아서던 그에게 마지막으로 내가 한 말이었다. 언젠가 그놈의 돌중이 하던 말이었다. 그 옹졸한 친구는 어쩌면 그 말을 생각하며 이를 뽀독뽀독 갈았을지도 모른다.

그렇지 않다면 그렇다는 생각이 들었을지도 모른다. 마음을 돌리는 작업.

별것도 아닌 것 같지만 작은 마음을 큰마음으로 고쳐먹는 작업 그게 바로 전환이다. 그렇다. 전환의 이 법은 마음을 돌리는 작업이다.

세상사 모든 것이 마음 하나의 장난이라면 작은 마음을 내는 것도 자신이요, 큰마음 먹는 것도 자신일 터이다. 그럼 이왕 작은 마음을 지을 이유가 없다. 큰마음으로 바꾼다면 세상 살기가 훨씬 수월해질 테니까 말이다.

작은 마음이 무엇인가?

시끄러워서 공부를 못 하겠다는 것이 작은 마음이다.

그럼, 큰마음이 무엇인가?

시끄러운 시장바닥에서도 글을 읽을 수 있는 경지가 큰마음이다.

그렇게 생각해 보면 마음먹기에 따라 공부하기에는 조용한 곳보다 시끄러운 시장판이 나을지 모른다. 시장판에서 넘어지면서 일어나면서 하는 공부 그게 진짜 공부일 수도 있을 테니까 말이다. 바로 마음먹기에 달렸다는 말이 그래서 나온 것이다.

오늘도 학생들은 조용한 곳을 찾아 공부하고 있다. 조용한 곳이 공부가 잘된다고 생각하는 것이다. 그럼, 귀를 막으면 된다. 너는 떠들어라. 나는 공부하겠다 그러면 만사 오케이다. 그렇지 못하면 평생을 고정관념과 싸워야 한다. 공부는 꼭 조용한 곳에서 해야 한다는 고정관념이란 놈과 말이다.

학생이 아침에 오더니 이렇게 말했다. 밤새 끙끙거렸던 것이 틀림없었다.

-자신만의 기준과 견해에 사로잡혀 모순된 행동을 보인다 그

말인가요? 그러니까 교수님은 지금 제가 고정관념에 사로잡혀
있다 그 말을 하는 것 같은데요?

제 어미 속을 썩여서 그렇지 제법 똑똑한 학생임에는 분명했
다.

나는 고개를 끄덕거렸다.

그러자 그가 말을 이었다.

-그러니까 그렇게 고정관념은 비합리적이며 사실적 근거 없
이 행동한다, 그 말인가요?

나는 눈을 감고 말았다. 마음을 좀 돌려보라고 설득해서 될
성질이 아닌 것 같았다. 이미 고정관념이란 놈에 의해 눈멀고
귀 먼지 오래된 것이 분명했다. 고정관념은 사랑 병보다 더 심
한 것이다. 한 번 사로잡히면 남의 충고에 귀 기울이지 않는 것
이 특징이다.

아들이 공부하겠다는데 콩나물 장사하면서 얻어주지 못하는
어머니의 마음은 어떨까 싶어 다음 날 학생을 불러 봉투 하나를
내놓았다.

-뭡니까?

학생이 내게 물었다.

-밤사이에 도술을 정말 부린 모양이야?

-예?

-고시텔을 얻는 데 보태.

학생이 눈을 가만히 감았다 뜨더니 봉투를 도로 밀어버렸다.

-지금 절 동정하십니까?

나는 고개를 내저었다.

-아니야. 나중에 갚아.

-필요 없습니다.

-왜?

-어제 선생님이 준 약에 취했거든요.

-무슨 말인가?

-일체유심조란 글을 읽었는데 그렇더군요. 모든 것이 마음 하나의 장난이 맞아요.

-응?

그때 나는 놀라다가 하하 웃었다. 그리고는, '정말 도술을 배우려 했던 모양이네?' 하고 말했다.

-아닙니다. 도술은 교수님이 부렸지요.

그렇게 말하고 학생은 웃으며 머리를 정중히 숙이고는 대문을 향해 걸어갔다.

대문을 나서면서 학생이 말했다.

-사시에 붙어 검사가 되면 선생님부터 엮어 넣어버릴 겁니다. 의사증도 없이 약을 제조해 내게 먹였으니 말입니다.

정말 맹랑한 친구였다.

그 후로 아침마다 들려오던 아들과 어머니의 싸우는 소리가 들려오지 않았다. 알아보았더니 매일 일찍 일어나 도서관으로 달려간다고 했다. 어머니가 무쳐준 콩나물 도시락을 들고.

나는 그때 전환이란 말을 입속으로 씹었다.

작은 마음이 큰마음으로 뒤바뀌는 전환.

그렇구나. 바로 이것이다.

그때 생각했다. 글을 써도 이런 글을 써야 하고, 학생을 가르쳐도 이런 것을 가르쳐야겠다고.

힐난을 멈추지 않던 학생이 그 자리에 있었다면 뭐라 했을까? 또 한마디 했을 것이다.

-그러니까 그들의 치열한 삶 역시 선생님에게는 그저 소재거리밖에 되지 않는다. 그 말인 것 같군요?

그럴지도 몰랐다. 하지만 꼭 그렇게 힐난만을 하며 상대의 근기를 저울질하는 것도 좋은 버릇은 아니다. 잘못하면 시빗거리를 만들고 논쟁거리를 만들기 때문이다. 현자들은 특히 이 점을 조심하라고 조언한다. 이 모든 것이 사실은 고정관념이란 놈이 조종하고 있기 때문이다.

그래서 비전이 필요하다는 생각이었다.》

-그래서?

학생이 내민 신문지를 보다가 말고 이 교수는 목욕 가방을 든 채 학생에게 물었다.

-사실 절 설득할 수도 있었을 텐데 굳이 그럴 필요성을 느끼지 않으시던 교수님을 보면서 생각이 많았습니다.

지금 무슨 소리를 하는 것인가? 싶었다.

-영장이 나왔어요. 며칠 후 입대합니다. 가기 전에 선생님에게 사과드리고 싶었습니다. 용서하십시오.

왈칵 눈물이 쏟아졌다. 이 교수는 시선을 피하며 눈물을 보이지 않으려고 허공을 올려다보았다.

-사실은 내가 모자라서지.

그 소리가 저절로 흘러나왔다.

-아닙니다. 교수님.

학생이 합장하고 깊이 허리를 굽혔다.

멀어지는 학생을 보다 말고 이 교수는 비로소 가슴 저 깊은 곳으로부터 올라채는 온기에 다시 눈시울을 붉혔다.

그래. 그렇게 우리는 오늘도 어울려서 깨달아 나가는 거지.

봄소식

|

1

해가 바뀌는 것 같더니 벚꽃 소식이 들려왔다. 휴무를 틈타 아내와 벚꽃 구경을 다녀왔다. 마음을 열려고 노력하는 아내가 고마웠다.

학생들의 상담은 여전했다.

학생들의 삶이 되려면 그들 속으로 들어가야 한다는 걸 한 학생으로부터 배운 이상 그대로 물러난다는 것은 도리가 아니었다.

그들이 된다는 것이 무엇인가?

지금 상황에서는 그들을 더 이해하고 좀 더 다가가 내 몸같이 아끼며 합심하여 문제를 풀어나가야 할 것이었다. 그리하여 그들이 되는 수밖에 없었다. 모질게 힐난했던 학생도 바로 그것을 원했을 것이었다. 우리를 알려면 진심으로 더 가까이 다가오세요. 그런 뜻이 없었다면 그렇게 힐난할 이유가 없었다. 여기서 그만둔다면 그 학생의 힐난이 맞았다는 말밖에 되지 않는다.

-그럴 줄 알았다니까. 악덕 교수가 따로 있나.

악덕 교수가 되지 않기 위해서가 아니었다. 진심으로 이제 그들이 되어야 한다는 생각이었다. 그들의 마음이 되어주고 손발이 되어 그들이 되어야 할 것이었다.

이 교수가 다시 정신을 차리고 만난 여러 학생 중에서 가장 인상에 남는 학생이 상만이란 학생이었다. 상만이는 대학에 들어와 생활고 때문에 바로 휴학계를 낸 젊은이였다. 학교 다닐 때부터 학업에는 큰 관심이 없었다. 집안 형편을 생각해서라도 일찍이 사회에 나가야 하겠다고 생각한 그는 휴학계를 내고 바로 성수동 주물공장으로 들어가 불과 싸웠다. 그에게서 이 나라의 경제난이나 경기 침체 때문에 전체 실업률이 심하게 증가할 수도 있다는 사실을 실감했다. 많은 기업이 무너진다면 그만큼 많은 퇴직자가 쏟아질 것은 자명한 것이었다.

하지만 그 이유가 사회에 올바르게 적응하지 못하는 당사자들에게 있다면 어떻게 되는가. 좋은 대학을 나오고 좋은 직장에 취업이 되었다고 하더라도 사회에 적응할 수 있는 가치관이 형성되어 있지 않다면 먼저 그 점부터 바꾸고 들어가는 것이 순서일 것이다.

상만이의 친구들을 만나 보았더니 상만이와 어울리는 친구들도 그만그만했다. 어릴 때부터 나전칠기를 배운 애도 있었고, 수산시장에서 고기를 나르는 애도 있었고, 막노동판에서 목수 일을 배우는 애도 있었다.

이 교수가 상만이를 알게 된 것은 지우와 술을 한잔하기 위해 '목구멍'이란 술집에 들렀을 때였다.

술을 마시다가 젊은이들끼리 패싸움이 붙었는데 시작은 상만이 쪽에서 먼저 걸었다. 그날 상만이의 월급날이었고 전주도 있던 참이었다. 그러잖아도 대학생만 보면 다니다 만 학교 때문에 열등감이 솟구치던 참이었는데 옆자리에서 술을 마시고 있는 애들의 마음에 들지 않았다.

-새끼들 술 처먹는 꼴 좀 봐라. 제 아비 등골 파 저 지랄들이라니까.

-에고 팔자 좋은 새끼들, 언제나 철이 들란 지…. 불쌍하다 불쌍해.

그들의 대화를 마침 화장실에 갔다 오던 대학생 하나가 들었고 그래서 시비가 붙었다. 그날 그들의 패싸움을 보면서 이 교수는 이런 생각을 했다.

아하, 또 하나의 젊은이들이 저기 있구나. 친구들이 진학하는 사이 일찍이 사회로 나와 세상과 부딪치는 젊은이들.

결국 경찰서까지 가게 되었는데 형사가 그들의 부모를 불렀다. 달려온 부모들을 보자 빈부의 차이가 확연히 드러났다. 학생들의 부모들은 영양상태가 좋아 보였고 하나 같이 자가용을 타고 나타나는데, 상만이 패의 부모들은 약속이나 한 듯이 택시를 타고 나타났다. 자기 차로 나타나는 이들이 있었지만, 화물용 트럭이었다.

자식들을 대하는 태도도 하나 같이 달랐다. 지분 냄새와 향수 냄새를 풍기는 집 부모는 그저 자기 자식 다쳤을까 호들갑이었고, 없는 집 부모는 자기 자식 건사는커녕 있는 집 부모들의 눈치나 보았다.

상만이 아버지가 학생들 부모와 합의가 안 되자 화가 나 상만이의 귀싸대기를 올려붙였다.

요즘이 어떤 세상인데 자식의 뺨을 때리다니.

자식에게 폭력을 행사하고도 아버지는 그래도 화가 풀리지 않는지 있는 대로 고함을 질렀다.

-멍청한 것들. 왜 사니? 왜 살아? 니들이 뭔 벼슬이라도 한 것 같아? 기껏해야 공돌이, 노돌이 주제에…. 비젼이 있나. 그렇다고 알량한 희망이라도 있나. 야망이라도 있나. 에이 못난 멍충이들!

주책이 따로 없었다. 목격자 진술이 필요하다고 해서 이 교수는 자진해서(사실은 그들에게 관심이 있어 거의 자발적으로 간 것이지만) 파출소까지 따라갔다. 그때까지도 상만이 아버지의 비젼이란 말이 머릿속을 맴돌고 있었다.

비젼.

상만이 아버지는 화가 나 예사롭게 쓴 말이었을지 모르지만 그게 아니라는 생각이었다.

왜 하필이면 비젼이란 단어를 듣고는 벌떡 일어났는지 모를 일이었다.

2

아침 일찍 이 교수는 차를 타고 돌중에게로 갔다. 밤사이에 아난이란 인물을 만났던 것이다. 그가 이런 말을 하였다.

-그것은 내 화두였느니라. 내가 깨치지 못해 첫 번째 결집에 들어가지 못했는데 그때 불타의 뒤를 이은 가섭이 내게 내린 화두이니라. 문구멍으로 들어올 수 있다면 그리로 들어오너라. 나는 문을 부수고 들어갔다. 왜냐면 문고리 구멍이 내 몸만 하게 보였기 때문이다.

아무리 생각해도 꿈이 이상하여 인물 사전에서 아난존자를 찾아보았다.

그런 다음 돌중에게로 갔다.

돌중이 말했다.

-너 저번에 내게 문구멍으로 들어오라고 혔지?

-그래.

-너 내게 아난존자의 흉내를 낸 거냐?

그러자 돌중이 으하하 웃었다.

-허 제법일세. 출근허냐?

-그래.

-나중에 퇴근하면 불러라. 나 고기 좀 먹게. 아주 절에서 푸성귀만 먹어서 골았다.

-오냐.

햇살이 참으로 맑다. 학교로 가면서 이 교수는 문득 노블레스 오블리주(noblesse oblige)라는 말을 떠올렸다.

뒤이어 바로 불 속에서도 꽃을 피울 수 있는 화중생련(火中生

蓮)이라는 말이 떠올랐다.

　그래, 싫었다. 이제 내 소명은 바로 그것일 것이라는 생각이 들었다. 한 줌의 연기로 사라질 것(火中煙花)이 아니라 한 송이 꽃으로 불 속에서도 피어야 하리라는 생각이 들었다. 바로 그것이 화중생련의 삶이 아니겠는가.

　이 교수는 이제 그 세계를 향해 나아가야 하리라 생가하며 정문을 향해 걸어 들어갔다.

맹모삼천지교

|

1

어느새 겨울이 눈앞이다. 바람만 불어도 마음이 이상하게 심란했다. 아스팔트에 낙엽만 굴러도 마음속에서 가랑잎 구르는 소리가 들렸다.

이 교수는 어느 날 중국집에 들렀다가 '맹모삼천지교'라는 말을 떠올렸다. 어머니가 자식을 위해 환경에 따라 이사를 세 번씩이나 했다는 말이었다.

인간은 사회적 동물이고 보면 그만큼 환경이 중요하다는 말이리라.

중국집에 들어가 앉기가 무섭게 갓 초등학교에 들어갔을 아이가 다가왔다.

-어서 옵쇼. 무얼 드릴 깝쇼.

아무리 봐도 이제 여덟 살밖에 안 되어 보이는데 제법 장사치 흉내를 그대로 내고 있었다.

-몇 살이야?

이 교수가 물었다.

-여덟 살요.

-이제 학교에 들어갔겠네?

-네. 올해 들어갔어요.

아이의 대답이 너무 당당하여 이 교수는 더 할 말이 없었다.

잠시 후 부모가 나오더니, '예 좀 봐. 홀에 또 나왔네. 들어가 공부하라니까.' 아이는 들은 체 만 체하다가 친구 전화를 받고는 휑하니 장삿집을 나가 버렸다.

그때 이 교수는 자신도 모르게 맹모삼천지교라는 말을 떠올렸다. 지혜로운 것은 바로 어미의 마음이란 생각이 들었기 때문이었다.

예전에 동료들과 함께 일본 나들이를 한 적이 있었다. 한 번 가보았으면 했는데 잘 됐다 하고 갔다.

일본을 탐방하면서 느낀 것이지만 식당 하나를 해도 대대손손 물려가면서 하는 것을 볼 수 있었다. 그들의 민족성이 그렇다는 것을 이 교수는 어느 정도 알고 있었지만 실제로 보니 실감이 났다. 그들은 그것을 큰 긍지로 여기며 살고 있었다. 이 교수는 이는 곧 장인정신의 소산이란 생각이 들었다.

솔직히 잘못을 모르는 나라에 대해 거론할 마음은 없지만 배울 것은 배우고 넘어가야 한다는 생각을 그때 했다.

반면에 우리나라는 사정이 좀 다르다. 본시 유교의 영향을 많이 받아서인지 직업에 대해 좀 고루한 편이다. 자식에 대한 염이야 어느 나라인들 다르랴만 우리나라의 자식 사랑은 지나치다고 해도 과언이 아니다. 제 자식 잘못되기를 바라는 부모가 어디 있겠는가.

그렇다. 이 나라의 사대부들, 그랬다. 역(易)을 알고 있어도 시장 모리배는 되지 않았다. 체면이 있지 시장으로 나가 가마니 깔아 놓고 점을 보지는 않았다. 차라리 수챗구멍에 입을 대고 죽으면 죽었지, 체면만은 구기지 않았다. 그래서 양반이 있고 상놈이 있는 것이다. 이제 세월이 변했다. 돌중조차 직업의 가치관, 그거 너 혼자 힘으로 전환 시킬 수 없는 것이라고 했지만, 지금은 체면으로 사는 세상이 아니다. 체면이 가치관의 혼돈을 가져왔다면 이제 벗어나야 한다. 이 나라는 이만큼 성장하였고 그럼 가치관의 혼돈에서 벗어날 때도 되었다.

하기야 세월이 변했다고 해서 검사가 된 아들이 부모의 식당을 물려받아 주방장이나 할 사람이 몇 있을까.

그러나 있다. 검사가 옷을 벗고 아버지의 천한(?) 직업을 잇는 이들도 있다.

그런데 아직도 사람들은 손사래를 친다. 미친 소리 한다고 눈을 부라린다.

-아니 무슨 소릴 하는 거야? 그럼, 검사복 벗고 행주치마를 차랴?

맞는 말이다. 아직도 대다수 부모가 식당이나 하는, 혹은 백정 질이나 하는 천직을 가소로워하고 있다. 아니 가소로울 정도가 아니라 무시하고 멸시하고 있다. 바로 그것이 문제다. 예전에는 가수나 배우들을 딴따라라고 하여 광대로 사람 취급도 하지 않았다. 점잖은 양반이 할 짓이 아니라는 것이다.

그런데 정말 세월은 하루가 다르게 변하고 있다. 지금은 제 자식 딴따라 못 만들어서 난리다. 식당이나 하는 짓거리는 상것이나 하는 것이었는데 이제는 아니다. 그런데도 아직도 부모들은 자신의 천직을 자식에게 물려주지 않기 위해 뼈가 빠지게 식사를 나르고, 닭 모가지를 비틀고, 소의 뼈를 발라 고기를 썰어 댄다. 오로지 일구월심 제 자식에게 천직을 물려주지 않겠다는 일념 하나로 살고 있다.

교수나 장관만 사람이 아니다. 국회의원, 의사만 직업이 아니다. 사람에게는 그에 맞는 직업이 있다. 직업대로 살기에, 이 우주가 돌아가고 존재한다. 우리가 살 수 있고, 살아간다. 백정이 있기에 그들은 백정이 잡은 고기를 조상의 제상에 쇠고기를 올릴 수 있고, 물장사가 있기에 목마른 사람은 마른 목을 축일 수 있고, 농사꾼이 있기에 우리는 생명의 양식을 얻을 수 있고, 구두 수선공이 있기에 성공으로 가는 발걸음이 편안하고 가벼운 것이다.

그렇다면 자식을 위해 환경을 바꾸어야겠다는 마음부터 내는 것이 순서다. 그것이 맹모삼천지교의 참뜻이다.

2

맹모삼천지교의 어머니는 알고 있는 것이다. 가수가 되고 싶다고 해서 가수가 될 수 없다는 것을. 그것이 세상의 이치인 것을 알고 있다.

그렇다. 음치가 가수가 되고 싶다고 해서 가수가 될 수는 없다. 그런데도 막무가내의 자식들은 자신을 되돌아볼 생각을 하지 않는다. 그렇다고 탁월성도 없고, 고유성도 없고, 역사성도 없고, 항구성도 없고, 소명 의식도 없이 그저 가수가 되겠다고 생각한다.

이 나이가 되도록 살면서 느낀 것이지만 사실 희망의 속성이란 것이 그렇다. 좀 터무니없는 것이 희망이다. 즉흥적인 구석이 있다. 그러므로 자아 정립이 잘 되어 있지 않은 이들이 주로 그 병에 걸린다.

-그런 병을 앓으면서 점차로 자신의 앞날을 정해나가는 거 아닌가요?

어떤 학생이 그렇게 물었던 것 같은데 지금 생각해 봐도 맞는 말이다. 그렇게 자아는 정립되기 마련이다.

그런데 그놈의 병을 잘못 앓으면 때로 인생과 사회 그리고 나아가 역사를 망쳐 버릴 수가 있다. 거기 문제가 있다. 우리 주위나 역사를 되돌아보면 금방 그런 인물들을 만날 수 있다.

어느 날 어떤 학생이 물었다.
-교수님의 말씀은 알겠는데요. 전 생각이 조금 다릅니다.
-응?
-부모가 자식 잘되기를 바라는 것이 잘못된 건가요? 맹모삼천지교를 예로 들며 은근히 비꼬시는데 왜 그것이 지탄받을 일인가요? 자식 잘되기를 바라는 것이 세상의 부모 마음 아닌가

요?

이 교수는 가슴이 쿵 하고 내려앉았다. 언젠가는 이런 질문을 받고 말지 했는데도 막상 들으니까, 눈앞이 아찔했다.

말인 것이 그렇다. 한 마디로 분지를 수도 있는 것을, 꼬투리를 잡히면 장황해진다.

-그래서 비전은 인품이 선행되지 않으면 안 된다고 하는 것이겠지.

이런.

겨우 한다는 대답이…. 아이고 싶어 이 교수는 자신도 모르게 시선을 옮기고 말았다.

학생이 다시 픽 웃었다. 이미 그 정도는 알고 있다는 듯이.

불길한 예상은, 들어맞기 마련이다.

아니나 다를까. 그 영민한 학생이 다시 찾아왔다.

이 교수는 겁이 덜컥 났다.

요놈이 날 갖고 놀자는 거 아니야?

그런 생각까지 들었는데 불쑥 이런 말을 했다.

-음식 장사하는 부모를 보면서 결코 내 부모처럼 살 수는 없다고 희망하는 게 뭐 잘못된 건가요? 평생 손님들의 입맛에 맞게 음식을 해댈 수는 없잖아요.

-인간이 불행해지는 것은 터무니없는 희망 때문이라고 나는 생각해. 자기 능력으로 볼 때 부모들이 하는 식당의 주인이 맞아. 그런데 부모들의 바람대로 사시를 쳐 판사가 되겠다고 해.

이때 불행이 싹트는 거지. 열 번을 쳐도 판사가 되지 못하고 나중에야 정신이 들어 부모의 직업을 물려받게 된다면 어떻게 되나.

여러 말 하기 싫어 단도직입으로 찔러 들어갔는데 학생이 왜 이러느냐는 듯이 말을 받았다.

-그것은 그대로의 값어치가 있는 게 아닌가요?

-내 말은 직업의 가치는 평등하다는 말이야. 판사의 직업이 월등하게 좋고, 식당업이 천하다는 그 관념 말이야.

-그것이 세상살이의 통념 아닌가요?

-적어도 이제는 그러한 관념에서 벗어날 때가 되었다 그 말이야. 당사자가 사회로 나갈 때까지 그 환경을 책임지는 사람들이 누구야? 그들은 주로 가족 구성원이겠지? 학교에서는 오늘도 그저 획일적인 가르침만을 펴고 있다. '그렇게 살래? 그럼, 너희 부모처럼 그렇게 살래? 너 그러다가는 네 부모처럼 살 수밖에 없을 거야. 그렇게 말이야.

비로소 학생이 고개를 떨어뜨렸다.

그 모습을 보자 이 교수는 역시 하는 생각이 들었다.

그렇다 싶었다. 그동안 내가 뛰어다니며 얻으려고 했던 해답이 바로 이것 아닌가. 내 눈으로 직접 보고 느꼈던 그 모든 것들.

직업의 가치관. 직업의 가치관 문제. 가치관의 형평성. 참된 비전은 거기에서 시작되는 게 아닌가.

오늘도 입시 위주의 교육정책은 자식들에게 터무니없는 희생만을 강요하고 있다. 그러니 제대로 인격의 도야가 이루어질 리 없다. 멀리 갈 것도 없이 주변의 사람들을 살펴만 봐도 그렇다. 고등학생이었을 땐 입시 위주의 교육정책의 희생물이 되고, 대학생이었을 땐 순수한 열정과 부조리한 사회현상 사이에서 고뇌하고 절망하다가 사회인이 되고서는 생활인으로써 출세와 영달을 위해 동분서주하고 있다. 명성을 위해 각고의 노력을 기울이고 있다. 혼신을 다해 맡은바 충실히 자신의 작업에 매진한다. 어떤 이는 상사의 비위를 맞추느라 정신이 없고 그러다 지치면 술잔을 기울이며 부당한 대우에 분노한다. 가까운 친구의 배신에 눈물 흘리기도 한다. 그렇게 이 사회는 터무니없는 희생만을 강요하고 있다.

그렇다면 바로 이것이 우리들의 수행이라는 말이 아닌가. 수행은 본시 고통스러운 것이다. 그 고통은 이겨낸다면 그만큼 성숙해 있을 터이다. 그 과정을 통해서 드디어 부모의 낮고 천(賤)한 천직, 그 이해에 이르게 될 터이니까.

그렇다면 전환은 그렇게 수행이라는 과정을 통해 생겨나는 것이라는 말이 된다. 그 과정을 통해서 작은 미음이 큰미음으로 돌아서는 것이다.

그렇다면 바로 이것이 비전의 핵심임이 분명하다.

참 어렵다. 결론적으로 자기 분수껏 살라는 말인데 그 한마디 하기가 이렇게 힘이 드니.

이것이 장황해져만 가는 오늘의 세상 모습인가. 하기야 고정관념 바꾸기가 그렇게 쉬운 것은 아니다.

이 교수는 이 문제를 다음의 글로 정리했다.

부모의 천직(賤職)을 받아들이지 못하는 소인배의 나라. 그것이 한국이다. 그럼, 부모가 도둑이고 깡패였으니 자식도 도둑이 되고 깡패가 되어야 한다는 혀 짧은 소리가 아니다. 이제 대한민국도 직업의 귀천쯤은 버릴 때가 되었다는 말이다. 부모의 천직으로부터 도망갈 생각만 할 것이 아니라 그것을 받아들이는 자세를 가질 때가 되었다는 말이다. 바로 그것이 큰마음의 소산이다. 그래야 이 나라는 장인의 세계가 될 테니까.
그러므로 비전 철학은 머리로 전해지는 것이 아니라 가슴으로 전해지는 것이며 완전한 정신주의에 의해 생성되는 예지, 그 지혜다.

소통의 변

|

1

길에서 만나면 목례나 하던 아주머니 한 분이 찾아왔다. 아주머니를 보는 순간 이 교수는 학생들을 데리고 유명 사찰에 체험학습을 갔을 때 만났던 공양주가 떠올랐다.

그 양반 인사법이 묘했다. 그분의 인사 때문에 절간이 가끔 웃음꽃이 피었기 때문이다. 인사법이 독특했다.

그녀는 큰스님이나 행자, 동자승을 만나도 한결같았다. 두 손을 정성스럽게 모으고 이렇게 인사를 올리는 것이었다.

-시님, 아래 윗구멍이 밤새 빠끔하신 게라우?

그러면 인사를 받는 사람은 마주 합장했다가도 돌아서면서 슬며시 웃음을 터트리지 않을 수 없었다. 그런데 그녀는 오히려 이상하다는 듯이 상대방을 바라보고는 하였다. 그 진지한 모습이 오히려 더 웃음을 자아내고는 하였다. 그래서 대중들은 그런 그녀의 인사법을 나중에는 말렸다. 걸림 없는 인사법이 민망했기 때문이었다. 그보다 좋은 인사말이 어디 있겠느냐는 생각을 그들도 하고 있으면서도 곳인 곳인지라 자제를 하라는 눈치들이었다.

그런데 잘 고쳐지지 않았다. 가끔 할머니 자신도 모르게 그런 인사가 터져 나와 절간을 웃음바다로 만들었기 때문이었다.

이 교수도 역시 그랬다. 지금도 그 할머니가 살던 지방에서는 그런 인사법이 행해지고 있다는 것을 알면서도 좀체 웃음을 거둘 수가 없었다. 아마 젊었던 탓도 있었을 터인데 아무튼 그 후로 이 교수는 친할머니처럼 그녀를 따랐다.

할머니의 어투에 깃든 정서는 그것대로의 고유성을 존중받아야 한다는 생각 같은 것도 있었지만 솔직히 그냥 좋았다. 정겨웠다. 그것을 자신 속으로 끌어들이고 안고 싶었다. 나중에는 그곳 말을 제법 하게 되었는데 무서운 것은 지역 갈등이라는 것이었다. 이 교수가 그곳 사투리를 예사로 하면서 돌아다니니까 그곳 사람이 되었느냐며 입을 비쭉였다.

또 그 지역 사람들은 타지 사람이 자기 고장의 말을 흉내를 내며 다니는 것을 살갑게 보지 않았다. 비아냥거리는 것처럼 보였기 때문이었다.

그런데 문득 그 인사를 다시 들은 것이다.

-선상님, 위아래 구멍이 요즘도 빠꼼하신게라우?

-예. 아래위 구멍이 빠꼼하게 뚫려 건강합니다.

어쩌고 하면서 수인사를 마치고 안방으로 모셔 들이기는 하였지만 자꾸만 정겨운 생각이 들어 이 교수는 허둥거렸다.

차를 내오게 하고 이런저런 말을 나누다가 이 교수는 찾아온 연유를 들어보았다. 대학에서 학생들을 가르치는 교수님이나 찾아와 하소연이라도 하지 않으면 어디가 하겠느냐며 방바닥이 꺼지도록 한숨을 몰아쉬던 그 아주머니의 말은 이러했다.

2

한 불량한 학생이 있었다. 그는 학교도 잘 가지 않았고 학교 주위를 떠돌며 학생들을 괴롭히거나 주머니를 털어 담배를 사 피우고 술을 마시고 여학생들과 어울려 돌아다녔다. 그러면서도 언젠가는 자신이 위대한 인물이 될 것이라며 큰소리치고는 하였다. 그는 어깨가 되었다. 같이 학교 다니던 친구들은 대학에도 들어가고 성공하기 위해 나름대로 열심히 노력하는데 기껏 어깨가 되었다. 매일 술집을 드나들며 싸움을 밥 먹듯이 했다. 한 마디로 그는 거리에서 살다시피 하며 인생을 탕진하고 있었다.

그런 자식을 보는 부모의 마음은 찢어지는 것 같았다. 아들을 낳았을 때 보았던 그 맑았던 눈빛, 그 눈빛만 생각하면 꿈이지 싶었다. 언젠가는 세상 때를 벗고 선한 자식으로 돌아오리라 생각했다. 그러나 아들은 돌아오지 않았다. 나중에는 집에도 잘 들어오지 않았다.

아들은 이런 말을 하며 부모들에게 대들었다.

-내가 왜 이렇게 되었는지 아세요. 다 당신들 때문이라고요.

그날 밤 부부는 자식의 말을 곰곰이 생각해 보았다. 그제야 아들이 잘못된 것이 자신들에게 있다는 사실을 깨달았다.

그들이 살고 있는 그곳의 생활이 그랬다. 철거민 동네라 남자들은 대부분 공사장이나 인근 벽돌공장의 인부들이었다. 일거리가 줄곧 없고 보면 대부분 여자가 봉제공장이나 전자제품, 액세서리 조립 같은 부업을 하며 가정을 꾸려나가고 있었다.

그들이 그러는 사이 남정네들은 개처럼 이 골목 저 골목 어울려 다니며 술을 마시고 싸움질이나 일삼았다. 그 젊은이의 아버지도 그 중의 한 사람이었다. 사람은 좋은데, 술에 취하면 집으로 들어가 아내를 두들겨 팼다. 아내는 될 대로 되라는 식으로 같이 어울려 싸우곤 했다. 그것을 보다 못한 아들은 그렇게 빗나가 버린 것이다.

인형공장에 나가 몇 푼 번 돈으로 가족을 부양하던 눈물 많은 어머니는 생각 끝에 이 교수를 찾아온 것이었다.

어쩌다가 이제는 학생들만이 아니라 남의 가정사까지 상담하게 되었는지 모르겠다는 생각이 들었지만 때가 되면 아드님을 한 번 만나 보겠다는 약속을 하고 아주머니를 돌려보냈다.

희망의 속살

그래서였을까?

어느 날 젊은이들이 모인 술자리에서 이런 질문을 하고 말았다. 상투적인 질문이었다.

-이 시대에 뭐가 되고 싶은가?

고등학교 동창들이 모인 자리였다. 고등학교를 졸업하고 대학에 진학한 젊은이도 있었고, 사회로 진출한 젊은이도 있었다. 음식 장사하는 젊은이도 있었고, 카페를 한다는 젊은이도 있었다.

그런 그들에게 장래 뭐가 되고 싶냐는 어리석게 물은 것이다. 대학에 들어간 젊은이는 그들 대로의 진로가 잡혀 있다. 약학을 전공한 이는 그 길로 갈 것이고, 의대를 나온 학생은 그 길로 갈 것이다.

그런데 이상했다. 이 교수기 무엇이 되고 싶으냐고 질문히지 대부분 젊은이가 씩 웃고 말았다. 우리가 어린애도 아니고 무슨 그런 상투적인 질문을 하느냐는 반응들이 아니었다. 골치 아픈 말은 관둡시다, 하는 식이었다. 음식 장사하는 젊은이도 그랬고, 카페를 한다는 젊은이도 그랬다.

-모르겠어요. 장사 그만두면 무엇을 해야 할지.

이 교수는 이상하다는 생각이 들었다. 어린아이에게,

-너 커서 뭐가 될래?

하고 물으면 정직하고 분명하게,

-대통령요.

-장군요.

-버스 기사요. ....

그렇게 대답하는데 그들은 하나같이 자신의 정직성을 뒤로 숨기고 있었다. 아니 숨기는 것이 아니라 모르고 있었다.

세상이 각박해서인가?

한 마디로 생존경쟁이 그만큼 치열해서 그런가 싶었다. 뜻대로 살 수 없다는 반증의 소산일지도 모른다는 생각이 들기도 했다. 한마디로 앞이 보이지 않는다는 말이었다. 나는 그림을 그리고 싶지만 그림을 그리도록 놔두지 않는다, 그런 말 같았다.

그 예감이 맞았다.

어느 날 의대에 다니는 학생의 말을 우연히 들었다.

-내가 제보다 글을 잘 썼거든요.

국문과 나온 학생이 신춘문예에 당선됐는데 축하하려고 온 친구가 그런 말을 하자 신춘문예에 당선된 학생이 그 말을 받았다.

-맞아요. 백일장에서도 제가 장원을 했어요.

-그런데 왜 의대로 갔어?

이 교수가 물었다.

-몰라서 물으세요? 글쟁이 되면 거지 된다고…. 그래서 의대로 갔죠. 그런 애들 한둘이 아니에요. 자신은 음악을 하고 싶은

데 무슨 소리냐고…. 아버지의 고집에 밀려 법대에 진학해 고등고시 준비하다가 돌아버린 애도 있어요. 그 꼴 난 거죠. 뭐.

-그럼, 의사가 되면 되겠네.

이 교수가 말했다.

-저 자식 의사질도 못 할 거 같아요.

곁에 있는 친구가 말했다.

-취미 없대요. 뭔 비위는 왜 그리 약한지, 간이 콩알만 하나봐요, 말도 마세요. 저 자식 때문에 나만 혼난다니까요. 자식이 교수님이 환자 배만 가르면 우억우억 지랄하며 눈을 뒤집는다니까요. 밤새 토를 해대고….

-그럼, 이제라도 글쟁이가 되면 되겠네.

무책임한 이 교수의 말에 의대생이 픽 웃었다.

-어느 세월에요. 저 자식은 벌써 신춘문예에 당선했는데 그것도 하루아침에 되는 거 아니잖아요. 습작기가 장난이 아닐 텐데….

알긴 아네. 싶었지만 할 말이 없었다. 글쟁이가 되고 싶은데, 의사를 하라고 하니 열정이 있을 리 없다.

자신의 소망대로 살 수 없는 세상, 그렇게 서글픈 웃음으로 대답할 수밖에 없는 세상의 비극. 여기에 이 시대 젊은이들의 절망이 있다.

이미 글쟁이가 되어야 할 의대생은 성격 자체가 망가져 있었다. 그가 술을 훌랑훌랑 비워대자, 친구들이 말렸다.

-야, 천천히 마셔. 또 지랄하지 말고. 너 뒤치다꺼리하기도

겁난다.

이미 술에 취한 의대생이 눈을 뒤집었다.

-너 지금 뭐라고 했냐? 내가 언제 내 뒤치다꺼리 해 달랬냐.

-이 자식 말하는 거 좀 봐.

두 학생이 눈을 뒤집자, 선배가 앞에 있다가 그들을 나무랐다.

-너희들 이제 막 나가자는 거냐? 교수님도 계시는데 뭐 하는 거야?

그제야 두 학생이 죄송합니다. 그러고는 밖으로 나가 버렸다.

결국 두 학생이 어울려 싸운다는 말을 듣고 달려갔다.

이미 두 학생이 피투성이가 되어 큰대자로 나란히 누워 고함을 질러대고 있었다.

-하이고 자석아, 넌 인마 애초부터 잘못된 거야. 글을 쓰고 싶었다면 도망을 가서라도 써야지. 뭔 의사가 되겠다고….

-차라리 절에 가 중이 되어 버리려고 소문난 고승을 찾아갔더니 그가 그러더라. 불기자심(不欺自心). 자신을 속이지 말고 살아가라고. 그러면 중 될 이유가 뭐 있냐고.

-그래서 중도 못 되고 행패냐?

-이 자식아. 걱정하지 마라. 어제 복권 사났다.

-뭐?

-등록금 받아서 복권 사났다고.

-이 자식 미쳤나.

-우리 엄마 식당 다니면서 번 돈, 우리 할매 폐지 주워서 번 돈, 우리 아버지 노름 밑천 아껴두었다가 내준 돈. 그 드런 놈의 내 등록금 복권 사 놨다고.

-이 자식 정말 미친 거 아냐!

-하하하 그래 미쳤다. 결국 미치고 말았다. 걱정 마라. 꿈에 할아버지가 와 복권 사라더라. 복권되면 병원 지을 거다. 병원 지어 원장이 되면 될 거 아니야. 그러면 노름꾼 우리 아버지 춤을 덩실덩실 출 테지. 돼지국밥집에서 음식 나르는 우리 엄마 입이 찢어져 귀에 걸릴 거다, 폐지 장사 우리 할매. 그럴 테지. 가문의 영광이다. 시발, 내가 나중 장관이나 되어 봐라. 하나 같이 기절하고 넘어질 거다. 이히히히…. 생각만 해도 통쾌하네.

-하이고 마쳐도 오지게 미쳐라.

그러고 보니 나도 어제 돼지꿈을 꾸었던가. 그러나 복권이 나를 구하지 못한다는 걸 알고 있다. 나는 사지 못하고 그는 살 수밖에 없다는 이 사실에 오늘의 비극이 있다.

히지만 어떡히겠는가. 오로지 자신을 구할 이는 자신밖에 없는 것을.

-신이여, 저의 소망을 들어주소서.

맹신의 수렁에 빠져 두 손을 모을 수밖에 없다. 그러나 아무리 빌어도 신은 침묵한다. 조상의 제사상 앞에서도 빌고, 부처님에게도 빌고, 그리스도에게 빌어도 그들은 침묵한다. 아아, 그래도 일어나는 이놈의 희망이란 놈! 모질다.

세상의 왕

|

1

　용제가 커피숍 문을 연 것은 대학 삼 학년 초였다. 어머니가 암으로 죽어가면서 통장을 하나 남겨주었는데 거기 거금 2억이 들어 있었다. 아버지는 어머니가 돌아가신 후 회사를 그만두고 술로 살았다. 통장에 든 2억을 곶감 빼 먹듯이 빼먹을 수는 없다는 생각에 뭘 할지 고민하다가 소자본으로 할 수 있는 커피 장사를 해보기로 했다.

　연쇄점 한 곳을 정해 신청을 했더니 그나마 목이 좋은 곳에 분점을 낼 수 있었다. 처음엔 장사가 그런대로 되었다. 홀 열한 평에 탁자 다섯. 바리스타 한 명, 알바생이 두 명.

　그런데 경험이 없다 보니 장사가 생각대로 되지 않았다. 더욱이 코로나의 여파로 경기가 좋지 않았다. 문 닫는 가게가 속출했다. 옆 가게가 문을 닫고 식당으로 바뀌는가 하면 얼마 안 가 지물포로 바뀌고, 또 얼마 안 가 술집으로 바뀌고, 용제의 커피 가게 매상도 나날이 줄어들었다.

그동안 장사 밑천으로 남겨 놓았던 돈이 육 개월 만에 동이 나 버렸다.

친구들이 돈을 모아 장사 밑천으로 쓰라며 주기도 했다. 그러나 알바생도 쓰지 못할 정도로 장사가 되지 않았다.

어느 날 고등학교 동창이 소식을 듣고 커피숍을 찾았다. 중학교 때 단짝이었는데 용제가 서울로 이사하는 바람에 헤어진 친구였다. 그도 서울로 올라와 대학에 다니고 있었다.

그가 사정을 들어보더니 어머니에게 잘 말해 돈을 융통해 보겠다고 했다.

다음 날 그가 돈을 내밀었다.

-잘 해봐.

-육 개월만 쓸게.

-그래.

그 돈으로 실내 장식도 바꾸고, 알바생도 쓰고 했는데 여전히 경기가 좋지 않았다.

육 개월이 지났다. 빚이 엄청나게 불어나 있었다. 친구에게 빌린 돈을 갚을 처지가 아니었다. 친구가 와서 보더니 걱정하지 말라며 가 버렸다.

계약 만기일이 되자 용제는 가게를 뺄 수밖에 없었다. 실내 장식비 한 푼 받지 못하고 정산을 해보니 남은 돈이 이천만 원이었다. 그 돈을 여동생 결혼 비용으로 주고 나니 빈털터리였다.

갚을 돈이 없다고 친구에게 말하자 어머니에게 잘 말해 보겠다고 했다.

　사흘 후 친구가 오더니 이제 어떡할 것이냐고 했다. 일용직이라도 나가 보려고 한다고 했더니 그러지 말고 내 동생이 고3인데 공부를 좀 가르치면 어떻겠느냐고 했다.

　그 길로 친구 집으로 들어갔다.

　용제는 그곳에서 사람 사는 법을 배웠다. 모가 없는 집이었다. 친구의 부모는 화내는 법이 없었다. 그렇다고 가장이 돈을 잘 벌거나 권력을 가진 사람도 아니었다. 지물포를 남대문 시장에서 하고 있었는데 정말 온화한 분이었다. 젊었을 때 건설 경기가 일어날 것을 미리 내다보고 도배일을 배워 자수성가한 분이었다. 친구의 어머니는 풀을 바르고 아버지는 벽지를 바르고 그렇게 일가를 이루었다.

　딸이 대학에 붙자, 친구의 아버지는 일이 없으면 자기 가게로 나오라고 했다.

　용제는 오늘도 도배하러 다닌다. 대학생 도배사.

　이 교수는 그를 남대문 허름한 국숫집에서 만났다. 국수 한 그릇에 오천 원.

　-이곳 장점이 국수를 얼마든지 먹을 수 있다는 겁니다. 한 그릇 먹든, 백 그릇을 먹든. 그런데 사실 많이 못 먹어요.

　-그게 사람 심리지.

　-공짜면 청산가리도 마다치 않는다고 하잖아요. 청산가리가 따로 있겠어요. 욕심부려 많이 먹는 게 몸 버리는 길이지요.

　그는 세상 다 산 사람 같은 말을 했다. 어떤 현자의 말이 이

보다 값질 수 있으랴. 무엇이 이 청년을 이렇게 만들었을까? 세상이 그를 그렇게 만들었겠지만, 누군가 세상 보는 법과 세상 사는 법을 그에게 올바르게 가르쳤을 것이었다.

부모들은 자식이 애를 먹이면 이렇게 말한다.

-너도 나중에 애를 낳아 보아라. 그러면 이 아비 어미를 이해하게 될 거야.

결혼해 애를 낳아 봐야 부모의 마음을 비로소 이해할 수 있다는 말이었다.

-아버님이 병환 중이라고 했었지?

-네. 세상에 상심 병만큼 큰 것이 없다는 걸 배우고 있습니다. 어머니의 자리가 그만큼 컸거든요.

-어머님은 어떤 분이었어?

-한 마디로 여장부였죠. 나는 한 번도 어머니가 다른 사람과 다투는 걸 본 적이 없어요. 일을 처리함에 있어서도 언제나 남을 탓하는 법이 없었으니까요.

이 교수는 고개를 끄덕였다.

그렇구나. 어머니가 그를 이렇게 만들었구나.

사람과 사람 사이를 살펴보면 작은 마음의 소유자는 생각의 범위가 좁다. 잘되면 자기 탓이고 못되면 조상 탓으로 돌리는 게 다반사다. 남 탓부터 하는 이들이 바로 이런 부류다.

-너 때문이야!

분명히 자기 자신 때문인데도 그렇게 남 탓부터 해대는 무리가 바로 이들이다.

이 교수는 고마운 시선으로 용제를 바라보았다. 청년들이 절망하더라도 직업관을 전환해 이렇게 일어섰으면 싶었다. 그렇게 세상과 맞서는 청년들이 되었으면 싶었다.

절망하지 않고 세상과 맞서고 있는 대학생 하나. 비록 오늘 풀통을 지고 있지만 세상을 질 청년들의 모습이었다.

2

용제를 만나고 돌아온 이 교수는 오랜만에 땡중이 있는 암자로 올랐다.

땡중이 화장실에서 나오다가 멍하니 바라보았다.

-오뉴월 똥 찾아다니는 개처럼 들락거리더니 우짠 일이냐?

-바지춤이나 올려라. 그래 반가워?

-나 이제 너 안 올 줄 알았다.

그러면서 마루로 가 털버덕 앉았다. 그때 사람이 방 안에 있었던지 안방 문이 벌컥 열렸다. 뒤이어 머리가 하얗게 센 할머니 한 분이 나왔다. 키가 자그마하고 허리가 굽었다. 얼굴을 보니 주름투성이인데 억세게 생겼다.

-엄니, 왜 또 나오시오?

땡중이 노인네를 향해 말했다.

엄니?

아하 그러고 보니 이 할머니가 닭 모가지를 비틀던 그 여자였다.

-안녕하세요?

이 교수가 반갑게 인사를 했다.

늙은이가 새초롬하게 눈을 치뜨고 이 교수를 바라보았다.

-누구시오?

-누구시면 뭐하게. 얼릉 방으로 들어가시우. 바람 맞으면 큰일 낭게.

-야이 시부랄 화상아, 갑갑해 미치부리것당게.

-엄니!

그가 일어나더니 늙은이를 달랑 안아 방 안으로 들어갔다. 몇 마디 실랑이 소리가 들리더니 이내 잠잠해졌다.

땡중이 나오더니 바지춤에 한 손을 찔러넣고 이 교수를 바라보았다.

-으째 왔냐?

-어머니신가?

돌중이 픽 웃었다. 보면 모르느냐는 표정이었다.

이 교수가 마루에 엉덩이를 걸치고 앉으려고 하니까 돌중이 발길로 엉덩이를 툭 찼다.

-가. 속 시끄러우니께. 난 그대 상대할 마음이 아니야.

-왜 이래?

-가랑께.

-에이 더러운 화상.

-이제 오지 말더라고.

집으로 돌아오면서 이 교수는 어금니를 물었다.

오늘도 부모들은, 자식에게 자신의 천직을 물려주지 않기 위해 피를 팔고, 자식은 그 피로 출세의 길을 간다. 자신의 처지를 모르고 터무니없는 꿈을 꿀 때 비극은 시작된다. 젊은이여, 큰 뜻을 가져라.

이 큰 뜻이 문제다. 큰 뜻, 야망, 그러면 세상을 움켜쥘 자리부터 먼저 떠올린다. 그러나 무언가 오해하고 있다. 이때의 큰 뜻은 대통령이나 영웅이 아니라 자기 자리의 완성이다. 되지도 않을 높은 꿈이 아니라 자기 소질의 완성이다. 이때 세상의 왕(匠人)이 된다.

부모나 당사자나 터무니없는 꿈을 꿀 때 비극은 시작된다. 터무니없는 꿈을 위해 모든 것이 희생되는 삶이 시작된다.

오늘도 고기를 썰며 부모는 자식에게 푸념한다.

-내가 배웠서 봐라. 이렇게 사나. 이렇게 안 산다. 식당에서 고기나 썰고 있지 않아. 그러니 너는 공부 열심히 해 아비처럼 살아선 안 되는 거야.

그래서 자식은 아버지처럼 살지 않기 위해 아버지의 피를 먹이로 삼는다. 아버지나 아들이나 그때부터 터무니없는 꿈을 꾸기 시작하는 것이다.

그런데 큰마음의 전환을 아는 자식은 이렇게 대답한다.

-아버지의 직업이 어때서요. 아버지에게 그동안 많이 배운걸요. 꼭 사회에 나가 판검사가 되어야 하는 건가요. 그들은 우리를 백정이라고 하지만 그들의 밥상에 소고기를 올리잖아요. 저

는 제게 맞는 것을 찾아 그것의 1등이 되렵니다.

그렇다. 바로 이것이 작은 마음을 큰마음으로 바꾸는 전환이다.

부모나 자식이나 고정관념을 확 바꾸어 버린다는 사실. 바로 이것이 작은 마음을 큰마음으로 바꾸는 전환의 비전이다.

희생의 근간

|

　전철에서 내리자, 비가 쏟아지고 있었다. 이 교수는 버릇처럼 주위를 살폈다. 혹시 아내가 우산을 가지고 나오지 않았을까 해서였다. 아무리 둘러봐도 아내의 모습은 보이지 않았다. 대신 어느 한순간 핸드폰이 울렸다. 아내였다.

　-전철에서 내렸어요?

　-음.

　-어떡해요. 갑자기 영이 엄마가 쓰러져서요.

　아내의 목소리는 여간 다급한 것이 아니었다.

　-무슨 말이야? 쓰러지다니?

　-그렇게 말이에요. 영이 아버지 병원으로 바로 오기로 했어요. 내가 봤으니까 망정이지. 김치 가져다주려고 갔다가 벼락 맞았지, 뭐예요. 지금 구급차 타고 병원 가는 길이에요.

　-걱정 마. 알아서 들어갈 테니. 그러나저러나 위중한 모양인데 나도 가봐야 하는 거 아냐?

　-급하면 전화할게요. 그냥 우산 사 쓰시고 들어가세요.

　-알았어.

지방에 살 때였다. 서울 나들이가 있어 나오면 비가 오거나 눈이 오거나 아내는 버스 종점에 나와 기다리고는 했다. 눈 오는 날 지우들과 술을 하고 늦게 택시에서 내렸는데 처음에는 눈사람인 줄 알았다. 아내였다.

지금도 아내에게 미안한 것은 그렇게 날 기다려 주는 사람에게 한 번도 기다려 본 적이 없다는 것이다. 아니 따뜻하게 사랑한다고 말해 본 적이 없다. 생각은 그렇지 않은데 왜 그렇게 쑥스러운지.

-아저씨 생긴 것처럼 무뚝뚝한가 봐요.

우리 선생님은 잔정이 없는 편이라고 말하니까 누군가 그러더란다.

-경상도 분이시냐고……. 그래서 아니라고. 제주도 분이라고.

-경상도 사람들 무뚝뚝은 하지.

-당신 경상도 말 쓰니까 경상도 분인 줄 알았데요.

그럴 만도 하다 싶었다. 경상도에서 학교를 나왔으니까, 경상도 사투리가 베어 입에 붙었으니 그랬을 것이다.

아내가 여진이로 인해 말을 잃어버리기 전이었다. 이 교수는 언젠가 아내에게 이렇게 물은 적이 있었다.

-내가 사랑을 논할 자격이 있는 사람 같소?

그때 아내는 웃었다. 그러고는 이런 말을 했다.

-당신두. 충분해요. 나는 당신의 모자람도 사랑하니까.

그때 이 교수는 느끼고 깨달았다.

아아 이것이 사랑이구나.

그런 생각을 하면서 집으로 돌아와 보니 집안이 썰렁하다. 안방으로 들어가 옷을 벗다가 여진이와 함께 찍은 사진에 눈길이 머물렀다. 머리를 틀어 올리고 한복을 곱게 차려입은 여진이의 미소가 곱다. 그런데 웃고 있는 여진이의 얼굴도 이 교수 자신의 마음이 서글퍼서인지 웃고 있지 않는 것 같다.

보고 싶다는 생각이 든다. 보고 싶다.

-아빠, 이제 와. 안 더워?

하고 묻던 여진이가 차 쟁반을 들고 금방 나타날 것만 같다.

이 교수는 그만 문을 탁 닫고 방을 나와 버리고 말았다. 눈앞이 갑자기 후끈 더워 왔다.

희망의 오늘

|

    여름이 가고 가을이 온다. 벌써 공기 결이 다르다. 돌중을 만나지 못한 지도 한참이다. 몇 번이고 가볼까, 하는 생각이 들었지만, 지금은 혼자 몸이 아니고 보면 둘만의 시간 내기가 힘들 것이다.

    여름내 홍수에 의해 깊게 패었던 생채기가 아물 무렵 용석의 큰 기업체 시험 보는 날이 다가왔다.

    -시험 잘 봤어?

    저녁에 만나기가 무섭게 물었다.

    용석이 뒷머리를 벅벅 긁었다. 그동안 만나오던 학생 중에서 그래도 상위 그룹에 속하는 학생이었다.

    -어제 잠을 설치는 바람에….

    -걱정하지 말아. 될 거야.

    발표 당일 만났더니 불합격이었다.

    절망하지 않고 여기저기 이력서를 넣으러 다니는 것 같았다. 뛰어다니는 모습이 이 교수는 고마웠다.

    하지만 몇 달이 지나도록 취직이 되었다는 소식은 들려오지 않았다.

어느 날 그를 만나는 자리에서 말했다.

-너무 큰 회사만 생각하지 말고 작은 회사라도 지원서를 넣어 보지 그래. 어디 큰 회사만 회사인가.

그래도 그는 다른 애들은 어디 붙었는데 체면이 있지, 하는 표정을 짓고 있었다.

이 교수는 한숨이 나왔다. 그의 처지도 이해가 되었지만 그래도 좀 마음을 바꾸었으면 싶었다.

부자 회사만 회사냐. 가난한 영세 회사도 회사다. 그렇게 좀 큰마음을 먹었으면 싶었다. 큰 회사만 선호하고 작은 회사는 업신여기는지 모르겠다고 해도 그는 들은 둥 만 둥 했다.

하기야 그것이 자본주의의 구조요 시장원리다.

그러나 부자 회사든 가난한 회사든 자기 능력을 다하고 신명을 다 바친다면 결과는 불 보듯 뻔한 일이다. 어울려 살아가는 사회를 만들려면 우선 고정관념을 깨어야 할 터인데.

언젠가 이 교수는 이런 선전 문구를 본 적이 있었다.

-아저씨, 저 오늘부터 출근해요!

-뭐 하는 회사야?

-자그마한 회사예요.

-작으면 어때. 가서 크게 키워!

이 교수는 그때 그 선전 문구에서 희망을 보았다.

흰 까마귀와 검은 까마귀

1

그는 그때 노동일을 하고 있었다. 막일하다 보니 일이 끝나고 하는 한 잔 술이 그의 낙이었다. 술이 점점 그의 생활을 지배하기 시작했다. 어떤 날은 지난밤의 술로 인해 현장에 나가지 못했다.

그러다 보니 소위 간주라고 해서 노임이 나오는 날이면 그는 제정신이 아니었다. 노임을 받을 때까지는 정신이 올발랐다. 이 주머니 저 주머니에 그날 나갈 돈들을 넣어 놓는다. 이 돈은 국밥집 외상값, 이 돈은 보일러 고친 값, 이 돈은 집에 들여 줄 돈….

그렇게 분배해 주머니마다 넣어 놓고는 비로소 안심한다. 그리고 결심한다.

그래 오늘은 어떤 일이 있어도 이 돈만은 쓰지 말아야지.

결심하기가 무섭게 악마가 날아든다.

-어이 술 한잔하고 가야지.

-난 그냥 가야 할 것 같아.

-왜 이래? 오늘이 어떤 날이라고. 죽으라고 고생하고 오늘

같은 날 술 한 잔 안 하고 돼? 딱 한잔만 하자고.

딱 한 잔이라는 말에 그의 빗장 걸린 마음이 열리고 만다.

-그러자. 딱 한잔만 하자. 목도 칼칼한데.

그들은 어울려 인근 목로주점으로 간다. 그들은 한 잔 술 생각에 이미 들떠 있다. 소주 한 병과 안주 한 접시를 시키고 분위기가 그런대로 무르익어 간다.

술은 한 병으로 끝나지 않는다. 이미 속으로 들어간 술은 술이 아니다. 악마의 혓바닥처럼 그의 의식을 잠식한 상태다. 한 병 더. 한 병 더.

그것으로 끝이면 좋다. 그들이 일어날 때쯤엔 술이 사람을 먹고 있다. 호기를 있는 대로 부린다.

-이차 가자. 내가 살게.

이제 목로주점 같은 곳에는 가지 않는다. 주머니에 돈 있겠다. 냉랭한 술을 마실 이유가 없다. 그들은 어깨동무하고 유행가를 부르며 여자들이 있는 술집을 기웃거리다가 적당한 집으로 들어간다. 비싼 술이 나오고 며칠 일당으로 먹을 수 없는 고급 안주가 나오고. 그러는 사이 이 주머니 저 주머니에 넣어둔 돈이 나온다.

그것뿐이면 괜찮다. 술집을 나와 혼자가 되어서도 그는 싸우고 있다. 흰 까마귀와 검은 까마귀의 싸움이 아직도 끝나지 않았다. 흰 까마귀, 검은 까마귀가 서로 그를 끌어당긴다.

-그냥 집으로 들어가. 그러다 한 푼도 남지 않겠다. 어떻게 해서 번 돈인데 그래서 되겠어. 기다리고 있는 집사람들도 생각

해야지.

그러나 검은 까마귀는 사정없다.

-넌 화도 나지 않니? 네가 무슨 돈 버는 기계니? 있는 사람한테 비하면 그건 돈도 아니야. 어떻게 되겠지. 뭘 걱정해. 괜찮아. 한 잔 더 해. 이번에는 정말 예쁜 여자가 널 안아줄지도 몰라. 집에 가봐야 눈에 살기를 띤 마누라가 가만 놔둘 것 같애. 아예 잊어버리라고.

-아니야 안 돼. 이건 내일 쌀을 살 돈이야. 애들 학비도 줘야 한다고. 부식비도 없다는 말을 들었는데 마지막 주머니까지 털 수는 없어. 그러지 마.

-무슨 소리야? 돈은 있을 때 쓰고 보는 거야. 가자, 가.

결국 그는 또 술집 문을 밀고 만다. 검은 까마귀가 이겼다.

2

기룡이의 아버지는 평생 노동판을 그렇게 전전하다가 결국 술의 노예가 되어 허망하게 생을 마감했다. 평생을 선과 악 중간 사이를 서성이다가 죽은 것이다.

이 교수는 기룡이의 말을 듣고 난 후 이렇게 물었다.

-술을 마시나?

기룡이 머리를 내저었다. 그리고 결연한 어조로 대답했다.

-아닙니다. 마시지 않습니다.

-왜?

이 교수는 제 아버지 때문이라는 걸 알면서 되물었다.

-제가 술을 마신다면 사람이 아니지요.

-그러면 아버지는 사람이 아니었단 말인가?

사실 질문이랄 것도 없는 물음이었다.

검은 까마귀의 목을 치지 못한 기룡이의 눈에 핏기가 돌았다.

이 교수는 요즘도 가끔 동료 교수들과 술을 마시다가 눈물을 글썽거리던 기룡이의 얼굴을 떠올리곤 한다.

술잔을 내려다보며 곰곰이 생각해 본다.

이 술이 문제인가, 절제가 문제인가?

말을 바꾸어 보면 절제가 필요하다 그 말인데 한 잔 술에도 흔들린다.

마실까? 말까?

절제하는 이는 내일을 위해 술잔을 밀어 버리고, 절제할 줄 모르는 자는 오늘도 마시고 만다.

누군가는 오늘도 인연의 공동 판 속에 앉아 쓸쓸히 소주잔을 앞에 하고 있다. 인연에 의해 맺어지고 인연에 의해 흩어지는 세상. 인연의 문제 속으로 절제의 꼬리표를 달고 끼어든 이놈의 술.

서툰 담배까지 물어본다. 절제할 줄 모르면 항상 좋은 인연을 망치게 된다는 사실을 모르는 것이 아니다. 담배 역시 절제하지 못하면 병을 얻기 쉽다는 것을 모르는 것이 아니다.

주위를 둘러본다. 한두 잔 마실 때는 허리를 꼿꼿하게 펴고 마시던 사람들이 벌써 흐트러지고 있다. 오늘은 취하지 말아야지. 그런데 곁에서 술 먹는 것을 부추기고 있다. 술이 사람을 먹고 있다.

-제발 가슈. 오늘 벌써 몇 번째예요. 우리도 장사 좀 하자고요.

어제 술에 취했던 손님은 아침술은 백해무익이야 어쩌고 하면서도 저녁까지 술집을 들락거린다. 벌써 다리가 풀려 서 있을 힘조차 없는 주정뱅이. 기룡이의 아버지가 거기 서 있다.

이 정도 되면 술 있는 인생도 쓸쓸하고 술 없는 인생도 쓸쓸하다.

3

어머니를 따라 성철 스님을 만나던 날이었다.

-니 또 왔나. 뭐 할라고 자꾸 오노. 내가 그리 보고 싶더나.

찾아간 모자를 향해 성철스님이 어머니더러 대뜸 그랬다. 어머니가 합장하고 절을 올렸다. 아들도 덩달아 절을 올렸다.

-아따 힘 좋게 생깃다. 뭐 묵노? 소라도 잡아 묵나? 덩치가 산만 하네. 잘 묵는 갑다?

어머니가 웃었다.

-예, 음식은 가리지 않고 잘 묵는 편입니다.

-그기 장땡이지. 가리사믄 아 키우기 힘들다. 나도 속가 있을 때 아 키아 봤다.

-따님 말씀하시는군요?

어머니의 말에 성철 스님이 손을 내저었다.

-말도 마라. 이제 내 사람들 아이다. 어제 가가 내 법복 해왔드마. 그냥 돌려보냈다. 인연 끊어졌는데 미련 가질 게 뭐 있노. 가 엄마도 출가했다 카더라. 아이다. 출가해서 죽었다 하던가.

그때의 이 교수 아니 상준은 좀 놀란 눈으로 스님을 바라보았다. 아무리 속가의 인연을 끊은 스님이지만 아내가 스님이 되어 죽었는지 살았는지 통 관심이 없다는 투의 말이 현실 같지 않아서였다.

-그래도 청담 스님은 자비심으로….

어머니 말이 끝나지 않았는데 성철 스님이 손을 홰홰 내저었다.

-치아라, 고마. 청담 스님 내 잘 안다. 내하고 정화불사 같이 안 했나. 그 사람 즈그 엄마 보러 갔다고 하지만 사실 마누라 보고 싶어 산에서 내려간 기라. 그래 하룻밤 잔기지 뭐. 그래 내 말했다. 뭐 할라고 올라왔소? 마누라 데리고 살지. 그라이 끼네 그라더라. 내보다 청담이 나이가 좀 많았거든. '니 보고 싶어 안 올라왔나.' '그래도 마누라가 좋을 낀데.' 하니까 즈그 엄마가 그라더란다. 하룻밤만 자고 가라고. 그것도 보살의 자비 아니냐고. 중생을 구하는 게 스님인데 자기 집 가족도 못 구하면서 무슨 중질이냐고. 그래 잤다 하데. 참 용해. 우째 딱 하룻밤 잤는

데 아가 들어섰을꼬. 기가 찰 일이제. 청담이 볼 때는 드럽게 재수 없는 일이고, 즈그 엄마가 생각할 때는 하늘에서 복이 넝쿨째 굴러떨어진 기고…. 그기 인간사다.

성철 스님은 그렇게 말하고 상준을 쳐다보았다.

-일마야, 니 술 묵나?

상준이 싱긋이 웃으며, '예.' 하고 대답했다.

-솔직해서 좋네. 그래, 많이 묵지 마라. 그거 묵어 봐야 말짱 헛기다.

그렇게 말하고 또 물었다.

-니 계 받았나?

-아닙니다.

-그래? 가서 계 받아라. 스님만 계 받는 게 아니다. 요새는 일반인도 기본 계는 받는다.

그렇게 말하고 스님은 계율에 관해서 잠시 말했는데 대충 이런 것이었다.

수행자는 아름다운 수레와 같다. 그렇다면 지계는 수레를 이끄는 바퀴요, 그 바퀴가 떨어져 나가면 중생을 실을 수 없듯이 계율을 지키지 못하는 사람이 있다면 쓸모가 없다. 그렇다면 계율이란 마음가짐과 몸가짐과 입가짐 즉 삼업(三業)을 잘 일치시키는 것이다.

4

항상 우리가 얻고자 하는 지혜는 후발성을 지닌다는 말이 있다. 그래서 사람들은 말한다. 왜 인간은 결과 뒤에 깨닫는 동물일까, 하고.

그렇다. 분명히 인간은 결과 뒤에 깨닫는 동물이다. 왜냐하면 우리의 본성이 욕망의 집합체이기 때문이다. 언제나 검은 까마귀와 흰 까마귀가 마음속에서 싸우고 있다. 검은 까마귀는 이리로 가자, 하고 흰 까마귀는 저리로 가자고 한다. 그게 인간이다.

유상견(有相見) 무상견(無相見)이란 말이 있다. 이 교수는 이말을 처음 들었을 때 정신이 번쩍 들었다. 유상견이란 상을 짓는 것이요, 무상견이란 상을 짓지 않는다는 뜻이었기 때문이다. 우리가 세상을 볼 적에 유상견으로 본다면 그것은 차별과 분별의 세계 속에 빠진 것이요, 그것은 보고 듣는 범부의 경지와 다를 바가 없다.

우리는 때로 사물을 객관적으로 보아내지 못한다. 언제나 주관적으로 되기 쉽다. 그런데 그게 실상이면 모르되 꼭 그렇다고 할 수는 없다. 그렇다면 우리가 색맹이나 눈먼 이와 다를 바가 없다.

어느 해 템플스테이에 학생들과 참여했을 때 그곳의 지도교사가 이렇게 말했다.

-주로 계를 어기고 죄를 짓는 사람들을 보면 하나 같이 수양이 모자란 사람들입니다. 자신의 욕구를 절제하지 못하는 이들이에요. 그런 사람일수록 지계가 필요하지요. 하지만 우선 나

자신부터 그렇게 살지 못하고 있습니다. 기가 막힐 일이지요. 바로 유상견에 빠져 있기 때문입니다.

　어느 해 이 교수는 자신을 따르는 젊은이 몇 명과 산사에 올라 동안거를 체험할 기회를 가졌다. 젊은이들과 함께 산사 체험을 새삼스럽게 해보고 싶어서였는데, 젊은이 속에는 학생도 있었고, 회사 다니는 회사원도 있었고, 고시 공부하는 사시생도 있었고, 소설을 쓰는 이야기꾼도 있었다.

　그곳 조실이 이 교수에게 물었다.

　-혹 법명이 있는지요?

　-아뇨. 없습니다.

　-그럼, 여기서는 법명을 동백(冬柏)이라 하지요.

　-동백?

　-동백은 겨울에 피는 꽃입니다. 엄동설한에 꽃을 피워 보는 이로 하여금 환희를 일으키게 하는 꽃이지요. 바로 서로의 언 마음을 녹이는 분이라는 뜻입니다.

　이 교수는 졸지에 겨울에 피는 동백 스님이 되었다 거기에다 자신이 데려간 학생들을 잘 다독거리라는 뜻에서 입승(入繩)직까지 맡았다. 입승은 사원 내의 기강을 바로잡고 지계를 어기는 이가 있으면 문책도 서슴지 않는 권한을 말한다고 했다.

　이틀째까지는 괜찮았다.

　사흘째, 데려간 젊은이 둘이 사하촌으로 내려가 술을 마시고는 노래를 부르며 올라오다가 어스름을 타고 바삐 내려가는 여학생 둘을 건드리고 말았다.

경찰서에서 그들의 비행을 이 교수가 들어보니 차마 입에 담을 수 없었다. 한 젊은이는 숲속에서 여학생을 성폭행했고, 한 젊은이는 여학생이 말을 듣지 않자, 주먹으로 폭행했다. 여학생은 달아나다가 구덩이에 빠져 허우적대다가 겨우 도망을 쳤는데 다행히 목숨에는 지장이 없었다.

이 교수는 철창 안에 갇힌 젊은이들이 걱정되면서도 화가 났다. 술에 취했어도 그렇지, 성폭행이라니.

어떻게 그럴 수 있느냐며 그들을 위로하기는커녕 화를 내고 나무랐다.

그러자 경찰서에 함께 갔던 스님들이 이 교수를 말렸다.

절로 돌아왔는데 조실이 보자고 했다.

조실의 방으로 갔더니 조실이 이런 말을 했다.

-젊은이들을 많이 나무랐다고 하시던데….

-죄송스럽습니다.

-그들도 놀랐을 텐데 좀 다독거리지 않고요.

이 교수는 할 말을 잃고 고개를 숙였다. 젊은이들을 나무랄 줄 알았는데 오히려 젊은이들을 다독거리지 못한 자신을 나무라고 있었다. 더욱이 입승이란 직책까지 맡겨놓고서는.

이걸 어떻게 이해해야 하나 하고 나왔는데 경찰서에 함께 갔던 스님이 차 두 잔을 들고 이 교수의 방으로 건너왔다.

이런저런 말끝에 그가 이런 말을 했다.

-죄의 모양만 말하고 그 근본으로 들어가지는 않는다는 것은

입승의 소임을 다하지 못한 결과라고 생각하면 이해가 빠를 겁니다.

이 교수는 무슨 말이 이렇게 어려울까, 싶어 눈을 껌벅거리다가 잠시 말뜻을 생각해 보고는 벼락을 맞은 듯이 놀랐다.

도대체 내가 무엇인가. 그들은 책임은 내게 있었던 것이라고 말하고 있었다. 그랬다. 젊은이들을 절에 데려간 것은 나였다. 그래서 조실은 내게 입승이란 직책까지 맡겼다. 젊은이들을 잘 돌보라고. 그러면 입승의 역할이 무엇인가. 죄를 나무라는 것이 아니라 죄를 지은 이가 있다면 그 죄를 더 무겁게 하지 않는 것이 입승의 소임이란 말이란 말이었다.

5

느끼는 게 많았다.

오늘날까지 어떻게 살아왔는가?

세상을 살아오면서 죄의 모양만 탓하고 살았다고 해도 과언이 아니었다. 왜 그러느냐? 왜 그랬느냐? 네 죄를 네가 알렸다?

그렇게 타인에게도 법과 질서를 지키라고 요구하며 살아왔다. 오직 사회가 정해 놓은 규칙과 법대로 살 것을 요구했다. 죄를 지은 자들에게 죄의 모양만 가르쳐 주고 죄의 무게만 가르쳤다.

그런데 스님들은 그들을 진실하게 뉘우치게 하려면 나무랄 것이 아니라고 말하고 있었다. 오히려 그들을 다독거림으로써

죄의 모양이 실답지 않음을 깨닫게 해주어야 한다고 주장하고
있었다. 그것이 책임자의 소임이 아니냐는 것이다.

그렇다는 생각이 들었다. 사실 죄란 안에도 밖에도 그리고
중간에도 없는 것일 터이다. 마음은 여러 가지 인연에 의해 끌
리는 것이므로 본질 면에서 더러운 것과 깨끗한 것은 하나라고
할 수 있다. 더러운 것은 깨끗이 하면 되고, 깨끗한 것은 언젠가
는 더러워지기 마련이다.

바람통

1

학교에서 돌아와 씻고 저녁을 먹은 뒤 서재로 들었는데 초인종이 울렸다. 나가보았더니 일전에 어깨가 된 아들 때문에 찾아왔던 어머니가 서 있었다. 뜻밖이었다.

-교수님, 그동안 위아래가 빠끔하신 게라우?

이 교수는 반가웠다. 그분을 모셔 들이고 차를 내왔다. 대충 인사말이 끝나고 나자, 입을 먼저 연 것은 그녀였다.

이 교수를 만나고 돌아간 후 그날로 학생의 어머니는 모진 마음을 먹었다. 이러다가는 삼대독자 외아들을 거리에 빼앗겨버리고 조상 볼 낯이 없겠다는 생각이 들었다. 모골이 송연한 그녀는 아들을 위해서라도 생활 태도를 한번 바꾸어 보자고 생각했다. 그녀는 그날부터 남편이 술이 깰 때쯤이면 속이 쓰리겠다며 해장국을 정성스레 끓여 올렸다. 남편은 처음 아내가 매를 맞다가 미쳐버린 게 아닌가 했으나 그녀는 계속해서 해장국을 상에 올렸고 달걀부침까지 부쳐 올렸다.

하루는 이상해서 주위 사람이 물었다.

-아주머니, 뭐 이쁘다고 지극 정성이요? 사람이 많이 변했구먼.

그랬더니 그녀가 말했다.

다 자식을 위해서라고 했다. 그리고 남편에게도 그럴만한 이유가 있더란다. 하루는 술에 취한 남편이 들어와 자면서 헛소리하는데 들어보니 기가 막히더란다. 어릴 때 어머니를 잃고 계모 밑에서 자랐는데 학대가 심했던 모양이고, 군대 가서는 상관에게 폭행당해 한쪽 귀가 머는 병신이 되었고, 나중 사회와 나와 한 번 살아보려고 노력했지만, 철거민을 못 면하는 신세니 그게 한이 되어 술에 의지하게 되었고 폭력 남편이 되었다는 것이다. 그래서 마음을 바꾸었다는 것이다.

그 진심을 안 남편이 어느 날부터 술에 취해 오면 아내에게 자기 손을 묶어달라고 눈물로 호소했다. 언제 어느 때 광기가 발동할지 자신을 믿을 수 없었기 때문이었다.

어머니에게 손을 묶인 아버지를 쳐다보며 아들은 흐흐흐 웃기까지 하였다. 그러면서도 아들은 밖으로 뛰쳐나가 눈 밑을 쓸고는 하였다.

그 후 남편은 결국 술과 담배를 끊었다. 일거리가 생기면 아무 조건 없이 따라나섰다.

아들은 그런 어머니와 아버지 곁으로 돌아왔다. 술을 끊으려고 손을 어머니에게 묶인 아버지를 보면서, 하늘 같은 남편의 손을 묶을 수밖에 없는 어머니의 사랑 앞에서 아들은 서서히 마음을 돌렸던 것이다. 절망의 언덕에서 희망의 비전을 비로소 본 것이다.

돌아온 아들은 다시 학교에 복학했다.

그분이 말을 끝냈을 때 무소식이 희소식이라더니 그러잖아
도 궁금했는데 참 잘 되었다며 이 교수는 너스레를 떨었다. 그
녀는 다 교수님 덕이라며 몇 번이고 허리를 굽혔다. 그런 그녀
를 보며 도대체 내가 그때 무슨 말을 했더라. 그런 생각을 하고
있었다. 아무튼 아들이 정신을 차리고 사람이 되었다니 다행한
일이었다.

2

이틀 후 이 교수는 그 문제의 학생을 만나 보았다. 그를 만나
보고 난 후에야 느낀 것이지만 적어도 앞으로 자신의 계획을 실
천적 경지로까지 옮겨 보겠다는 각오를 한 이들은 무엇인가 다
르다는 느낌을 받았다. 그날 예전의 어깨 학생에게서 오늘의 젊
은 이들에 대한 희망을 보았기 때문이었다.

이 교수는 소통이라는 단어를 떠올렸다.

소통.

그 정겨운 인사말.

-요즘도 아래 윗구멍이 빠꼼하신 게라우?

그 정겨웠던 인사말.

그렇다는 생각이 들었다. 그 인사말 안에 모든 것이 들어 있

었다. 자신이 사회에서 보고 느끼고 있었던 그 모든 것.

그러고 보면 오늘도 지역 갈등 문제는 심각하다. 그것은 그 인사법 그대로 아래위가 원활히 소통되고 있지 않기 때문이다.

모든 문제는 아래위가 원활히 소통되지 않아서 일어나는 것이다. 인사말 그대로 빠꼼하게 뚫려 있지 않고 막혀 있으니까, 문제가 생기는 것이다. 지역 갈등 문제는 말할 것도 없고 소소한 문제에 이르기까지 소통이 원활하지 않으니까, 문제가 생기는 것이다. 모든 것이 그렇다. 소통이 되지 않으면 공생은 없다. 계획도 없다. 성공도 없다. 진정한 행복도 없다.

왜냐하면 나에 집착하기 때문이다. 하지만 마음을 열면 소통은 자유로워진다. 아래위가 빠꼼하게 열리기 때문이다.

> " 남이 모르게 베푸는 것과,
> 목적을 가진 베풂.
> 전자는 선행, 후자는 악행. "

제6장

채움과 비움,
그 무서운 상관관계

이상의 이상

|

가을의 농익은 자태가 이토록 아름답고 신비롭다니. 그래서 한낮에 산을 오르노라면 숨이 턱턱 막히지만 마음은 이리도 설레는 것인지 모르겠다.

이제 또 한 권의 책이 세상 빛을 볼 것이다. 이 교수는 서재로 들어가 자서에 이렇게 썼다.

-세상은 깨끗하고 맑다. 내가 미혹함으로 그것을 보지 못할 뿐이다. 깨끗한 세상의 건설이 이상이라면 진흙 바닥을 깨끗이 치우는 것도 나의 몫이요, 더럽혀진 몸과 마음은 깨끗이 씻는 것도 나의 몫이다. 이상(理想)의 이상(□想)이 실현되는 세계. 이상이 이상이 아니라 분명하고 똑똑하게 실현되는 세계. 그 세계를 향해 나아가야 하리라.

어느 날 설교 중의 신부는 신도들에게 베풂에 대해서 이렇게 정의했다.

-베풂에는 두 가지가 있습니다. 남이 모르게 베푸는 것과, 목적을 가진 베풂이 바로 그것입니다. 우리는 전자를 선행이라 하

고 후자를 악행이라 칭할 수 있습니다.

　신부는 그렇게 정의하고 신도들에게 물었다.

　-노블레스 오블리주에 대해 정의해 볼 사람?

　신도 하나가 자신 있게 나섰다.

　신도는 부를 이루었으되 가난하고 고통받는 이웃을 위해 무엇인가를 베풀려는 자세, 그것이 바로 노블레스 오블리주 정신이라고 상투적인 대답을 했다.

　-도덕적 책임을 구현할 수 있는 자세를 말하는 것인가요?

　신부가 반문했다.

　-그렇습니다. 직위에 따른 도덕적 의무가 되겠지요.

　그러자 신부는 고개를 끄덕이고 바로 아버지가 선행을 해 어깨에 힘이 들어간 젊은이가 들으라는 듯이 이런 숙제를 내었다.

　-세상에서 가장 큰 뒤주가 하나 있습니다. 이 뒤주는 동학란에도, 여수반란 사건, 6. 25를 거치면서도 불타지 않았다고 합니다. 왜 그랬을까요? 그러니 여러분들은 구름 속의 새처럼 숨어 있는 뒤주를 꼭 찾아보시기를 바랍니다. 힌트를 하나 드리지요. 그것은 99간이나 되는 저택에 있습니다. 둥근 통나무 속을 파 절구통처럼 만든 뒤주인데 그 속에는 쌀이 가득 담겨 있습니다. 두 가마니 반 정도의 양이지요. 통나무 하단에는 쌀이 흘러나갈 수 있게 네모진 구멍을 내놓았습니다. 구멍 위아래로 이런 글귀가 새겨져 있어요.

　타인능해(他人能解)

즉 주인이 아닌 다른 사람도 능히 이 구멍을 열 수 있다는 뜻입니다. 집주인은 집안의 굴뚝도 지붕 위로 빼지 않았다고 합니다. 연기는 굴뚝이 높아야 잘 빠지기 마련이지요. 하지만 방문 문턱 높이도 되지 않도록 3자를 넘지 못하게 배려했다고 합니다. 왜 주인은 뒤주에 그런 글귀를 적어 놓았으며 굴뚝도 3자를 넘지 못하게 했을까요?

삶의 입

|

1

어느 날 심리학 글을 쓰겠다며 들락거리는 학생과 산을 타다가 이 교수는 살짝 괘씸한 생각이 들었다. 학생은 교수님의 책을 읽었다고 하는데 작품을 읽고 감동을 한 것이 아니라는 생각이 들었기 때문이었다.

작품이야 읽었든 말든 땀을 뻘뻘 흘리며 고민을 이야기해 보라고 했더니 기숙사 생활을 하고 있는데 룸메이트가 세 명이라고 했다. 그가 맨 마지막으로 들어갔는데 그래서 지금까지 앞서 들어온 그들에게 깍듯이 예를 하고 형 대접을 했다고 하였다.

그런데 친해지다 보니 민증(주민등록증)을 까게 되었는데 까보니 자신이 제일 나이가 많더란다. 그래서 싸웠다. 그동안에는 서로 좋았는데 싸우는 바람에 셋이 헤어져야 할 단계에 와 있었다.

-집이 지방이거든요. 집안이 넉넉지 못해 홀로 방을 얻어 독립할 처지도 아니고. 고시텔에 들어가려고 해도 방세가 비싸서요. 그렇다고 나이를 안 이상 형으로 대할 수도 없고…. 서로가 서먹서먹해 공부도 되지 않아요. 그들이 먼저 미안하다며 형 대

접해 주면 좋겠는데, 지방에서 재수하는 바람에 친구가 그들의 친구가 되어 있는가 하면, 그들의 형이 자기 친구가 되어 있고, 친구가 그들의 동생이 되어 있고, 그렇게 얽히고설켜 쉽게 형 대접을 안 하려고 한다는 것이다.

그의 말을 들으면서 이 교수는 그렇겠다 싶었다. 지금에 와 그들이 자신을 형 대접한다면 그들의 친구이기도 하고 자기 친구이기도 한 애들에게 그들은 형이라고 해야 하니 한 마디로 복잡해질 것이 뻔했다.

때로 대중적 삶이란 무엇인가 하고 묻는 이가 있다. 그런 질문을 하는 이를 보면 이 교수는 이해가 되기도 한다.

개인적으로 독각의 길을 가는 것이 대중적 삶인가? 이 사회 안에서 사람들과 어울려 살아내는 것이 대중적 삶인가?

전자는 맑고 향기로울지 모르나, 후자는 더럽혀지기가 쉽다. 전자는 고독해 심성을 버릴지 모르나, 후자는 그 반대의 환경으로 인해 심성을 더럽힐지 모른다. 전자는 죄를 지을 일이 없어 보이지만 외롭게 핀 꽃을 벗 삼지 않고 향기를 맡기 위해 코를 갖다 대거나 꺾는다면 죄가 될 것이요, 후자는 세상살이에 겨워 살기 위해 수많은 죄를 짓게 될 것이다.

그래서 전자는 그 향기 속에 있어야 하고, 후자는 그 향기로 구원받을 수밖에 없다. 선지자들이 이 세상에 와 추구했던 것이 바로 이것일지 모른다. 너와 내가 하나가 되는 방법.

2

요즘 들어 이런 일이 있었다.

한 청년이 택시 기사를 위협하여 돈을 빼앗았다. 피를 팔아도 살 수 없고, 인간 시험 도구가 돼도 살 수가 없어 강도질하기로 한 것이다. 정권이 바뀌었다고 했으나 여전히 세상은 그 세상이었다.

기사에게 돈을 빼앗아 달아나는데, 지팡이에 겨우 몸을 의지하고 구걸하는 노파를 보았다.

-젊은이, 어제 내 아들이 죽었다오. 장례를 칠 돈도 없거니와 나는 벌써 사흘을 굶었다오.

청년은 그만 자신이 강도질한 돈을 노파에게 주고 말았다.

믿어지지 않는 일이 발생한 것이다. 경찰이 그를 잡아 물었다.

-왜 그 돈을 노인네에게...?

청년의 대답이 엉뚱했다.

-버스를 타려고 다리가 아파 줄을 섰어요. 다행히 좌석에 앉았는데 허리 굽은 노인네가 타는 겁니다. 어떻게 일어나지 않을 수 있겠어요.

그 광경을 동영상으로 본 K군이 이 교수에게 와 말했다.

-선과 악은 둘이 아닌 하나라는 생각이 들더군요.

이 교수는 깜짝 놀랐다.

아아, 스승이 여기 있었구나.

이 교수는 그렇게 감격하면서 이런 생각을 했다.

무섭구나. 이 학생은 선과 악에서 한 발 더 나가 있지 않은가. 극과 극의 상황. 그 상황 속의 선과 악.

학생은 알고 있다. 이때 우리가 추구해야 할 문제가 무엇인가를.

그 의문이 무엇인가?

이 교수는 걸음이라고 생각했다.

걸음?

그래 걸음.

모든 것이 걸음 아닌가? 피를 팔아야 살 수 있는 사람도 그렇고, 시험군이 되어야 살 수 있는 학생도 그렇고, 등록금을 마련하기 위해 알바를 나서는 사람도 그렇고, 자식을 위해 죽음도 불사하는 부모도 그렇다. 제일 중요한 것이 걸음이 아니고 무엇인가. 그래. 걸음. 그 걸음만이 우리를 살릴 수 있다. 우리를 하나 되게 할 수 있다. 걸음에 의해 모든 것이 좌우되기 때문이다.

선을 위해 위로 올라가면 천상이 눈앞이고, 마귀에게 홀려 아래로 내려가면 지옥이 눈앞이다. 인간은 대부분 즐거움을 신체적 물질적인 것에 두지만 그러기에 마귀는 어디에나 있기 마련이다.

3

-참 이상한 자식이에요. 곁에 사람을 붙이지 않는다니까요.

다가가면 손을 들어 스톱하는 식이에요. 벽을 친다. 그 말이에요.

어느 날 대학 다니는 조카가 학교에 갔다 와 걸려 온 전화를 끊으며 들으라는 듯이 투덜거렸다.

-누군데 그래?

이 교수가 물었다.

-강의를 함께 듣는 친군데요. 어찌나 까칠하게 구는지. 다가 갈 수가 없다니까요.

-왜 잘못한 것이라도 있어?

-아뇨. 옆자리의 친구 놈이 돈을 좀 가지고 있기에 털어먹었 거든요. 그 후 그런다니까요. 제가 털린 것도 아니면서….

-어떻게 했기에 충격을 받았나 부다. 너무 심하게 했으니까 그렇지.

-친구들, 다 그렇잖아요. 저도 돈 있으면 그렇게 당해요.

그의 말을 듣고 있자, 이 교수는 학교 다닐 때 생각이 났다.

그런 지우가 있었다. 좀체 옆자리를 내주지 않는.

그와 좀 가까워진 어느 날 그때의 상준이 물었다.

그의 대답이 이랬다.

-흑심이 보여.

-흑심?

상준은 막연히 되뇌듯 물었다.

그는 굳이 설명하려고 들지 않았다.

나중 곰곰이 생각해 보니 그 흑심이라는 말이 순수한 만남이 아니라 계산된 만남을 말하고 있는 것이었다. 그러니까 척 사람을 보면 그 사람이 진실로 자신에게 접근하는지 아닌지를 느낌으로 알 수 있기에 옆자리를 내어주지 않고 있다, 그 말이었다.

어느 해 한 지우가 출판사 사장을 만나고 와서는 투덜거렸다.

-젠장할. 사장이면 다야. 아무리 꾀도 설득이 되지 않는다니까.

이 교수는 그때 꾄다는 말이 참 상스럽게 들렸다. 그 말속에 흑심이 내재 된 것 같았기 때문이다.

원고 내용이 마음에 들지 않아 출판을 안 하겠다고 하는데 꾀고 자시고 할 것이 뭐 있겠는가. 출판을 안 하려는 사람에게 억지로 책을 내달라고 달라붙는 것이 흑심이다.

그러니 하는 일이 성사될 리 없다.

-흑심을 좀 버리지. 출판사가 거기만 있는 것도 아니고. 그런 원고를 원하는 곳도 있을 텐데….

-그 자식, 이 원고 써주면 오천 주기로 했다고. 이제 딴소리 잖아.

-원고가 잘못된 거지. 바라는 대로 안 나왔으니까 그런 거 아냐.

-그래도 그렇지. 날 뭐로 보고.

-다시 생각해 봐.

지우는 끝내 그 출판사 사장과 척지고 말았다.

사회생활을 하면서 느낀 것이지만 그처럼 세상살이가 쉬운 것이 아니다. 서로 약속해 놓고도 마음에 들지 않으면 척을 짓고 만다.

얼마 전에 믿었던 동료 교수가 아내의 수술비가 모자란다며 오천만 원을 빌려달라고 했다. 믿었던 친구라 그동안 모아 놓았던 돈과 적금 통장을 탈탈 털어 빌려주었다.

돈을 빌려 간 후 보름도 안 되어 이상한 소문이 돌았다. 그 친구가 아내와 함께 어딘가로 이민갔다는 것이다.

어이가 없었다.

이 교수는 그제야 정신이 번쩍 들었다.

아, 이게 내가 사는 인간 지옥이구나.

그랬는데 아내가 그랬다.

-그 사람 너무 욕하지 말아요. 오죽했으면 그랬겠어요.

-그래도 그렇지. 나쁜 사람.

그때 아내가 정신이 번쩍 들 말을 한마디 했다.

-책임은 당신에게 있어요. 정말 당신 때로 흑심이 앞설 때가 있지 않았나요? 당신 상대에게 그저 진실히게만 대했어요? 정말 타인을 진실로 대할만한 그런 인격을 갖추고 있다고 생각하세요? 그러려면 먼저 자신부터 파악해야 할 터인데 그런 근기가 있을까 싶네요.

-뭐?

이제는 마누라까지 나를?

-당신 누구 편이야?

자신도 모르게 화가 나 한마디 하자 아내가 필필 웃었다.

-보세요. 화를 내잖아요. 이게 화낼 일인가요? 아니잖아요. 벌써 내 진심을 왜곡하고 있잖아요. 내 진심을요. 당신 자신을 모른다면 세상을 안다고 할 수 없는 거예요. 나와 세상, 이 둘을 모르고서는 어떤 논리도 설득력을 얻지 못한다고요. 아무리 비전이 좋을지 몰라도 그것은 무용지물이다. 그 말이에요.

그러니까 아내 말은 나를 먼저 살펴 반성하고 그 저력으로 상대의 근기를 살피는 것이 순리 아니냐 그 말이었다.

-그러니까 뭐야? 그런 인간에게 돈을 빌려준 것은 내가 어리석기 때문이다?

-아닌가요? 그 사람은 벌써 당신을 파악하고 있었죠. 이 어리석은 인간은 돈을 빌려줄지 모른다. 왜? 나를 아직 파악하고 있지 않으니까. 그런 인간이 자신을 파악할 리 없죠.

그날 이 교수는 성도 못 내고 서재로 들어가 버리고 말았다.

이 교수는 서재에 앉아서 이런 생각을 했다.

우선 존재의 실상을 통찰하기 위해서는 나라는 존재를 먼저 파악할 이유가 있다? 그러면 어떻게 나란 존재를 파악할 수 있단 말인가?

분명한 것은 자아를 없애는 것이 무아가 아니라는 사실이다. 무아는 자아가 애초부터 존재한 적이 없는 세계. 그것을 깨닫는 것이 무아라는 말이다.

그렇다면 나를 먼저 개발하고 그 저력으로 상대의 근기를 살피는 것이 곧 성공의 지름길이라는 말이 된다. 욕심을 버리고 세상의 흐름에 순응하고 사는 것이 행복의 지름길이라는 말이 된다.

그렇구나. 부처가 따로 없구나. 원수가 부처구나. 날 깨닫게 했으니.

그래서인지 요즘도 이 교수는 사람들과 대화하면서 상대를 살필 때가 있었다. 저 사람이 지금 진실을 말하고 있는 것인가? 아닌가?

금방 알 수가 있는데도 언제나 헷갈린다. 어떤 이는 진실을 말하고 있는데도 진실이 아닌 것 같고, 어떤 이는 거짓을 말하고 있는데도 진실 같다. 이 교수는 그럴 때마다 왜 그럴까, 하고 생각해 본다. 무엇이 그런 현상을 불러오는 것일까, 하고.

어느 날 근기라는 말이 떠올랐다. 내가 상대의 근기를 살피지 않고 있기 때문이라는 생각.

상대의 근기를 살필 수 있는 경지가 내게는 부족하다?

그런 생각이 들자, 이 교수는 이거 참 싫었다.

상대의 본면을 정확히 파악하려면 자기 자신을 먼저 되돌아 볼 줄 알아야 하는데 이게 잘되지 않으니, 기가 믹힐 일이있나.

4

예전에 사기도 수준이 맞아야 친다던 돌중의 말이 생각났다. 사기를 잘 치는 사람은 상대방의 사람됨을 먼저 살피는 법이라는 말일 터인데 그렇다면 근기를 먼저 살핀다는 말일 터이다.

타인을 내 편으로 만들려면 상대방의 근기부터 살펴야 할 것이 아닌가.

그런데 그걸 알면서도 아뿔싸. 생각지도 않게 상대방의 수준도 생각지 않고 떠들 때가 있었다. 때로 말도 안 되는 소리를 지껄이는 사람들을 보면 그만 입이 간지러워지는 것이다. 제발 알려면 제대로 알라고 말하고 싶은 충동을 막을 길이 없었으니 말이다.

그럴 때마다 빈축을 살 때가 한두 번이 아니었다. 괜히 아는 체하고 잘난 체하다가 된통 얻어맞기가 예사였다. 지금도 그 버릇을 고치지 못하고 있으니, 이보다 기막힐 일이 어딨겠는가.

더욱이 교수가 된 후로는 자신을 누군가 무시라도 하면 참지 못하는 버릇이 생겼다. 아무리 작은 마음을 크게 일으켜 대승심에서 그랬다고 하더라도 그런 상대를 이해해 줄 이가 몇이나 있겠는가.

그때 이 교수는 이런 생각을 했다.

남을 향해 하는 말이 곧 나의 법인가? 그렇다면 그 법을 말하는 것은 소중한 것이다. 그러나 그 법을 말할 때 상대의 근기를 살피지 못한다면 무슨 소용일까? 그것은 더러운 음식을 보배 그릇에 담는 것과 다를 바 없을 터이다. 하열한 사람은 많은 사람을 고뇌에서 구원하려는 상심이 모자라기 때문이다.

그러므로 자신의 법을 전할 때는 언제나 상대의 근기를 관찰해야 한다?

채움과 비움, 그 무서운 상관관계

|

　그러나 이 교수는 또 고개를 갸웃하였다. 근기 어쩌고 하지만 나를 먼저 알고 상대를 먼저 알아야 한다는 말인데 그럼, 무엇이 필요한가? 먼저 나를 개발하고 상대의 근기를 살핀다고 하자. 그리하여 상대와 하나가 되었다, 하더라도 두 사람 사이에 정직이 없다면 험한 세상 살아내기가 힘들다.

　진정한 정직에는 사심이 없다는 것은 만고의 진리다. 하지만 사심이 없는 사람이 어디 있겠는가. 서로를 인정하고 너그럽게 안아주고 인정할 때, 그때 이 세상은 살 만한 세상이 될 터인데.

　서적상을 하다가 책이 팔리지 않자, 서점을 정리하고 마땅히 할 것이 없으니까, 주식을 하던 사람이 이길 직 친구를 찾았나.

　-주식이 반토막이 났다고?

　-별것 아니라고 생각했는데 생각대로 되어야지.

　-그거 머리로는 안 되는 거야.

　주식을 해 돈을 번 지우가 그렇게 한마디 했다. 그는 고등학교만 나와 서적상으로 들어가 잔뼈가 굵었는데 꽤 많은 주식을 가지고 있었다. 두 사람은 고등학교 동창이었는데 주식을 해서

까먹은 친구는 본시 공부를 잘했으므로 미국 유학까지 갔다 온 사람이었다.

무슨 말이냐는 표정으로 주식을 해 돈을 까먹은 지우가 눈을 크게 떴다.

-주식을 해도 막연하게 할 게 아니라 욕심부리지 말고 흐름을 타야지. 그렇게 벌로 하면 어떡하나. 머리만 믿어서는 안 된다니까.

걱정스러워서 한 말인데 지우는 화를 벌컥 냈다. 그럴 수밖에 없었다. 고등학교 다닐 때는 2등만 하던 지우였다. 그런데 사회에 나와 사업을 하고 주식을 해 돈을 벌었단다. 2등에게 충고를 들었으니, 머리가 좋다고 자부했던 그로서는 자존심이 상하지 않을 리 없었다.

-웃기지 말아. 내가 너보다는 머리가 좋아야.

-주식을 머리로 하냐. 흐름으로 하지.

흐름.

그 말을 이해할 수 없었던 지우는 머리만 믿고 다시 주식에 손을 대었다가 결국 쪽박을 차고 말았다.

이 교수가 생각해 봐도 주식은 판을 읽을 줄 알아야 한다는 말은 맞다. 그래야 비로소 욕심을 버릴 수 있을 테니까.

이 교수가 주식을 해본 것은 오래전 일이었다. 주식 소설을 한 편 써보면 어떨까, 하여 알아보다가 하게 된 것이었다. 심리학책을 내다보니 사실 은근히 소설 쪽으로 욕심이 생긴 것이다.

처음 적은 돈으로 시작했는데 홀랑 날려버렸다. 그때는 컴퓨터도 없을 때였다.

이것 봐라.

학생을 가르치는 교수가 무슨 주식이야 하면서도 오기가 났다. 다시 돈을 마련해 튼튼한 종목으로만 골라 실었다.

그런데 사흘을 견디지 못했다. 자꾸 주식시장에 눈이 가는 바람에 작업을 할 수가 없었다. 그때는 알지 못했다. 주식 판 자체가 위정자와 사기꾼들의 놀이터인 것을. 한국의 주식 판은 소액 주주의 돈을 털어먹는 권력가와 짠, 있는 자들의 놀음판이었다. 없는 주식을 팔아 단가를 낮추기가 예사였고 공매도를 쳐 호가를 내려 사고, 호가를 올려 팔아먹는 사이비 꾼들을 사악한 위정자들이 뒷짐 지고 봐주고 있었다. 거기에다 소액 주주들에게 치명적인 단점은 주가 내려가는 꼴을 보지 못한다는 것이었다. 내려가면 더 내려갈까 팔고, 조금 올라가면 내려갈까 팔았다. 그러니 돈이 남아날 리 없었다.

-애초에 손대지 말아야 할 것을….

이미 엎질러진 물이었다.

-그런데 신경 쓰지 말고 좋은 작품이나 써요.

주식을 접자 아내가 한 위로의 말이었다.

아직도 주식 소설은 미완성으로 남아 있다. 천하에 할 것이 못 된다는 생각 때문이었다. 그러면서도 이 교수는 자신이 주식에 왜 실패했는지 생각해 보고는 했는데 첫째는 세상 물정에 어두웠고 무엇보다 욕심이 문제였던 것 같았다. 욕심을 버리지 않고는 이길 수 없는 것이 주식이라는 생각이 비로소 들었다.

-욕심을 비웠을 때 보이더라네. 주식시장이 보이고, 기업이 보이고, 산업 활동의 동향이 보이고….

주식을 해 폭망했다는 1등 친구를 데리고 2등 친구는 그를 위로하기 위해 술을 한 잔 사고 노래방으로 데려갔다.

요즘 유행하는 노래를 부르다가 평소 1등만 하다가 주식을 해 폭삭 망한 친구를 놀리기 시작했다.

…육십 프로 손실 날 때 날 데리러 오거든
오랜 기간 억울해서 못 간다고 전해라.
칠십 프로 손실 날 때 날 데리러 오거든
추매할 돈 남아 있어 못 간다고 전해라
팔십 프로 손실 날 때 날 데리러 오거든
물린 종목 또 있어서 못 간다고 전해라
구십 프로 손실 날 때 날 데리러 오거든
알아서 갈 테니 재촉 말라 전해라.
아리랑 호구랑 아라리요
아리랑 고개를 또 넘어간다

그날 두 친구는 멱살을 잡고 싸웠다.

-너 이 자식 제대로 날 한 방 먹이는구나.

-맨날 네 세상인 줄 알았지? 흥 머리만 좋으면 뭐 해. 이제

서울역 난장 치게 생겼네. 에이, 호구 자식!

이것이 1등과 2등의 모습이다. 1등이 2등의 충고를 무시하다가는 언제 이런 모욕을 당할지 모른다. 친구도 친구야 할 때가 좋고 형님도 형님 할 때가 좋은 법이다. 고추 친구의 우정도 세상살이 앞에서는 눈물 젖은 증오로 뒤바뀐다. 2등의 친구는 1등의 친구를 그렇게 놀려놓고 술잔을 기울이며 울었다.

-그 자식한테 그랬지만 내 마음이 마음이 아니다. 고등학교 다닐 때 그 자식 때문에 내가 얼마나 속을 썩였냐. 맨날 2등이라는 꼬리표가 붙어 다녔지. 나중 그 자식 서울 대학교에 붙고 내가 떨어져 2차 시험을 보면서 울었다. 그놈 서울 대학 나와 룰루랄라 할 때 나는 서적상에 들어가 일을 하며 돈 벌 궁리만 했다. 그때 안 것이 주식이야. 무려 몇십 년을 주식 공부만 했다. 눈물 흘리며 이를 갈며 했다. 그런데 그놈이 걸린 거다. 기아에 대한 복수는 배가 차면 끝나지. 그러나 배가 차면 졸음이 쏟아지지. 그게 잘못된 것이다. 적당히. 적당히 말이다. 중도. 중용. 중간 말이다. 그걸 지키지 못하면 2등이 된다는 걸 2등 인생을 살면서 난 깨달았고, 그 자식은 욕심대로 처먹고 졸다가 폭망한 거다. 나 같은 놈에게 무시나 당하면서….

1등과 2등의 차이. 그렇다. 우리를 망치는 것은 자만심인지도 모른다. 자기 머리만 믿고 오만에 차 있다가는 언제 2등 인생이 될지 모른다. 돈도 잃고 친구도 잃는 사람이 될지 모른다.

제7장

21세기식
자기 경영학

이 세상 속의 멘토

|

　우리는 홀로 태어났지만 홀로이기 때문에 기대어 산다는 문구를 읽으면서 이 교수는 고개를 끄덕였다. 지극히 상식적인 문구인데 이상하게 가슴에 와 매달렸다.

　-너 입사한 지 몇 년인데 아직도 이러니? 이게 뭐냐? 응? 썩 꺼져 버려! 보기도 싫으니까.
　상사는 여느 때처럼 정 대리를 나무랐다.
　-부장님 해도 너무하시는 거 아냐.
　매일 이다시피 당하는 정 대리를 보다 못해 사원들이 한마디씩 했다.
　-에이, 이놈의 회사 사표를 쓰든지 해야지.
　정 대리도 참다못해 옥상으로 올라가 담배를 피우며 투덜거렸다. 생각할수록 상사가 괘씸했다.
　항상 자신을 낮추라고 했던 사람이 누구인가. 바로 부장 자신이었다. 그런 사람이 회사 문만 열면 사람을 개 잡듯이 잡았다. 니미, 부처님과 그리스도는 제자들의 발을 씻어 줌으로써 그들을 제도했고 인류의 스승이 되었다는 것도 모르나. 부하가 실수를 좀 했다면 사랑으로 감싸주면 어디가 덧나나.

남위에 군림하려고만 하는 상사의 오만함에 북받쳐 술이라도 된통 먹고 한바탕했으면 싶었다.

부장도 대리이던 시절이 있을 것이고 그럼 부하의 고충도 겪었을 터인데 이제 와 부하직원을 쥐 잡듯이 잡다니….

그는 그때까지도 모르고 있었다. 사주가 부장에게 부하직원을 퇴직시키라고 한 것을. 아니 그만이 아니라 그의 팀 자체를 해산하라고 한 것을.

시간이 지나 사주의 속내가 드러났다. 그제야 부장의 속마음을 알게 되었지만, 회사를 그만둘 수는 없는 일이라 팀이 하나로 뭉쳤다.

항의하자. 이대로 쫓겨날 수는 없어.

항의가 시작됐다. 회사 측에서 정규직들을 잘라내고 임시직을 쓰려는 수작이었음을 알게 되자 하나 같이 이를 갈았다.

그러나 회사 측에서는 그들은 잘라내야 한 이유를 충분히 확보하고 있었다.

비로소 정신을 차렸지만 어떻게 해볼 수가 없었다.

-회장 새끼. 타인을 자신처럼 아끼고 사랑할 때 그때 어울려 사는 세상이 될 것이라더니 결국 우리를 잘라내려고 그런 술수를 부려.

그 와중에 부장이 회사에서 쫓겨났다. 정 대리 팀이 부장의 비리를 터트려 버렸기 때문이었다.

그 후 삼 개월도 못 되어 정 대리 팀도 회사를 그만두었다.

이 이야기를 아마 신문에서 읽었을 것이다. 글을 읽고 나자 슬며시 가슴이 아려왔다. 너무 흔한 이야깃거리라 무심히 넘길 만한데 왜 이럴까, 싶었다.

이럴 때 사람은 시어머니 편을 드는 시누이가 되기 마련이다. 이상하게 간섭하고 싶고 할 말이 생기기 때문이다. 기대어 산다는 것이 곧 타인을 받아들인다는 말이라는 걸 누가 모를까. 받아들이지 않고 어떻게 이 세상을 살아내나. 상사는 부하직원의 말을 진정으로 경청하고 인정할 것은 인정해야 한다고 시어머니처럼 말하면 시누이가 곁에 있다가, 이것은 권력자도 마찬가지고 기업가도 마찬가지라고 거든다. 설령 부하직원이 잘못했다고 하더라도 감싸고 도와주면서 끌어나가야 하고, 아랫사람은 순응하면서 화합에 힘써야 한다고 거든다. 공자 맹자 같은 말이지만 그럴 때 이 사회는 제대로 돌아간다는 말인데 듣는 쪽은 맞는 말이라고 생각하면서도 그렇게 기분 좋은 것이 아니다. 살아남으려면 상대를 먹이로 삼아야 살아낼 수 있는 세상. 사심을 가지고 남의 탓만 하는 세상 속에서, 죽자 살자 온갖 지혜를 짜내 모자람이 있으면 그 모자람을 적극적으로 채워 주고, 잘못이 있으면 잘못을 너그럽게 받아들이며 살아왔는데 고작 듣는 말이 그런 것이니 속이 상하지 않을 리 없다.

들는 쪽은 내 아버지일 수도 있고, 형님일 수도 있고, 동생일 수도 있고, 누나일 수도 있고, 여동생일 수도 있고, 형수일 수도 있다. 문제는 누가 시어머니이고 시누이냐는 것이다. 공자가 시어머니이고 시누이가 맹자인가?

잘못하면 시어머니가 되고 시누이가 되고 마는 세상 속의 멘토.

사람이 어울려 살면서 그런 세상을 만들지 못한다면 배신과 배척이 난무하고 증오가 들끓어 세상은 난장판이 되고 말 것이라고 시어머니는 다시 말한다. 난장판이 된 세상 속에서 살아가지 않으려면 타인을 자기 가슴 속에 품어야 하고 그의 잘못이 내 잘못임을 알아야 한다고 시누이가 거든다.

그런데 문제는 그렇다고 하더라도, 타인을 자기 가슴 속에 품기가 쉽지 않다. 타인의 잘못이 내 잘못임을 인정하기가 쉽지 않다.

킬링 리더 필링 리더

|

　얼마 전에 이 나라의 권력자 중 한 사람이 코이라는 물고기를 들먹인 적이 있었다. 어항에서 키울 때와 넓은 물에서 키울 때 크기가 다르다는 그 물고기. 자신에게 주어진 환경에 따라 크기가 달라진다는 그 물고기.

　전 정부의 권력자는 올 한 해 국정 운영의 최우선 과제로 경제를 활성화하겠다는 약속을 하면서 그 물고기를 들먹였었다. 기업들이 자유롭고 활발한 경영활동을 벌일 수 있도록 환경을 조성하겠다 뭐 그런 약속이었다. 그러니까 코이의 법칙을 바탕으로 정부가 경영 공간을 확충해 줄 테니 기업들이 큰물에서 한번 놀아보라는 말이었다.

　이 교수는 그때 이상하게 슬며시 웃음이 나왔다. 사람은 환경의 동물이다. 그러므로 환경의 지배를 벗어나지 못한다. 지배를 벗어나지 못한다는 것은 바로 좌절이다.

　큰물에서 놀아보라?

말은 좋다. 생물학적 원리보다 자기 삶의 방식에 있어 성장하는 데 필요한 효율적 공간 사용에 그 의미가 있다는 것을 누가 모르랴.

　그의 말을 바꾸어 보면 지금까지 우리의 기업가들이 우물에서 놀았다는 말이었다. 그러니 내가 권력을 이용해 큰물을 만들어 줄 테니 그 물에서 놀아보라 그 말이었다.

　참, 말은 그럴듯해 보였다. 그런데 너무 무책임한 발언이라는 생각이 드는 것은 무엇 때문일까?

　그럼 어떻게 말해야 하나? 너희들은 우물 안 개구리들이니 그냥 우물 안에서나 놀아라 그래야 하나?

　이 교수가 곰곰이 생각해 보니 분명한 것이 있었다. 이 나라의 기업들이 큰물에서 놀 준비가 되어 있느냐 하는 것이었다. 기업가들이 어떤 꿈을 꾸느냐에 따라 미래가 달라질 수 있다는 생각에서 한 말이라고 해도 그렇다. 분명한 것은 우물에서 자란 개구리는 바다로 나가면 짠물을 이기지 못하고 죽어 버린다는 사실이다.

　결과는 어떻게 되었나? 권력자의 말처럼 세상이 바뀌었나?

　그래서 부모는 자식의 장래를 위해 큰마음을 가질 수 있는 인간 교육을 먼저 해야 한다고 이 교수는 시간이 날 때마다 강조했었다. 말이 다른 것 같지만 그 말이 그 말이었다. 그러다 감당할 수 없는 힐난을 받기도 했지만.

　아무튼 우리의 기업도 좋아할 것만이 아니라 큰물에서 놀 준비가 되어 있을까를 먼저 점검해 봐야 한다. 바다에 나가 지레

겁을 먹지 않기 위해서는 더 준비를 단단히 해야 한다. 그렇지 않고는 생각과 꿈을 자신의 기준에 맞춰 버리게 될 것이다. 분수없이 설쳐대다가 넘어지게 되는 것이다.

정부의 말은 고상했다.

-마켓 슈머(maketsumer)의 세상을 열자. 이전의 소비자와는 다른 소비자들의 세상을 위해 세상의 중심축들이 움직여야 한다. 그들이 능동적으로 시장생태계를 움직여 나가야 한다. 마켓터 즉 판매전문가의 역할까지도 수행하는 소비자들의 세상을 위해.

마켓 슈머는 머리를 맞대고 모여 앉아 어떻게 하면 소비자를 마켓터로 만들 수 있을까 의논하고 고민하는 소유주들이다. 그러므로 그들은 자신들이 던져 놓은 브랜드의 성과에 촉각을 곤두세운다. 어떻게 실천력 있는 행동으로 마케팅을 선보여 소비자를 끌어들일까? 오로지 그것만 생각한다. 그래서 이 사회는 위대한 마켓 슈머의 출현에 열광하는 것이다.

그럴까?

그래서 우리의 권력자는 코이의 법칙을 보란 듯이 들먹였던 것일까?

아니나 다를까 얼마 가지 않아 코이의 법칙이 그 본모습을 드러내기 시작했다. 기업을 큰물에서 놀게 하겠다는 정부가 돌연 태도를 바꾼 것이다. 코이의 법칙을 부르짖었던 정부는 너희들을 큰물로 보내기 전에 칼부터 빼 들고 부정, 비리 척결을 명분으로 내세웠다. 기업을 상대로 한 전방위적 수사를 단행하기 시작하자 재계는 이게 무슨 코이의 법칙이냐며 분통에 분노를 터트렸다. 이런 식으로 경영활동을 위축시키느냐. 병 주고 약 주느냐. 일관성 없는 행보라며 당혹스러움을 감추지 못했다.

경제통들은 정부와 기업, 특히 재벌과의 기 싸움이라고 했다. 정부는 기업이 임금인상하고 곳간을 열기 위해 그런다고 했고 재계는 규제 완화 확충을 바라면서 정부와 대립각을 세운다고 했다.

이 교수는 그들의 싸움을 지켜보며 세상이 변했다는 것을 실감했다. 누구나 세상의 마켓 슈머가 되고 싶어 하지만 지금은 마켓 슈머의 세상이 아니었다. 마켓 슈머의 세상이 아니라 창조 마인드의 세상이었다.

창조 마인드가 무엇인가. 킬링 리더가 힐링 지도자가 되는 세상이다. 자신과 상대를 죽이는 리더가 킬링 리더다. 자신과 상대를 해방하는 리더가 힐링 리더다.

힐링 리더는 말과 실천이 다르지 않다. 말과 실천이 다르지 않다는 것은 바로 작은 마음의 소유자가 아니라 큰마음의 소유자라는 증거이다. 킬링 리더. 즉 작은 마음의 소유자는 말과 행동이 다르다. 다르기에 큰마음의 세계를 알 리 없다. 그래서 말이 바뀌는 것이다. 그것은 그런 정부를 욕하는 기업가도 마찬가지다. 왜 그들이 그러는지 반성할 줄을 모르기에 증오한다. 정부나 재계나 힐링이 되지 않고 킬링에 빠져 있기에 그런 것이다. 그러므로 화해란 없다.

하물며 그 아래 조직은 어떠하겠는가.

이유는 간단했다, 창조 정신의 결여. 창조자는 이 세상과 사람을 위해 창조 정신을 발휘한다. 그러기 위해서는 상대를 먼저 생각하고 자신의 마음을 먼저 연다. 작은 마음이 아니다. 작은 마음을 좀 더 크게 연다. 바로 이것이 창조성이다. 창조적 마인드가 곧 큰마음이다. 소유주들이 소비자의 마음을 잡으려면 마켓 슈머의 세계에 머물러서는 안 된다. 창조적 마인드를 가져야 하는 이유가 여기에 있다. 그렇지 않고는 소비자의 마음을 잡을 수가 없다. 그들 위에 있는 권력자들도 마찬가지다. 창조적 마인드를 먼저 가져야 한다. 그렇지 않고는 코이가 노는 큰 바다의 세계를 만들 수 없다. 창조적 정신의 소유자가 곧 큰마음의 소유자요 힐링 리더다. 권력자나 사업가나 어떻게 저것들을 족칠 수 있을까가 아니라, 이 사회 이 세상을 위해서 크게 안을 수 있을까 그것을 생각해야 한다.

오늘도 창조경제를 부르짖으며 코이 운운하던 이들의 행태를 보고 있으면 이 교수는 어이가 없었다.

우리가 먼저 개발하고도 정부가 뒷짐 지고 방관하며 무시하는 사이 그 가치를 알아본 다른 나라에서 이 나라의 창조물을 먼저 승인해 빼앗긴 사례가 허다했고 허다하다. 언제 이 나라의 환자가 휠체어에 몸을 싣고 치료받으러 가는 진풍경이 벌어질지 모른다.

지금도 눈앞에서 어이없는 일이 벌어지고 있는 것이다. 줄기세포 문제만 해도 그렇다. 우리가 앞서 개발해 놓고 옆집 앞집에 빼앗겨 버린 꼴이다. 그들이 그걸 가져가 세계를 상대로 제품화에 성공하고 있다. 예전에 줄기세포 조작 사건으로 인한 트라우마가 있다고 해도 그렇다. 매사 안전을 기했어야 했으리라. 정부 지원이 줄어들었고 법 제도도 바꾸어 버렸다고 해도 그렇다. 이제 이 나라에는 배아 줄기세포를 연구하는 곳이 거의 없다고 한다. 하나 같이 윤리 논란을 피해 활용도가 아주 떨어지는 성체줄기세포 연구에 매달리거나 그나마 줄기세포 연구를 진행하던 유일한 병원도 실패했다고 한다. 문제는 실패 원인이 어디에 있느냐는 것이다. 줄기세포 배양에 필요한 난자를 확보할 수가 없다? 왜? 정부가 생명 보호법을 고쳐 갓 채취한 난자 사용을 금지했기 때문이다.

냉동된 난자만 사용하라.

냉동된 난자는 배양이 제대로 되지 않는다는 것을 그들이 모를까?

실패를 거듭하면서 정부에 건의했지만 결국 허가가 떨어지지 않았다고 한다. 그들은 하는 수 없이 미국으로 연구실을 옮겼다. 미국에서는 기증자의 의사가 확인되면 신선한 난자를 사용할 수 있기 때문이다.

그들은 결국 미국에서 성공했지만, 우리가 생명윤리 논란에 갇혀 탁상공론이나 하는 사이 일본은 유도만능줄기세포 시험에 성공해 노벨상을 탔고, 미국 오레곤대 팀은 세계 최초 복제줄기세포를 수립했다. 우리가 먼저 시작한 연구를 그들이 이루어 낸 것이다.

이것이 창조경제인가.

넓은 바다에서 살게 하겠다는 약속인가.

불량식품만 단속하는 것이 창조경제인가.

눈 부라리고 앉아 국부 유출이나 하는 것이 창조경제인가.

코이를 더 넓은 세계로 내보내었다고?

세상에 이런 치욕이 어디 있고 이런 수치가 어디 있는가. 우리나라에서 만든 치료제가 다른 나라에서 먼저 치료할 수 있다? 이 나라 환자가 그 나라에 가서 치료받아야 한다?

이게 킬링의 소산이다. 이게 우물 안 창조경제다.

최고의 권력자가 코이의 법칙을 아무리 외쳐도 필요 없다. 열린 마음을 갖지 않는 이상 언제나 우물 속이다.

그나마 다행스러운 것은 뜻있는 자들이 정부가 그러든 말든 자가 골수 줄기세포 이식술로 '버거씨병' 치료 효과를 입증하고 있다는 사실이다. 줄기세포에 대한 분리 배양 같은 조작을 하지 않고 자가 골수 줄기세포 자체를 채취 동시에 이식하는 임상 치료 성적 보고는 전 세계적으로도 매우 드문 일이라고 하고 있으니 그나마 다행한 일인 것이다.

그래서 큰 바다로 나가 살려면 킬링이 아니라 힐링이 필요하다고 하는 것이다. 이것이 대중적 삶이 아니고 무엇인가. 대립 각이 아니라 입각 점. 눈 맞추는 어울림.

대기만성

|

　사람을 지도하다 보면 일찍 되는 사람도 있고 늦되는 사람도 있다. 소설가 이병주 씨는 나이 마흔이 넘어 문단에 들었다. 그래도 빨리 세상으로 나가고 싶어 하는 게 보통 사람의 바람이다.

　그런데 지나고 보면 그때의 안달이 가끔 부끄러울 때가 있다. 지금의 어설픈 글쓰기가 그래서라는 생각이 들기 때문이다

　그동안. 섣부른 재주만을 믿고 일찍 등단하여 필명을 날리다가 서리를 맞는 이들을 이 교수는 수없이 보았다. 턱없이 자만에 차 있고 오만에 차 있다가 제대로 임자를 만나 걸려 넘어진 사람들.

　이는 글 쓰기에만 해당하는 일이 아니다.

　채근담에 보면 이런 말이 있다. 오랫동안 움츠리고 힘을 비축해 온 새는 일단 날면 높게 치솟는다(伏久者飛必高).

　때를 보아 높이 날기 위해서는 먼저 무엇이 필요한가?

　힘이 필요하다. 도광양회(韜光養晦), 불비불명(不飛不鳴)이라

는 말이 있다. 도광양회는 유비가 조조의 식객으로 있으면서 자기가 가진 재능을 숨기고 은밀히 힘을 기른다는 말이고, 불비불명은 사기에 나오는 말로 새가 날지도 울지도 않고 큰일을 하기 위해 조용히 기다린다는 말이다.

이보다 더 과격한 표현도 있다. 일찍이 출세하면 얻는 것이 없다(少年登科不得好死)는 말이 있다. 지금은 고생스러워도 참고 힘을 길러나가다 보면 때가 오기 마련이라는 말이다.

오늘의 현실이 어둡다고 절망하는 젊은이는 새겨듣고 또 새겨야 할 말들이다. 천하를 움켜쥔 이들에게도 그렇게 참고 견딘 세월이 있었기 때문에 일어설 수 있었던 것이다.

물론 쉽지 않은 일이다. 그렇게 해야 한다고 구호적으로 말하기는 쉬워도 때를 기다리며 살아내기가 쉽지 않은 것이 이 세상살이다. 타인과 항상 이해관계에 얽혀야 하고, 그렇게 어울려 살지 않고는 이 세상을 결코 바람직하게 살아낼 수가 없다.

세월의 연금술

|

1

어느덧 가을이 가고 겨울이 오고 있다. 운영평가회를 얼마 앞두고 어느 날 맹랑한 학생이 물었다.

-교수님, 언제 우리에게 기성세대들이 선택할 기회라도 주었나요?

-응?

솔직히 이 교수는 놀라 그렇게 되물었다.

-그렇잖아요. 우리의 부모님 세대, 늘 말하죠. 너희들은 선택받았다고. 우리가 무엇을 선택했나요? 선택한 거 없습니다. 이 세상은 기성세대들의 작품이죠. 기성세대들이 절망을 건너왔다는 건 귀가 아프게 들어 알고 있습니다. 그래서 하는 말이지요. 절망. 그 속에서 기성세대들은 이 세상을 위해 선택할 수가 있었나요? 그런데 그들이 이룩한 이 세상을 보세요. 지금 우리가 무엇을 선택할 수 있는 세상인가요? 그래서 이제 전환을 모색하는 교수님의 주장은 이해가 됩니다. 하지만 우리가 처한 지옥을 천상으로 전환한다고 해서 천상이 될까요? 그걸 확신하세요? 이 세상이 정말 천상이 될까요?

-최소한도….

거기까지 말하고 이 교수는 입을 다물고 말았다. 학생이 픽 웃었기 때문이었다. 그런 대답이 나올 줄 알았다는 표정이었다.

-지옥이든 천상이든 우리 마음속 장난이라는 말을 역시 하고 계시군요.

-제군의 마음이 지옥이라면 천상으로 전환하지 않고 어떻게 그 길로 갈 수 있겠는가.

이 교수의 궁색한 대답에 그가 다시 픽 웃으며 말했다.

-문제는 본질이죠.

이 교수는 깜짝 놀랐다.

-돌은 돌일 뿐이라는 말이지요. 돌이 금이 될 수는 없다는 말입니다.

이 교수는 눈을 감았다. 자신이 살아온 세월이 그림처럼 스쳤다. 지금까지 무엇을 했던가? 우리가 처한 세상살이를 알아보았다. 운명을 바꾸려면 부정적인 생활 습관부터 전환하라느니, 부정적 고정관념을 긍정적 고정관념으로 전환하라느니, 타인의 잘못을 자기 잘못으로 전환하라느니, 뭐 그런 틀에 박힌 말들을 늘어놓았다. 또 그렇게 교단에서 가르쳤다.

그런데 그런 것들은 모르고 사는 사람이 이외에도 어디에나 있었다.

언제나 거대한 용광로 앞에 앉아 있었다. 거기 돌이 있었다. 정신의 화금석. 어떻게 이 돌을 금으로 전환할 수 있을까. 그래서 세상을 알려고 했다. 그래서 오늘날까지 뛰어다녔다.

그러나 세상 사람들은 돌이 금이 될 수 없다고 하고 있었다.

맞는 말이었다. 돌을 돌이라고만 가르치던 이들이 누구인가. 바로 나였다. 희망을 품으라고 외치면서도 꿈을 말살하고 있는 사람이 바로 나였다.

학생이 오더니 결코 금이 되는 세상을 열 수 없다고 했다.

그래 이 교수는 화가 나 물었다.

-내가 돌이 금이 되는 세상을 보여주면 어떡할 텐가?

학생이 의아스러운 눈길로 그를 바라보았다.

-교수님, 지금 농담하십니까?

황당하다는 듯이 학생이 말했다.

-운영평가 소집일이 얼마 안 남았으니까 다음 날 시간이 있나? 나와 그 현장으로 가보게.

-아니 교수님, 돌이 금이 되는 현장이 있다고요? 정말 돌을 금으로 만드는 연금실이 있다는 말씀이세요?

-있지.

대답은 그렇게 했는데 이렇게 이 문제를 히히하해도 되나 하는 생각은 들었지만, 그는 이 학생에게만은 그 과정이 필요하다는 생각이었다.

-에이 교수님 농담도. 그런 곳이 어딨어요?

-왜 없어.

-정말 있다는 말이에요?

-있다니까.

학생이 멍하니 바라보다가 피식 웃었다.

-약속하신 거예요.

학생의 표정을 보았더니, 교수님이 학생을 놀릴 리는 없을 테고 두고 보자는 빛이 역력했다.

2

돌을 금으로 만드는 곳으로 데려가겠다는 약속 날짜는 다가오는데 이 교수는 시무룩하게 교정 펜치에 앉아 있었다.

무엇이든 긍정적으로 보는 학생은 희망적이다.

-교수님, 저기를 보세요. 저 청춘들, 얼마나 행복해 보입니까. 밝게 웃는 저 얼굴들. 저 학생들을 보세요.

요즘 대학생들을 절망적으로 보는 교수님이 아무래도 딱하다는 듯이 그는 말하고 있었다.

이 교수가 보니 남녀 학생 둘이 커피를 들고 행복하게 웃으며 대화를 나누며 걸어가고 있다. 언젠가 교정의 벤치에 앉아 바라보던 그 모습 그대로다. 그들이 열고 나갈 정문 안은 그렇게 싱싱하고 활기에 차 보였다.

-그래. 행복해 보이는군.

-그렇습니다. 우리가 부모님들이 어렵게 번 돈으로 학교에 다니고 있습니다만 다들 잘들 지냅니다. 공부도 열심히 하고 놀 때는 화끈하게 놀고요. 일부 몰지각한 학생들이 엇나가서 그렇지, 이성 교제도 비교적 건전한 편입니다. 왜 자꾸 이상하게만

보려고 하세요. 우리가 부모님들 등골 빼먹는 것처럼 말씀하시는데 그거 당연한 거 아닌가요. 우리를 낳은 이들이 그들 아닙니까? 그러면 책임을 져야죠. 부모님이 어렵게 번 돈 털어 공부하고 연애하는 우리라고 그 마음 모르겠어요.

이 교수는 할 말이 없었다. 학생 대다수가 부모들이 어떤 직업에 종사하든 부모들이 대주는 학비로 공부하고 있지만 결코 절망만 하고 있지 않다는 말에 무엇이라고 할 것인가. 단지 지금 분명히 해야 할 것은 가정형편이 모자라 알바 하는 대학생들만 대학생이 아니라는 사실을 인정할 수밖에 없었다. 세 부류의 자식들. 그들 모두가 대학생이다. 상위 그룹의 자식들도 대학생이고, 중산층의 자식들도 대학생이고, 하위그룹의 자식들도 대학생이다. 그런데도 왜 없는 집 자식들을 이 시대의 주인공인 양하느냐고 그는 따지고 있다. 부모들이 피 팔고 힘 판돈으로 비록 공부하고 있지만 제 손으로 돈 벌어 학비를 충당하는 그들만 대학생은 아니라고 하고 있다.

하기야, 싶다. 그의 말처럼 이 교정의 주인은 그들만이 아니다. 알바 하는 학생들만의 나라가 아니다.

그런 생각이 들자 도대체 내가 지금까지 무엇을 하고 있나 하는 자괴감이 들었다. 이 교수는 저들이 대학 문을 열고 나가 세상에 던져졌을 때 저들을 사납게 안을 세상의 모습을 더듬었다.

그게 이렇게 힐난 받을 일인가?

3

　하기야 어려운 가정의 학생을 다루다 보니 그들이 우리나라 전체 학생들인 양 되어 버린 것 같기도 하다. 이 나라의 주인은 내 나라 안도 돌아보지 못하는 가난한 학생들만이 아닌 것은 분명하다. 그들은 전체 대학생의 일부분일 뿐이다. 그런데도 그들이 주인인 양하는 교수라는 사람이 얼마나 이상해 보였으랴.

　그러나 부모가 벌어서 주는 돈으로 걱정 없이 학교에 다니는 학생과 아버지의 피 판 돈으로 학비를 내는 학생의 처지가 같을 수는 없다. 있는 학생들은 없는 학생이 이상할 것이다. 없는 학생은 있는 학생이 이상할 것이다. 이상하다는 서로의 간격 속에 이 시대의 갈등이 있다. 그 갈등을 서로 충분히 이해하면서도 갈등할 수밖에 없는 서로의 처지가 원망스럽다.

　이 교수가 보기에 있는 학생의 무리와 없는 학생들의 무리는 분명히 갈라져 있었다.

　그들을 보면서 서로의 갈등을 해소할 수 있는 길은 전환밖에 없다고 생각했던 것이다.

　그렇다. 아직은 끝나지 않은 것이다.

　전환은 작은 마음을 큰마음으로 바꾸는 작업이지만 그 본질은 뫼비우스의 띠 같은 것이다. 바로 여기 이 문제의 핵심이 있다.

　뫼비우스의 띠?

뫼비우스의 띠를 모르는 사람은 없을 것이다.

앞뒤가 없는 뫼비우스의 띠.

앞뒤가 없다면 전환도 없다는 말이 아닌가.

오해해서는 안 된다.

진정한 전환을 원한다면 '전환은 곧 뫼비우스의 띠'라는 사실을 명심하지 않으면 안 된다. 뫼비우스의 진정함을 모르고서는 전환은 없다. 뫼비우스의 앞뒤가 똑같듯, 젊은이의 위치는 똑같다. 차별은 작은 마음이 일으키는 것이고 평등은 큰마음의 소산이다. 다분히 이분법적으로 전환의 이치를 설명해 왔지만, 그것이 안팎이 없다는 뫼비우스의 띠의 본래 면목이다. 분명 거기에 이 문제의 핵심이 있다.

좀 더 정확하게 말하자.

진정한 전환의 원리와 법칙은 이분법적 사고에 있는 것이 아니라 뫼비우스의 본성 속에 있다.

"

모순된 세계를 지혜롭게 사는 것.
그것이 베풂일 것이다. 베풀지 않고
어떻게 풍광을 볼 수 있으랴.

"

제8장

이제 사랑을
이야기하자

모순성 속의 비수

|

1

　알겠다고 해도 때리고 모르겠다고 해도 때리던 그 선생님. 엄밀히 따지고 보면 그의 행동은 모순이다. 그렇다면 나는 지금까지 그 모순성에 걸려 허우적거리고 있었다는 말이 된다. 할아버지가 남긴 고양이상. 거기 있던 글귀. 모순이 변하면 풍광이 된다. 그 대답은 어디 있는 것일까? 어떠한 방패도 뚫을 수 있는 창. 어떠한 창도 막을 수 있다는 방패.

　오후의 잔광이 쓰러지질 무렵 이 교수는 산으로 올랐다. 이제 돌을 금으로 만드는 곳으로 학생을 데려갈 날이 얼마 남지 않았다. 점심시간 매점에서 나오다가 하필이면 그 학생과 마주쳤다. 그가 약속을 확인하듯, '교수님, 운영평가회 다음날 뵙겠습니다.'하고 사라졌다. 멀어지는 학생을 보면서 또 내가 이래도 되나 하는 생각이 들었지만, 이것도 교육의 한 과정이라고 생각하자, 싶었다.

　곧 해가 질 것이므로 멀리 갈 수는 없어 산 중턱에 앉았으니 서산 너머로 지는 석양이 곱다.

　언제였더라. 이 자리에 서서 떠오르는 아침 해를 바라보던 때가.

요즘 젊은이들을 보면 자신도 예전에 저랬을까 싶을 때가 있다.

어느 날 학생들과 함께 TV를 보다가 놀란 적이 있었다. 자신은 아무렇지도 않은 것 같은데 학생들은 배를 잡고 넘어졌다. 우스워 죽겠단다. 왁자그르르.

그때 이 교수는 세월이란 참 무섭구나 싶었다. 이게 세대 차이이지 싶었다.

어느 날 이런 글 한 편을 읽었다.

방학이 끝나기 전에 사는 집을 보수하기 위해 벽을 허물었다. 벽을 허물다 보니 벽 사이에 바퀴벌레 한 마리가 녹슨 못에 찔려 허우적거리고 있었다. 딸애가 너무나 놀라 어쩔 줄 몰라 허둥거렸다. 아들이 달려왔다. 그래도 사내라고 이까짓 것에 놀라! 그러면서 죽일 줄 알았는데 아들도 멍청히 그것을 바라만 보았다. 일전에 무엇을 걸기 위해 벽에다 못을 박은 일이 있었는데 그 못이 마침 거기에 살고 있는 바퀴벌레의 몸을 관통했던 모양이었다. 바퀴벌레는 거의 껍질만 남아 있는 것 같았다. 바퀴벌레라고 하면 징그럽다며 도망가기 일쑤였던 아이들도 그렇게 경악을 금치 못하다가 나중에는 숙연해졌다.

어쩔 바를 몰라 하고 섰는데 잠시 후 기적 같은 일이 일어났다. 갑자기 저만큼에서 또 한 마리의 바퀴벌레가 나타난 것이다. 그의 입에는 이상한 먹이가 물려 있었다. 그 바퀴벌레는 못에 찔린 바퀴벌레에게 다가와 자신이 물고 온 먹이를 먹였다.

그 글을 읽고 난 후 이 교수는 꼭 할 일 없는 사람처럼 어슬렁거리며 만나는 이들에게 바퀴벌레의 사랑을 들려주지 못해 안달했다. 그리고 자랑스럽게 세상은 그런 사랑으로 가득 채워져 있어야 한다고 떠벌렸다. 그로 인하여 세계는 존재한다고.

대학 교수라는 사람이 그런 얘기나 계속해 대니까 한편으로는 이상했던 모양이었다. 그들은 한결같이 이런 반응을 보였다.

-하필이면 왜 바퀴벌레입니까?

그들에게는 오로지 바퀴벌레가 문제였다.

그렇게 물으면 할 말이 없었다. 그럴 때마다 이 교수는 생각해 보았다. 저들에게 필요한 것은 먼저 사랑의 개념부터 확실히 해두어야 하는 게 아닐까?

어쩌다 젊은이들을 만나 사랑 타령을 하면 그들 또한 사랑을 하고 있으면서도 피식피식 웃었다. 사랑. 그러니까 너무 흔한 말이라 생각되는 모양이었다.

-나이가 몇 살인데 사랑 타령이세요?

이 교수는 그때마다 할 말을 잃었다.

요즘 애들 참 맹랑하다.

그런 생각이 들 뿐이었다. 나중에는 에라 싶어, '들어 봐.' 그렇게 강압적으로 말하지만, 이 교수 스스로가 곤혹스러운 게 사실이었다.

그럴 때마다 세상이 왜 이렇게 되었나 하고 생각해 보면 세상이 그만큼 변했다는 말밖에는 할 수가 없었다.

2

비가 추적거리는 어느 날 저녁 무렵 전화가 왔다. 광화문 네거리에서 한 여학생이 퍼질러 앉아 울고 있다고 했다. 지방에서 고등학교를 마치고 올라온 조카를 데리고 있었는데 그 아이가 울고 있다는 것이다. 마침, 집사람도 출타하고 없던 터라 직접 찾아갔다. 가관이었다. 그 아이는 겨우 대학 2학년생이었다. 대학 2학년생이 광화문 골목 낡은 목로술집 담벼락에 웅크리고 앉아 대성통곡을 하고 있었다. 왜 우느냐고 물었더니 사랑하던 남자애가 떠나갔단다. 기가 막혀 말이 나오지 않았다.

-그만 울어라. 세상에 널린 게 남자인데 다시 찾으면 되지.

그러면서도 열아홉에 생을 놓을 수밖에 없었던 여진이 생각이 났다. 가슴이 미어졌다.

그때의 여진이처럼 그녀가 소리치고 있있다.

-안 돼요. 그 애가 아니면 안 된다니까요.

-그 애가 뭐 신이라도 되니?

말은 그렇게 했지만, 여진이 생각에 이미 눈물이 흐르고 있었다.

-그래요. 그 애는 내 신이에요.

그때 이 교수는 눈물을 흘리면서 이런 생각을 했다.

그래. 이것이지. 내 딸 여진이를 죽여 놓은 것도. 아아, 이것이 젊음의 특권인가?

제발 싶었다. 적당하게. 죽지만 말아다오.

그날 집으로 돌아와 여진이 생각에 다시 밤잠을 설치고 말았다. 여진이를 생각하다 보니 집사람 만날 때가 생각났다. 어떤 문학모임에서 만나 자연스럽게 친해졌는데 그때 두 사람의 일과는 도서관 아니면 음악실 아니면 카페나 먹거리 집 정도였다.

결혼 신청을 누가 했는지 모르지만, 생각나는 것은 아내의 말이었다.

-남편은 신이 되어야 한대. 그래야 어리석은 아내를 잘 데리고 살 수 있다는 거야. 다독이면서 달래면서 안아주면서 그렇게 사랑해 줄 수 있다는 거야.

-글쎄? 난 신이 될 자질이 없는 것 같은데.

-흥, 그 말은 신이 되지 못할 것 같으니 결혼 못 하겠다는 말로 들리네.

-아니야. 나는 신이 되고 싶어.

-그래 신이 되어 줘.

-그래 되어 볼게. 그러니까 내가 사이비라도 믿어줘.

-사이비면 어때. 내 사랑은 변하지 않아.

그렇게 맺어졌지만, 이 교수는 진실로 아내의 신이었던 적이 한 번도 없었다. 그러면서도 떨어지려야 떨어질 수 없는 사이가 되어 버렸다.

진정한 신은 우상을 낳지 않는다는 말이 있다. 완전하므로. 인간은 불완전하므로 우상을 낳는다는 말일 것이다. 그렇다고 아내가 자신이 없어서 우상을 낳았다고는 생각지 않는다.

그와 마찬가지로 인간은 언제나 자기 자신을 되돌아보면서 살아야 한다. 자신은 곧 신이라는 사실을 인지하지 않는다면 곧 맹신의 수렁에 빠지고 마는 게 인간이다.

아내는 늘 말한다.

-그대는 나의 우상이에요.

그런데 이상한 것은 아내의 그 말이 거짓말인 것을 알면서도 점차 내가 신일지도 모른다는 생각이 들기 시작하는 것이었다. 그리고 그것은 고정관념이 되어 다른 이들로부터 소원해지게 만들었다.

라마크리슈나는 그 사실을 동전 두 닢으로 통렬하게 꼬집었지만, 그때 그런 지혜가 있을 리 없었다. 그런 지혜가 있었다면 젊은 날은 더 풍요로웠을 것이다.

자신이 신(神)이다

|

　운영평가 소집일에 맞춰 이 교수는 그간 보고 느낀 것을 신심을 다해 정리해 보고서 형식으로 꾸몄다. 운명 위에 넘기면서도 생각이 복잡했다. 학교 측은 언제나 알겠다, 알겠다, 하면서도 이것저것 따지고 그러면서 정부의 눈치를 살피는 판이었다. 그러니 무슨 소용일까, 하면서도 이러다 보면 상황이 점차 나아질지도 모른다는 생각에 잘 부탁한다는 말을 잊지 않았다.

　잘 부탁한다는 말이 이상하게 들렸던 모양이었다. 보고서를 받는 운영위 사람이나 동료들도 고개를 갸웃거렸다.

　-뭘 부탁해?

　문창과 이 교수가 물었다.

　-그냥 하는 소리지 뭐.

　대답은 그렇게 했지만, 가슴이 싸하니 아팠다. 곤란한 학생들의 처지를 볼 때마다 내가 만물을 주재하는 신이라도 되었으면 하던 생각이 언제였던가. 심리학 교수로서 신을 생각할 때마다 일어나던 자괴감이 아직도 물러가지 않은 상태였다.

　제길.

　오늘날까지 신은 별개의 존재로 생각하며 살아왔던 게 사실이었다. 생각해 보면 심리학은 신을 배제하는 데서부터 시작된 것이었다. 신은 전지전능한 존재, 우주를 주관하는 존재라고 생각하지만, 그것은 관념 속의 것이었다. 그러므로 이 교수는 그렇게 신에 의지해 본 적이 없었다.

그런데 학생들은 의외로 신의 존재를 믿고 있었다. 생활이 궁핍할수록 그런 경향이 짙었다. 언젠가 신이 자신을 구해 주리라 믿고 있었다. 신을 자신과 별개의 존재로 생각하고 있지 않았다. 복권을 사면서도 그들은 신을 찾았다.

-신이여, 한 번만 기회를 주십시오!

좋은 꿈만 꿔도 곧바로 복권을 산다.

어느 날 복권방 앞을 지나가다가 학과 학생이 복권 사고 있는 모습을 보고 말았다. 다음 날 슬며시 학생들에게 그 문제를 던져 보았다. 전환 문제로 학생에게 호되게 당한 후로 학생들 의견을 자주 묻고는 했는데 그날도 그 선에서 물은 것이다.

-복권 사본 적이 있는 사람?

학생 몇이 웃으며 손을 들었다. 여학생들이 그들을 보며 웃었다.

-자네들은 사본 적이 없나?

여학생들을 바라보며 물었다.

-그게 되겠어요. 확률적으로 감이 오지 않아요.

-복권을 산다는 학생. 감이 와서 사나?

복권을 산다는 남학생 하나가 일어났다.

-감이 오죠.

-어떻게?

-꿈에 돼지가 보인다던가, 할아버지가 보인다던가. 전에는 번호를 가르쳐주었는데 마지막 번호를 잊어버렸지, 뭡니까?

-당첨되었는가?

-2등요.

와 하고 학생들이 환호성을 질렀다.

-얼마를 탔는가?

-4천만 원요.

또 학생들이 와 하고 강의실을 뒤집었다.

-번호 하날 잊었다면서?

-만들어 넣었죠.

-그래서 2등이 되었구만?

-맞습니다.

-그럼, 지금도 복권을 사고 있나?

-보여드릴까요?

-아니 그럴 것까지는 없고.

학생들이 또 와 하고 엎어졌다.

할아버지가 신이 되어 버린 세상. 할아버지도 신이 되는 세상인데 이 세상 만물을 창조한 신이 없을 리 없다.

그러나 신은 없다. 신은 별개의 존재가 아니라 자신이 곧 신임을 모르는 미망이 만들어 낸 존재일 뿐이다.

꿈을 믿는 저 학생에게 그렇게 설명해도 당신이 신을 보았느냐는 질문이 돌아올 것이다.

그러나 지금도 신이 없다는 생각에는 변함이 없다. 유신론자들은 무슨 소리냐고 욕을 할지 모르지만 절대로 그들에게 속아서는 안 된다.

중학교 때 유원지로 놀러 가 배를 탔다. 몹시 물을 무서워했었는데 친구들과 그만 어울린 것이다. 더욱이 헤엄을 칠 줄 모르니 물이 더 무서울 수밖에 없었다. 보트를 타고 나가자, 물살이 배를 향해 달려들었다. 당장 배가 뒤집힐 것 같았다. 헤엄을 잘 치는 친구를 보았더니 싱글싱글 웃고 있었다. 큰일 났다 싶었다. 차라리 눈을 감아버렸는데 죽을 맛이었다. 처음으로 신을 찾았다.

-살려주세요. 절대로 부모님 괴롭히지 않을게요. 이번만 봐주세요.

결국 겁에 질려 배 바닥에 엎드려 버리고 말았다. 친구들이 와하하 웃었다.

-이 겁보 완전히 맛이 갔다.

-야, 이상준. 일어나.

-배를 돌려. 빨리 배를 돌려.

얼마나 떨었던지 오줌을 쌀 정도였다.

그때 그 모습이 평생 친구들의 놀림감이 되었으니 환장할 일이었다.

그 후로 헤엄을 배웠다. 헤엄을 배우고 나자, 자신이 곧 신이라는 생각이 들었다. 나 자신 있어. 하는 그 자신. 그것이 바로 신이었다.

결혼을 해 애를 낳았는데 계집아이가 겁이 많았다. 물 근처에도 가지 않으려고 했다. 딸에게 자신이 신인 것을 잊어서는 안 된다고 가르쳤지만 잘 고쳐지지 않았다.

어릴 때 물을 무서워하던 자신이 생각나 딸을 데리고 강가로 나갔다. 안전 장비하고서도 겁을 내는 것 같더니 결국 새파랗게 질려 기절하고 말았다.

그 후로는 물가 곁으로 가려고 하지 않았다. 안 되겠다는 생각에 단독으로 집을 옮기고 마당에다 수영장을 만들었다.

딸은 처음에는 수영장 물도 무서워하더니 그렇게 깊어 보이지 않자 들어와 놀고는 하였다.

그때부터 본격적으로 수영을 가르쳤다. 몸이 물에 뜨자 금방 헤엄을 배웠다. 헤엄을 배우고 나자, 물의 공포감이 사라졌다.

딸의 그 모습을 지켜보면서 바로 이것이 고정된 습관을 깨는 전환의 핵심이요 법칙이라고 생각했다.

그러나 그렇게 전환의 모습을 보여주던 그녀도 사랑 병 앞에서는 무력했다. 이제 열아홉의 소녀가 소년을 만나 사랑하더니 생을 놓아 버렸다.

그럴 수가!

아내는 딸의 죽음 앞에서 실성해 중얼거렸다.

-무슨 장난을 이렇게 하니?

결국 딸은 일어나지 않았다.

딸을 그렇게 보내고 그의 소지품을 정리하다가 다음과 같은 글귀를 그의 일기장에서 발견했다.

나는 국가대표 수영선수가 되고 말 것이다. 나는 할 수 있다. 신은 바로 나 자신이라고 생각하면 두려울 게 없다. 나 자신이 신이 되어야 한다. 나는 할 수 있다. 수영을 배우듯 세상을 배울 것이다. 그것이 곧 이 세상을 위해 내가 해야 할 일이고 소명이다. 아버지에게 수영을 배우듯 세상일을 배우면 된다. 그리하여 내가 목표하는 일에 도달하면 된다. 아버지의 말대로 내가 신이라는 사실을 늘 인정하자. 그러면 생활 습관 또한 바뀌리라. 나를 믿자. 두려울 이유가 없다. 용기는 자신이다. 오로지 나 자신을 믿고 행동할 수밖에 없다. 세상은 우리 모두의 것. 공포심은 머릿속에 있다. 상상이 우리를 죽이기도 하고 살리기도 한다. 두려움을 극복하고 행복해지려면 수영을 더 열심히 해야 한다. 나는 그때 신이 된다. 세상은 그 신에 의하여 정복된다. 그것이 바로 나의 세상이다. 나의 세상이 되었다면 베풀어야 할 것이다. 분명한 것은 성공은 자신이 만들어 나가는 것이요, 자기 자신이 신(神)임을 자각할 때 이루어진다는 것을 명심하자.

물을 겁내다가 물이 신이 되려 했던 딸 여진이. 사랑했던 동갑내기 진우가 폐암으로 죽자, 물속에서 끝내 나오지 않았던 딸 여진이.

사랑이란 고통을 인내함으로써 얻어지는 것이라고 누가 말했던가? 내가 말했던가? 죽음이 사랑의 결실인가? 여진이는 늘 활력으로 가득 차 있었다. 그런 여진이를 보고 있으면 순수한 열정이 어디만큼 올라갈 것인가 싶었다. 우리들 삶, 그 삶의 배후에 숨어 끊임없이 보채는 무(無)를 향한 열망을 여진이에게서만은 느낄 수 없었다.

여진이가 죽었을 때 이 교수는 그것이 죽음이라고 생각하고 싶지 않았다. 구체적인 죽음이 아니기를 빌었다. 여진이의 모든 삶을 떠받치고 있던 활력소, 그 활력소의 소멸이 아니기를 빌었다.

에너지를 얻기 위한 잠이라고 생각하고 싶었다. 그렇다. 잠이라고 생각하고 싶었다. 그것이 죽음이 아니기를, 생의 과정이기를. 신나게 생을 뽐내기 위해 잠시 잠이 든 것이기를. 그 행진이기를.

선할수록 악은 빛난다

|

1

여진이를 보내던 날 이 교수는 딸의 메마른 손을 잡고 말했다.

-여진아, 걱정하지 말아.

딸이 마지막으로 아내의 품에 안겼다.

아내가 눈물을 삼키며 말했다.

-여진아, 내가 너인 것을 알아두면 좋겠구나.

아내는 왜 알아주면 좋겠다고 하지 않고 알아두면 좋겠다는 표현을 썼는지 모를 일이었다.

면회 시간이 끝나자, 아내가 이 교수에게 말했다.

-부탁해요. 여보.

-걱정하지 말라니까.

아내가 희미하게 웃었다. 그녀의 눈에서 흘러내리는 눈물을 이 교수는 보았다.

-먼저 가.

이 교수가 말했다.

여진이는 이 교수의 손을 놓고 장기를 적출 하기 위해 수술실로 들어갔다. 이 교수는 모든 장기를 기증하고 간 여진이의 육신을 꿰매 거두었다. 병원에서 여진이의 장례식을 치르지 않았다. 그러면 안 된다고 했지만 막무가내였다.

여진이를 집 안방에 눕혔다. 그리고 꼬박 사흘 동안 문을 안으로 걸어 잠근 채 시신과 같이 지냈다. 아내가 여진이를 향탕으로 목욕시키고 미리 준비해 놓았던 옷을 갈아입혔다. 염도 부부가 직접 했다. 시신을 묶지 않았다. 묶지 않으면 시신이 뒤틀린다고 해도 이 교수는 고개를 내저었다.

그래서인지 여진이는 편안한 모습이었다. 두 손을 가지런히 모아 가슴 위에 올려놓은 여진이는 꽃으로 가득한 관 속에서 편안히 잠든 것 같았다.

-어째 비가 올 것 같아요.

돌아오는 길에 아내가 차비를 끝낸 사람처럼 말했다.

-곧 따라가겠지?

이 교수가 말했다.

-그런 말 말아요.

이 교수는 아내가 놓은 손을 내려다보며 멍하니 중얼거렸다.

-아직도 이렇게 손이 따뜻한데….

2

여진이의 장례식이 끝나던 날 홀로된 이 교수는 슬픔을 이기지 못해 흐느끼기 시작했다. 그렇게도 눈물이 터지지 않더니만 막상 여진이를 묻고 나니까 눈물이 터지는 것이었다. 이 교수는 대기해 놓은 리무진에 처제와 함께 올라탔다.

리무진이 묘지 입구를 막 벗어날 때쯤. 이 교수는 이상스런 향수 냄새를 맡았다. 여진이의 체취였다. 분명히 여진이가 풍기던 그 냄새였다. 이 교수는 냄새나는 곳으로 시선을 돌렸다. 여진이가 거기 있었다.

-여진아.

이 교수는 자신도 모르게 여진이를 안았다. 향수 냄새가 진하게 코끝을 자극했다. 이 교수는 여진이를 더욱 끌어안고 이곳저곳을 더듬었다.

-괜찮아? 아픈 곳 없어?

-아빠, 뽀뽀.

이 교수의 입술이 여진의 뺨에 닿았다.

참다못한 처제가 비명을 질렀다.

-왜 이래요? 형부. 여진이의 시신이 채 식기도 전에 도대체 이게 무슨 짓이에요!

그제야 이 교수는 아내와 여진이 화장품점에서 같은 향수를 사서 쓰고 있었다는 사실을 기억해 내었다. 향수를 쓰지 않겠다던 여진이에게 장난삼아 뿌려주던 그 향수.

솔직히 그때 이 교수는 몰랐었다. 자신이 무슨 짓을 하고 있었는지. 그 길로 처가와는 담을 쌓았고 이 교수는 어떤 변명도 하지 않았다.

아내가 오히려 이 교수를 두둔하고 나섰다.

-얼마나 슬펐으면 그랬겠어요. 얼마나 참지 못했으면 그랬겠느냐고요!

여진이. 한 번도 잊어본 적이 없는 여진이.

딸을 잃은 슬픔은 그렇게 가혹했다. 천둥과 번개가 치면 여진이에게 갈 수 있다는 생각에 세상이 무너졌으면 싶었다. 사랑을 잃은 가슴속에 남은 것은 없었다. 사랑은 그렇게 모든 것을 마비시키는 힘이 있다는 것을 그때 알았다.

3

아무튼 그렇게 세월은 사정없었다. 우리는 살아야 하고 이 현실을 마주해야 한다. 딸의 죽음과 싸우는 사이 누구는 아내와 싸우고, 장사치는 시장바닥에서 생선을 팔며 싸우고, 과장은 사장과 싸워야 했다.

일상에 삶만 있고 죽음이 자취를 감춘 것 같았다. 그것이 후진국 한국의 모습이었다. 한국 사회는 죽음을 가르치지 않는 사회였다. 임종을 앞둔 환자가 연명 여부를 스스로 결정케 하는 '연명의료결정법' 시행이 2024년 10월 23일부터 내년 1월 15일까지 이제야 시범 사업을 시작할 정도면 말 다 한 일이었다.

물에서 스스로 숨을 멈추어 버린 여진이. 축 늘어진 여진이를 안고 병원으로 들어섰을 때 의사들은 고개를 내저었다. 이 교수는 자신도 모르게 여진이의 가슴을 때렸다.

숨을 쉬어라. 숨을.

그 간절함이 통했던 것일까. 여진이가 울컥 물을 토하며 눈을 떴다. 그제야 의사들이 달려들었다.

그러나 그뿐이었다.

-아빠!

그 희미한 말을 흘리고 다시 눈을 감아버렸다. 심폐소생술이 시작되었다. 다시 맥이 뛰기 시작했다. 인공호흡기가 착용되고 그렇게 여진이는 살아나는 듯했다.

여진이는 식물 상태로 무려 5년을 견뎠다.

병원 측에서 더는 무리라고 했다. 앞으로 살아난다고 해도 인간답게 살 수는 없을 것이라고 했다. 연명의료 중단 결정이 필요한 시기라고 했다. 자식을 보낼 수 없다는 부모의 고집이 딸의 고통을 가중시키고 있다고 했다. 아름다운 삶의 마무리도 사는 것만큼 소중하다고 했다.

오래 고민했다. 삶이란 무엇일까? 죽음이란 무엇일까? 삶과 죽음은 별개인가?

오늘날까지 언제나 하나를 선택하면서 살아왔다. 삶과 죽음에서 삶을. 행복과 불행에서 행복을, 기쁨과 고통 중에서 기쁨을. 그러나 생각해 보면 두 극은 하나였다. 삶 속에 죽음이 있었고, 행복 속에 불행이 있었다. 어느 하나만을 선택해 산 것 같은데 언제나 함께했다. 그렇다면 삶과 죽음, 행복과 불행, 기쁨과 고통이 서로 떨어져 있는 게 아니었다. 이것이 우리들의 존재 방식이라면 죽음을 인정해야 한다는 생각이 들었다. 삶과 함께 있는 죽음. 그 죽음을 인정하지 않는다는 것은 곧 삶을 부정하는 것이나 마찬가지였다.

생각이 그래서일까? 여진이가 꿈속으로 왔다. 여진이는 매우 행복한 표정이었다.

-아빠, 너무 상심하지 마. 아빠도 여기 올 거 아냐. 그때 만나면 되지. 아빠, 여기 와서 알았어. 죽음이 희망이란 것을. 죽음이 희망이냐, 절망이냐. 그 차이야. 아빠, 희망이야. 죽음이 희망이 되어야 해.

꿈을 깨고 울었다. 새벽이 될 때까지 흐르는 눈물을 이 교수는 주체할 수가 없었다.

날이 밝기가 무섭게 이 교수는 직접 여진이의 산소호흡기를 거두었다. 오늘날까지 인간다운 삶의 권리만 생각했었는데 존엄한 죽음의 권리를 인정해야 한다고 생각했다. 죽음이란 부정적인 것이 아니라고 생각했다.

회피하거나 외면하고 싶은 그 무엇이라고만 인식해 온 나를 부수기로 했다. 그래야만 여진이는 죽음이라는 껍질을 벗고 나비처럼 날아갈 것이었다. 그렇다. 죽음이 희망이 되지 않고는 이 세상을 살아낼 수가 없다. 문호 괴테도 말했다.

'죽음이란 해가 지는 것과 같다. 눈으로 볼 수 없게 되더라도 태양은 지평선을 향해 떠오른다. 우리의 생명 또한 마찬가지다. 죽은 뒤에도 변함없이 계속 존재한다. 내세에 대한 희망을 품지 못한다면 그는 이미 이 세상에서 죽어 있는 사람이다.'

장자(莊子)도 말했다.

'기(氣)가 변해서 형체가 생겨난다. 형체가 변화해서 삶이 있게 된다. 그러므로 삶과 죽음은 자연의 변화 과정에 불과하다.'

그렇게 이 교수는 세상으로 다시 걸어 들어갔다.

사람들과 어울리면서 마음을 움켜잡았다.

여진이는 내 곁에 있다. 내 곁에 있다.

아무 일 없었던 듯이 그렇게 살았다. 학생들을 가르치고, 지우들을 만나고 그들과 허허거렸다.

게으름을 배워라

|

　세상은 하루가 다르게 변하고 있었다. 여진이로 인해 등지다 시피 한 세상은 어제의 세상이 아니었다. 세상 속에 있었지만, 자신만 세상을 모르는 것 같았다. 언제 이렇게 컴퓨터가 발전했지? 언제 이렇게 핸드폰이 발전했지? 나라를 이끄는 권력자가 바뀌어 있었고, 이 나라의 반도체가 세상을 휘어잡고 있었다. 분명히 여진이를 돌보며 함께 살아낸 세상이었다. 그런데 여진이 없는 세상이 그렇게 낯설어 보일 수 없었다.

　세상이 변하다 보니까 별의별 말이 다 돌았다. 말이란 것이 그렇다. 별 볼 일 없는 사람의 말은 귀 너머로 들어도 성공한 사람의 말은 솔깃하다.

　알리바바 창업자 마이. 그가 성공한 후 한 말이 인상 깊었다.

　-세상에는 똑똑하고 고학력임에도 불구하고 성공하지 못한 사람이 많다. 그 이유는 부지런함이라는 나쁜 습관을 키웠기 때문이다. 코카콜라 회장은 매우 게으른 사람이다. 그는 찬물에다

설탕 덩어리를 병에 넣고 팔았다. 맥도날드 회장 또한 매우 게으른 사람으로 유명하다. 그는 프랑스 요리나 중국 요리의 복잡한 기교를 배울 생각이 전혀 없었다. 그저 빵 두 조각 사이에 소고기를 끼워 팔았다. 계단 올라가기 싫은 사람이 엘리베이터를 발명했고, 걷기 귀찮아하는 사람이 자동차, 기차, 비행기를 발명했다. 매번 계산하기 귀찮은 사람들이 수학 공식을 발명했다. 이 세상이 이처럼 찬란한 것은 모두 게으른 자들의 덕이다. 게으름은 멍청한 것이 아니다. 일을 적게 하고 싶고 게으름을 피우고 싶으면 새로운 방법을 찾게 된다. 그 결과 새로운 경지를 개척할 수 있다.

그럴까, 싶었다.

도대체 어느 정도의 경지에 오르면 이런 말을 할 수 있을까?

내가 정말 이 세상을 이해 못 하고 있나?

그런 생각이 들어 이 교수는 주제를 '게으름과 부지런함'으로 잡아 토론에 부쳤다. 그러자 학생들의 반응이 확연히 엇갈렸다.

-우선 세상이 변했다는 걸 알 수 있습니다. 지금은 계산을 주먹구구식으로 하던 세월이 아닙니다. 굳이 계산기를 두고 주판을 찾을 이유가 없는 것입니다. 마이의 말은 그런 의미라고 생각합니다.

-마이가 말하는 게으름은 창조의 의미로 봐야 할 것입니다. 그의 말은 매우 즉물적이지만 현시대를 잘 나타내고 있다고 생

각합니다. 이 좋은 세상에서 문명의 이기를 누리지 못한다면 바보가 아니겠습니까?

그런 학생이 있는가 하면 세상이 변했다는 사실을 인정하면서도 고개를 내젓는 학생도 있었다.

-모든 것을 결과에 달렸다는 말이 있습니다. 결과는 실패와 성공으로 나뉘지요. 역적질이 성공하면 제왕이 되거나 공신이 되고 실패하면 역적이 되고 마는 것입니다. 그와 같이 성공하면 과정이 잊힙니다. 실패하면 과정이 살아나지요.

-과정이 살아난다?

이 교수는 말뜻을 이해하면서도 토론을 끌어나가기 위해 물었다.

-어디서 실패했는지 살펴보기 때문이죠. 성공한 사람의 뇌는 과거의 열정이 비워지고 새로운 세계를 향한 열정이 채워집니다. 그러나 열정으로 채워지던 초심의 공간은 만족이 들어차지요. 성공을 이룬 초심의 공간이 만족으로 채워지는 것입니다. 반면에 실패한 자의 뇌는 다시 열정으로 채워지고 초심의 공간 또한 만족 대신 새로운 창의성으로 넘쳐나지요.

-그래, 결론이 뭔가?

학생이 말을 자르지 말라는 듯이 잠시 바라보다가 다시 말을 이었다.

-그러므로 성공한 자의 시선은 근시안적이죠. 단순해진다, 그 말입니다. 만족의 결과죠. 만족은 과정을 캐기 전에 결과만 보니까요. 설탕과 물, 빵 두 쪽과 소고기, 계단과 엘리베이터,

도보와 자동차…. 그래서 그 결과가 단순하게 표현되는 것입니다. 이거 설탕물 아니야. 빵 두 쪽에다 소고기를 끼워 판다? 단지 그거야? 그럼 끝납니다. 그가 자기 나라의 복잡한 요리 비법이라도 알고 있다면 가소로움은 더해지지요.

-그러니까 결론이 뭔가?

-하는 일 없이 방구석에서 뒹굴뒹굴하다가 어느 날 아이디어 하나가 떠올랐죠. 그 아이디어를 특허 내었고 제품화해 성공한 것입니다.

이 교수가 생각해 보니 그럴 수도 있겠다 싶었다. 그런 세상이다. 그런 세상이 와 버리고 말았다. 그러나 이런 경우는 아무리 세상이 바뀌었다고 하더라도 요행에 가깝다. 복권 당첨되는 것보다 더 어렵다. 무엇보다 제대로 된 아이디어는 샘솟듯이 터지는 것이 아니다. 궁구하고 또 궁구해 아이디어가 터지면 그것을 실현할 능력이 있어야 한다. 게을러서 될 일이 아니다.

한때 집 뒤에 아이디어에 미쳐 평생을 버린 사람이 살았었다. 국내에서 최고 대학을 나와 유학까지 갔다 온 사람이었다. 머리가 비상하다고 소문난 사람이었는데 이 교수는 가끔 그를 볼 수 있었다. 그의 열정이 꼭 미친 사람 같았다. 항상 연구하고 있었고 무엇인가를 그리거나 만들었다. 게으른 사람이 결코 흉내를 낼 수 없는 일상을 그는 살고 있었다. 그렇게 해도 제품화되는 것이 없었다. 결국 그는 정신병자 소리를 듣다가 흔적 없이 사라졌다.

이번에는 다른 학생이 일어났다.

-코카콜라 창업자나 맥도날드 창업자가 정말 게을렀을까요? 찬물에 설탕을 탄 것이 코카콜라이고, 빵 두 쪽에 소고기를 끼워 파는 것이 맥도날드의 다일까요? 음식은 그 나라의 문화가 응축된 것으로 생각합니다. 맥도날드 회장은 미국에서 중국 음식을 굳이 배워 팔 필요가 없었습니다. 그 나라에 맞는 빵을 만들어 팔면 그만이었으니까요. 그렇다면 마이가 실수한 겁니다. 자신의 성공을 부추기기 위해 무례를 떤 것이죠.

이 교수는 고개를 끄덕였다. 틀린 말이 아니었다. 마이의 말 속에 상징적으로 본질을 뒤집는 속엣말이 들어있다고 하자. 게으름은 용서할 수 없는 것이라는 말을 그렇게 뒤집어 표현했다고 하자. 그들은 게을렀지만 현명함과 미래를 내다보는 선험정신 있었다는 표현을 그렇게 했다고 하더라도 그의 말은 세상이 변했다는 말로 받아들일 수밖에 없는 구석이 있다. 세월을 타고 앉은 자로서의 오만.

세상이 변했다? 누가 세상을 변하게 했는가?

그 점을 한 번이라도 생각해 봤다면 남의 성공을 그런 식으로 깎아내려서는 안 된다. 게으름의 소산이라니! 그들도 마이의 성공을 그런 식으로 깎아내릴 수 있다.

-그러면 마이의 말은 세월의 기류를 타고 앉은 자신의 성공을 그들보다 돋보이게 하려는 수작이요 남의 성공을 과소평가하려는 험담에 지나지 않는다는 말인데 그럴까?

이 교수의 물음에 한 학생이 나섰다.

-성공한 자로서의 넋두리가 분명합니다. 자신이 성공하기 위

해 노력해 온 세월을 생각하면 그런 말이 나올 수 없지요. 미안하게도 이 세상이 이토록 찬란한 것은 게으른 자들의 창의성이 아니라 부지런한 자들의 열정의 결과라고 생각합니다. 온갖 역경을 이겨내고 성공을 위해 정열을 불태운 결과요.

　-맞습니다. 더욱이 마이의 말속에 속엣말이 숨어 있다면 그것을 간파하지 못하는 젊은이도 있습니다. 그렇다면 마이의 언동은 무책임함의 소산이며 그것이 무례임을 모른다면 그의 성공은 헛껍데기입니다.

　-그러니까 제군은 마이의 속엣말을 제대로 이해하고 있다?

　-그렇습니다.

　이 교수는 고개를 끄덕였다.

　-그런 것 같군. 그러나 마이의 속엣말을 이해 못 할 사람은 이 강의실 안에 없다고 생각하네.

　학생들이 와하고 웃었다. 그들의 웃음소리를 들으며 이 교수는 기억에 사로잡혔다.

　일전에 성공한 분을 만났더니 이런 말을 했다.

　-몸뚱이 하나가 부모에게 받은 유산 전부였어요. 하루에 수십 건씩 아이디어를 내어 노트에 기록했죠. 의무적으로요. 게으름요? 피울 사이가 없었어요. 대학교 다닐 때 제약회사 시험실 알바도 했고 피도 팔았죠. 대학은 마쳐야 했고 배가 고팠으니까요. 대학 졸업 후 취직이 힘들어 노동판에서 짐을 졌죠. 짐을 지면서도 아이디어를 생각했어요. 돈을 모아야 했으니까요. 아이

디어가 생기면 그것을 제품화할 돈을요. 그렇게 돈을 모았어요. 부지런히 일했죠. 부지런히 생각했어요. 오늘이 그날들의 결과죠.

이 시대에 이런 이들의 노력을 과거라 하여 깎아내릴 수 있을까?

그들이 있었기에 오늘이 있다면 결코 부지런함이 오히려 성공의 지름길을 방해한다는 표현은 할 수 없다.

시대가 변했다고?

그런 식으로 우리는 이제 살지 않는다고?

어떻게 살기에?

세상이 변한 것은 맞다. 변한 세월 속에서 우리는 바쁘게 살아가고 있다. 하지만 게으름에서 미덕을 보는 세상은 아니다. 일을 적게 하고 싶고 게으름을 피우고 싶어 새로운 방법을 찾아낸다고 하더라도 세상이 이리 찬란한 것은 부지런한 자들의 미래지향적인 열정의 소산이지 게으른 자들이 만들어 낸 세상은 아니라는 학생의 말은 맞다. 그나마 아직은 게으름을 운운하는 성공한 자의 말을 맹신하지 않고 자기 주관에 의해 비판하는 젊은이들의 정신이 살아 있어 고맙다.

다시 전환의 문제를 되돌아보자

|

드디어 돌을 금으로 만드는 곳으로 학생을 데려가겠다고 한 날이 다가왔다.

학생은, 교수나 되는 사람이 거짓말은 아닐 거로 생각했는지 친구들과 함께 나타났다. 그의 친구들도 한결같이 의심하는 눈초리를 번뜩였다. 야비한 웃음기가 그들의 입가에 물려 있었고, 그걸 느낄 때마다 이 교수는 가슴이 뜨끔거렸다.

내가 지금 무슨 짓을 하고 있는가?

그런 생각이 들긴 했지만, 요런 놈들에게는 이런 방법도 필요하다는 생각이었다.

열댓 명이나 되는 그들을 데리고 깊은 산골로 들어가니까 학생들이 웅성거렸다.

-연금술사가 이 깊은 곳에 살고 있나요?

-미쳤어?

그렇게 질문하는 친구를 곁의 학생이 발로 차듯이 소리쳤다.

-야야, 기다려 보자. 돌로 금을 만들려면 그럴 수도 있겠지.

-야, 구라야. 돌을 어떻게 금으로 만드냐.

-가보자. 가보면 알 테지.

이 교수는 속으로 필필 웃었다.

요놈들, 맛 좀 봐라.

이 교수가 그들을 데려간 곳은 구두쇠로 소문난 아버지가 죽어가면서 두 아들에게 물려준 금광이었다. 구두쇠 아버지가 평생 금을 캐기 위해 노력하던 광산이었는데 금이 나오지 않아 거의 폐광이나 다름없었다.

캐봐야 돌멩이만 나오자, 작은아들은 구두쇠 아버지가 죽고 나자, 볼멘소리했다.

-광산은 형이 가져. 평생을 돌만 캐던 아버지는 되고 싶지 않으니까.

형은 아버지가 하던 금광을 버리지 않았다. 아버지처럼 그는 금을 찾아다녔다. 그는 아버지를 믿었다. 확신이 없었다면 이 금광에 평생의 꿈을 묻었을 아버지가 아니었다.

학생들이 폐광 앞에서 눈을 휘둥그렇게 떴다.

-여기가 돌을 금으로 만드는 곳이라고요?

친구들을 데려온 학생이 물었다.

-그래.

-그 현장을 보고 싶네요.

이 교수는 그들을 착암기와 채석기 앞으로 데려갔다. 마침, 바위를 깨어 잘게 부수는 작업을 인부들이 하고 있었다.

-봐라. 저게 금이지 않으냐.

학생들이 어이가 없는지 멍하니 이 교수를 바라보았다.

-저건 자갈이잖아요.

그렇게 말하고는 아, 하며 학생이 할 말을 잃고 두 손으로 머리를 싸안았다.

-이제야 감이 오나 보군!

그랬다. 세월은 하루가 다르게 변하고 있다. 현대식 건물이 들어서기 시작하면서 골재 값이 하늘 높은 줄 모르고 오르고 있다. 금이 따로 있는 것이 아니다. 돌이 골재로 팔리니 그게 곧 금이었다.

형에게 돌산이라면 넘겨 버렸던 작은아들이 와 보니 돌이 곧 황금이 되고 있었다.

-아하, 아버지의 뜻이 여기 있었구나!

그날의 작은아들처럼 학생들이 어이가 없는지 피식피식 웃었다. 먼 산을 쳐다보는 학생도 있었고, 심각하게 바위에 머리를 대고 찍는 학생도 있었다.

-제기랄, 교수가 이래도 돼? 학생들을 이런 식으로 갖고 놀아도 되는 기냐고.

-그러게. 뭐든 어렵게 생각할 필요가 없다. 돌이 금이 되는 세상이니, 자본주의 사회에서 이게 금이 아니고 뭐냐고 가르치면 되는 것을.

그들은 돌을 깨는 착암기 소리 때문에 이 교수가 희미하게 듣고 있는 줄 몰랐을 것이었다. 우리들이 너무 멍청하니까 이런 방법의 교육도 필요했을지도 모른다고 말하는 학생도 있었다.

이 교수는 내가 너무 했나 싶으면서도 전환이란 말을 입속으로 씹었다.

내가 지금까지 돌로 금 만드는 이치를 가르쳤던가? 아무리 꿈이 없는 세상이라도 가르칠 것은 가르쳐야 한다.

이 교수는 학생들과 돌아오면서 이렇게 말했다.

-내가 좀 심했지?

-교수님, 학생들을 이렇게 능멸해도 되는 겁니까?

그렇게 말하면서도 학생은 눈치를 보았다.

-내가 왜 이런 방식을 택했느냐 하면 사실 이 말을 하고 싶어서였어. 바로 연금술의 이치, 이곳으로 처음 왔을 때 연금술의 이치를 보았거든. 그걸 보여주고 싶었던 거야. 의식의 전환. 거기 성공의 법칙이 들어 있다는 생각이 들었으니까. 바로 이것이 성공의 이법이 아니고 무엇인가. 돌이라는 관념. 그 관념이라는 놈. 이놈이 우리들의 정신세계를 물어뜯는 놈이라는 걸 그때 깨달았으니까. 그래서 보여주고 싶었던 거야.

-교수님, 그렇게 지옥을 전환해 천상을 보았다는 말인가요?

학생 하나가 비웃듯 물었다.

-맞아. 그게 정곡이야.

학생들이 그제야 마음을 풀었는지 서로 보며 웃음기를 얼굴에 담았다.

노블레스 오블리주

|

　오늘도 못된 고용주들은 노동자의 등을 때려 자기 잇속을 차린다. 아래 사람을 사랑하지 않고 도와주지 않고 제 뱃속만 불린다.

　노동자들도 그렇다. 회사가 망하든 말든 임금 투쟁만 해댄다. 내놔라. 못 준다. 벌어놓은 돈 있잖냐. 귀족 노조와 귀족 사주가 어울려 세상 시끄럽게 싸우고 있다. 그러면서도 그들은 세상으로부터 사랑받을 수 있다고 믿고 있다.

　그러나 세상은 그렇게 어리석지 않다.

　어느 조그마한 회사의 고용주가 말단사원 한 명을 퇴사시켰다. 회사 형편상 어쩔 수 없는 일이었다. 말단사원은 별 능력이 없긴 했지만 나름대로 신명을 다해 회사를 위해 일해 온 사람이었다.

　절망한 젊은이는 회사에서 쫓겨난 뒤 술로 세월을 보냈다.

　세월이 흘러 고용주는 병이 들었다. 병원에서 얼마 살지 못

할 것이라고 했다. 절망한 그는 집으로 돌아와 사흘 밤낮을 고민하다가 이래선 안 되겠다는 생각이 들었다.

고용주는 그동안 한 푼 두 푼 허리띠를 조여 가며 모은 재산을 주위의 가난한 사람들에게 기탁하기로 했다. 모든 것을 털어버리고 마음을 잡기 위해 수도원으로 들어갔다.

-어떻게 오셨습니까?

늙은 수도승이 물었다.

-저는 사형 선고를 받았습니다. 신앙에 귀의하여 마음의 평화를 얻고 싶습니다.

그 말을 들은 늙은 수도승이 껄껄 웃었다.

-이보시오. 죽으러 왔다는 말이지 않소?

-어떻게 그런 말씀을.?

-여기도 사람 사는 곳이오. 그대가 마음의 평화를 얻겠다면 그만한 응분의 대가는 있어야 할 게 아닌가?

-재산은 이미 없는 이들에게 다 주어 버리고 한 푼도 가진 것이 없습니다.

늙은 수도승이 머리를 내저었다.

-내가 보아하니 아직도 많이 남아 있네. 그려.

-예?

-그대에게는 아직도 눈도 있고, 콩팥도 있고, 간도 있고…. 그렇게 쓸만한 것들이 있지 않은가?

-아니 그럼 제 육신을 달란 말입니까?

늙은 수도승이 허허거리며 웃었다.

-내가 달라고 하나. 바로 저 부처님이 달라고 하질 않는가.

그는 눈을 크게 떴다. 그는 화가 났다.

-내가 아무리 죽을 목숨이라고 하더라도 이건 너무 하지 않습니까? 이러고서도 이곳을 수도장이라고 할 수 있겠습니까?

수도원을 나온 그는 늙은 수도승의 마지막 말이 오래도록 잊히지 않았다.

그럴 즈음 그가 다니던 병원에 알코올 중독으로 인해 숨이 경각에 달린 환자 한 사람이 실려 왔다. 수년 동안 술로 세상을 살다가 죽을병에 이른 젊은이였다. 간경화. 방법은 다른 사람의 간을 이식할 수밖에 없었다.

고용주는 죽기 직전에 늙은 수도승의 말을 이해하고 병원으로 가 자기 장기를 세상 사람을 위해 기증했다.

간경화에 걸린 젊은이는 그의 간을 이식받았다.

장기를 이식받은 젊은이는 훗날 자신에게 간을 준 사람이 바로 자신의 고용주였다는 사실을 알았다.

어느 날 문득 이 교수는 꿈속에서 그동안 만나지 못한 돌중을 보았다. 돌중이 꼭 책상 위의 고양이 모습을 하고 비웃었다.

-노는 꼴 하고는. 뭐 하고 있는 것이냐?

-으쩐 일이냐?

-그렇게도 할 일이 없냐? 왜 헛것에 붙잡혀서 지랄하고 있어? 학생들을 가르치겠다고 나섰으면 열심히 연구하고 가르칠 일이지. 이놈아, 헛된 의혹에 사로잡히니까 고따구 아니여.

-고따구? 너 증말 말 좀 순화할 수 없냐?

-그래서 주식 같은 것에 손을 댔어?

-언젯적 이야기를. 그리고 먹고살아야 할 거 아니냐. 살아야 학문도 있을 거 아니냐고.

-허 그러고 보니 제법 본때가 난다야. 학문? 그렇지. 학문이지. 그럼, 먼저 인간부터 되어라. 목구멍에 넘길 것이 없으면 칼을 물고 말지. 그런 장난이 될 법한 일이야. 남자가 일가를 이루어도 부끄럽지 않아야지. 넌 틀렸어야.

-입 터졌다고 씨부랑 대는데, 나 인생 헛되이 산 적 읎다. 성공해 보겠다는 아집이 없고서야 어떻게 이 세상 살아 나갈 것이냐?

-그럼, 네놈의 행동거지가 여여한 경지다 그 말이냐?

-세상에 아집 없는 인간이 어디 있냐. 그러니 부처님도, 그리스도도 길 잃은 양들을 구하겠다고 나선 거 아니냐.

-이놈아, 그러니까 글을 써도 잡문이나 쓰지 말고 연구서 하나라도 제대로 쓰란 말이다.

-간만에 옳은 소리하네. 하지만 그게 마음대로 되냐.

-그러니 써보란 말이다.

아침 안개가 물러가 버린 들판은 황금빛이었다. 오랜만에 달리기를 하고 나니 몸이 개운하다. 아침상을 받기 전에 신문을 펼치니 세상은 여전히 시끄럽다.

학교로 출근을 하면서 이 교수는 할아버지가 남겼던 고양이 상을 떠올렸다. 그 속의 글귀.

'모순이 변하면 풍광이 된다.'

그렇다는 생각이 들었다. 이 세상 자체가 모순 아닌가. 그 모순이 꽃처럼 피어 있는 세상. 그것이 풍광일 터이다. 그렇다면 모순된 세계를 모순되게 살아내야 한다. 그때 풍광이 된다. 모순된 세계를 지혜롭게 사는 것. 그것이 베풂일 것이다. 베풀지 않고 어떻게 풍광을 볼 수 있으랴.

-교수님, 안녕하세요?

학생들이 환하게 웃으며 인사를 했다.

이 교수는 그들의 인사를 받으며 생각했다.

내가 저들에게서 절망을 보았던가?

저들은 알고 있는 것이다. 절망의 속살이 희망이라는 것을.

절망이 희망이 될 때 한 방울의 이슬에서도, 선뜻 이는 결 좋은 바람에서도, 어느 이름 모를 들녘에서 몸을 흔드는 들꽃에서도 우주를 볼 수 있으리라. 또한 그때 그 우주를 주관하는 신들의 의지와 숨결도 함께 느낄 수 있으리.

끝

후기- 열쇠 찾기

작가가 되리라고는 꿈도 꾸지 못했던 시절.

그날도 길거리나 어슬렁거리다가 방으로 돌아와 누웠는데 문득 이상스런 꿈이 나를 사로잡았다.

꿈속에서 나는 열심히 잃어버린 그 무엇인가를 찾고 있었다.

누군가 와서 물었다.

-지금 무엇 하고 있소?

그제야 나는 내가 찾고 있는 것이 무엇인지 생각이 났다.

-잃어버린 열쇠를 찾고 있습니다.

-열쇠를 찾기에는 너무 어둡구려!

그랬다. 열쇠를 찾기에는 너무 어두운 곳에서 나는 헤매고 있었다.

꿈을 깨고 일어난 나는 내 인생이 그렇게 어두운 곳에서 행복의 열쇠를 찾고 있었지 않았나 하는 생각을 했다.

그런데 가만히 주위 사람들을 살펴보니 나만 그런 게 아니었다. 대부분의 사람이 나처럼 어두운 곳에서 행복의 열쇠를 찾고 있었다. 놀라운 것은 나나 그들이나 몇 가지 공통점이 있었다. 소인배적인 사고와 그로 인한 이상한 습관들이 바로 그것이었다.

나는 그때 깨달았다. 아하, 바로 이것이 지금까지의 내 모습이었구나.

소인의 태를 벗지 않는 한 결코 진취적인 비전은 찾아들지 않으리라는 생각을 그때 비로소 했다.

나는 그 후 작가가 되었다. 그리고 수많은 사람을 만나면서 글쟁이는 모름지기 연금술사가 되어야 한다는 사실을 깨달았다.

길가의 돌을 하나 보아도 그냥 보이지 않았다. 신비로웠다. 불가사의하며 신성했다. 만물의 종착점이 바로 그것이라는 생각이 들었다. 그것은 영광이었다. 물질화된 정신. 물질화된 정신인 화금석.

이 글은 젊은이들을 대하면서 늘 가지고 있었던 속마음을 그대로 기록한 것이다.

우리나라 경제계를 들여다보면 존경받는 주지들이 드문 것 같다. 반(反)기업 정서로 인해 사회적인 분위기가 성숙하지 않은 탓도 있지만, 아직도 올바른 가치관을 갖지 못한 몰지각한 주자들에 의해 이 나라가 굴러가고 있기 때문이다.

그로 인한 폐해는 우리 젊은이들이 고스란히 지고 있다. 어렵게 대학을 졸업하고도 일터를 못 찾아 떠도는 인생이 수두룩하다. 기업의 도덕 불감증은 미망할 정도이고 나라를 운영하는 정치가들은 제 이욕 챙기기에 혈안이다.

삯바느질로 한 푼 두 푼 모은 돈을 털어 불우이웃을 돕는가 하면, 팔순의 할머니가 휴지를 주워 모은 돈을, 학생들을 위해 써달라며 내놓기도 한다. 눈먼 사람들의 눈을 무료로 시술해 주는 의사가 있고, 배고픈 이들을 위해 신부가 밥을 해 먹이고, 목사가 오갈 데 없는 이들을 돌보는가 하면, 스님들이 탁발한 시주 물로 주린 이의 배를 채운다. 그래서 세상은 이만큼이라도 향기롭고 훈훈한 것이다.

이 이야기는 결국 우리 젊은이들의 이야기이다.

오늘을 살기 위해
아버지는 피를 팔고
어머니는 불판을 닦으러 다니고
자식은 시험실의 기니피그가 되어야 하는
혼돈의 시대.

절망할 것인가?
선택할 것인가?
전환할 것인가?

다시 무슨 말이 필요하겠는가.

하고 싶은 말은 본문에서 다했다.

지금은 절망이 아닌 선택, 선택이 아닌 전환의 시대.

기도한다.

이 시대를 살아가는 젊은이들이 지금은 하찮은 돌일지라도
전환을 통해 빛나는 별이 되기를….

백금남